David Gilmour

DIE PERFEKTE ORDNUNG DER DINGE

Roman

Aus dem Englischen von Adelheid Zöfel

S. Fischer

MIX
Papier aus verantwortungsvollen Quellen
FSC® C083411

Die Originalausgabe erschien 2011
unter dem Titel »The Perfect Order of Things«
bei Thomas Allen Publisher, Toronto

Satz: Fotosatz Reinhard Amann, Aichstetten
Druck und Bindung: CPI – Clausen & Bosse, Leck
Printed in Germany
ISBN 978-3-10-027823-4

»Nirgends wachsen so viele Blumen
wie auf dem Friedhof.«
Marcel Proust

Kapitel 1

WAS IST MIR SONST NOCH ENTGANGEN?

Vor ein paar Jahren fuhr ich durch Südfrankreich. Es war Winteranfang, und ich musste einen Reisebericht schreiben, für eins dieser Hochglanzmagazine, die man im Flugzeug liest, wenn die Maschine auf dem Rollfeld festsitzt oder wenn man eine Unterhaltung mit der redelustigen Sitznachbarin unterbinden will. Der Zug zurück nach Paris und zu meinem Rückflug hielt in Toulouse. Ohne lange zu überlegen, wuchtete ich meinen Koffer aus der Gepäckablage und stieg aus. Nachdem ich meine Sachen im Schließfach verstaut hatte, ging ich die Rue Bayard hinunter, vorbei am American Express, wo ich vor fast vierzig Jahren jeden Tag nachgefragt hatte, ob ein Brief von Raissa Shestatsky gekommen war. Manchmal lautete die Antwort ja, meistens nein.

Ich wanderte durch die engen Straßen mit den roten Ziegelsteinmauern bis zum Père Léon, dem Café, in das ich mich immer zurückgezogen hatte, um Raissas Briefe zu lesen. Wenn keiner gekommen war, hockte ich nur da und quälte mich mit der Frage, ob ich je wieder mit ihr schlafen würde. Jetzt wollte ich einen Kaffee trinken, und absurderweise dachte ich irgendwie, dass im Père Léon noch dieselben Kellner arbeiten würden. Aber ich ging dann doch weiter. Während der unglücklichen Monate in Toulouse trottete ich immer dieselbe Strecke entlang: von meiner Wohnung auf der anderen Seite des Kanals ins Père Léon, mit Zwischenstopp beim American Express. Um fünf Uhr morgens, wenn der erste Schnellzug über die Bahnbrücke donnerte, strebte ich wieder nach Hause. Mit anderen Worten: Ich habe nie gesehen, was sich *jenseits* des Cafés befand. Nichts hat mich interessiert damals, für mich gab es nur ein Thema: Raissas Abwesenheit. Dass sie nicht mit mir im Bett lag, dass ich ihre seidige Haut nicht spüren konnte. Aber nun setzte ich meinen Weg fort. Und siehe da, keine fünfzig Meter weiter, tat sich direkt vor meinen Augen ein breiter, wunderschöner Fluss auf, triumphal, majestätisch, wie die Anfangsakkorde einer Beethoven-Symphonie. Ich schwör's, ich hatte ihn noch nie gesehen, ich hatte nicht einmal geahnt, dass es ihn gibt. Ein Frachtschiff tuckerte schläfrig flussabwärts; am anderen Ufer blinkte ein winziges rotes Licht, an, aus, an, aus.

Wie konnte mir das entgangen sein? Dieses grandiose grüne Juwel, breiter als der Mississippi, wie mir schien? Sechs Monate hatte ich in Toulouse gelebt, und nichts hatte ich gesehen, außer dem rabiaten Film in meinem Kopf: drastische Bilder, immer wieder die gleichen pornographischen Szenen. Wofür war ich sonst noch blind gewesen in meiner Verzweiflung?

Im Verlauf der nächsten Monate (der Entschluss reifte

ganz allmählich, wie ich mich erinnere) nahm ich mir vor, zu anderen Orten zurückzukehren, an denen ich gelitten hatte. Ich wollte sie wiedersehen, aber diesmal mit offenen Augen, den Blick nicht mehr nach innen, sondern nach außen gerichtet. Es kam mir so vor, als wollte ich ein persönliches Konto ausgleichen, sozusagen Schulden zurückzahlen, die ich bei mir selbst hatte. Ich wollte herausfinden, was wirklich Sache ist.

Aber womit anfangen? Mit etwas Altem oder etwas Neuem? Welches Geisterschloss sollte ich zuerst aufsuchen? Ein Internat, ein Riesenrad in der Nacht, das sich rückwärts dreht, einen Park in Los Angeles, ein überfülltes Büro beim Filmfestival, ein Landhaus mit schiefem Dach … ?

Glücklicherweise wurde mir die Entscheidung abgenommen. Als ich eines Tage bei meiner Exfrau die Zeitung durchblätterte – M. kochte gerade Essen für mich und unsere Tochter, die fürs Wochenende von der Uni nach Hause gekommen war –, fiel mein Blick auf das Foto einer Frau mit Raubfisch-Gesicht: Sie stieg gerade aus einer Limousine, und darunter stand: OPERNHAUS-FUNDRAISER ANGEKLAGT WEGEN UNTERSCHLAGUNG. Die Frau kam mir irgendwie bekannt vor, die vorstehenden Wangenknochen, die glatt zurückgekämmten Haare. Aber mir fiel nicht ein, wer es war. Ich ging zum nächsten Artikel über, doch das aggressive Gesicht rief mich zurück. »*Spendengelder veruntreut.*« Ich schaute noch einmal genauer hin. Ja, es war Clarissa Bentley. Offensichtlich immer noch auf dem Kriegspfad, ohne Rücksicht auf Verluste. Die alten Tricks. Unter diesen üppigen Brüsten (die ersten, die ich je in den Mund nahm) schlug das Herz einer eiskalten Frau, mit der nicht einmal die Borgias freiwillig zu Mittag gegessen hätten.

In Gedanken immer noch bei Clarissa, begab ich mich ein paar Tage später zu meiner alten Highschool. Ich trat durch das blaue Eingangstor. Das in den Fußboden eingelassene Schulwappen sah aus wie eine riesige römische Münze. Ich stand im Innenhof, vor mir das kompakte, dreistöckige Backsteingebäude. In dem Jahr, als die Beatles nach Toronto kamen, war ich dort als Internatsschüler. Nur kurz und immer unglücklich. Ich sage »kurz«, denn ich bin schon nach ein paar Wochen wieder abgehauen, weil ein Mädchen als meine Freundin mit mir ins Riesenrad einstieg, und als wir wieder unten ankamen, war sie die Freundin eines anderen. Es war der erste große Verrat in meinem Leben.

Aber ich greife vor. Zuerst möchte ich zurück in das Sommerhaus in Grassmere, als ich fünfzehn war. Taufeuchte Morgen, hübsche Mädchen in Kanus, Tanzabende in der kleinen Stadt Huntsville. Und diese Geräusche! Die Geräusche kann ich bis zum heutigen Tag nicht vergessen. Knirschende Kieselsteine unter den Rädern des Familienautos, Zweige, die über die Seiten streifen. Nachts hörte man alles, was sich auf der anderen Seite des Wassers abspielte: Leute, die an ihren Anlegeplätzen saßen und sich unterhielten, das Knallen einer Fliegengittertür. Ein Fisch, der im Wasser platschte. Bis heute verfolgen mich diese

Abende mit ihrem heiseren Flüstern: »Du verpasst etwas, du verpasst etwas.«

Ich lag auf dem Bett meiner Mutter und nickte rhythmisch mit dem Kopf zum satten *Klong-Klong* von Ringos Cowbell in »I Call Your Name«, als ich hörte, wie Mom mich aus der Küche rief. Telefon! Ferngespräch, beeil dich, schnell, schnell.

Es war ein Mädchen, das ich gar nicht richtig kannte. Clarissa Bentley. Ihr Vater war ein hohes Tier im Filmgeschäft.

»Ich habe gerade mit meinem Freund Schluss gemacht«, begann sie ohne lange Einleitung. Schon in dem Alter merkte ich sofort, wenn ein neuer Mond am Sternenhimmel aufging. Dafür hatte ich immer ein gutes Gespür. Ich schaute durchs Panoramafenster hinaus auf die gelben Van Gogh-Felder, die sich bis zum Wald erstreckten, und sagte: »Wie schade.«

»Nein, überhaupt nicht«, sagte sie und holte tief Luft.

»Rauchst du?«, fragte ich sie.

»Alle Leute rauchen.«

»Sind deine Eltern nicht da?«

»Mein Vater hat nichts dagegen, wenn ich im Haus rauche. Er weiß genau, was passiert, wenn er's mir verbietet.«

Ich überlegte kurz, was sie damit meinen könnte. Der See hinter den Bäumen glitzerte wie zersplittertes Glas.

»Und – kommst du demnächst in die Stadt oder was?«, fragte sie.

Meine Mutter war in der Küche und machte gerade ein

Tomatensandwich. Ihre knallrote Bluse hatte sie um die Taille gebunden, wie eine karibische Sängerin.

»Wer war das?«, erkundigte sie sich.

Ich mochte meine Mutter. Ich redete gern mit ihr. »Ein Mädchen – aber ich kenne sie eigentlich nicht richtig«, antwortete ich. »Sie hat sich gerade von ihrem Freund getrennt.«

»Ah«, sagte meine Mutter nur, den Blick auf das Schneidebrett gerichtet.

Mein Vater war krank in dem Sommer, und manchmal kletterte Mom mit ihren langen, braungebrannten Beinen in unseren Chevrolet und fuhr zwei Stunden nach Süden, um ihn in Toronto im Krankenhaus zu besuchen. Was bedeutete, dass mein älterer Bruder Dean und ich das Haus für uns hatten. Wir hörten dann krachend laute Musik, schlugen unsere Golfbälle in die Schlucht, schossen mit Jagdflinten auf die Müllhalde, fachsimpelten über Mädchen und fuhren auch einmal mit dem kleinen blauen Morris meines Vaters eine verlassene Landstraße entlang. An einem Samstagabend, als meine Mutter wieder in Toronto war bei Dad, nahmen wir das Boot und schipperten zu einer Tanzveranstaltung im Hidden Valley.

»Damit eines klar ist«, sagte Dean. »Wenn ich dir ein Zeichen gebe, musst du dir eine andere Mitfahrgelegenheit suchen.«

Aber das erhoffte Mädchen kam nicht, oder sie kam mit einem anderen Jungen. Jedenfalls gab mir Dean kein Zeichen. Unter dem Sternenhimmel tuckerten wir zurück nach Hause, der See war still und warm wie eine Suppe. Wir banden das Boot an der Anlegestelle fest, rannten durch den gespenstischen Wald und über die mondhelle Wiese durchs hohe Gras zu unserem Haus, das verheißungsvoll oben auf dem Hügel schimmerte.

Wir waren noch nicht lange zurück, als das Telefon klingelte. Ich lag im Erdgeschoss auf dem Sofa und starrte auf die Astlöcher in der Decke. Dean war oben und hörte in dem braunen Radio neben seinem Bett ein amerikanisches Baseballspiel. Wie einsam das klang.

Ich nahm den Hörer ab und erwartete, dass meine Mutter sich melden würde, aber es war eine andere Stimme, und wieder überkam mich dieses Gefühl, dass ein heller Mond am Himmel aufging.

»Was machst du gerade?«, fragte Clarissa Bentley. Ihre Stimme war so klar, als wäre sie im Nebenzimmer.

»Ich war bei einer Party.«

»Hast du jemanden kennengelernt?«

»Nein, eigentlich nicht.« Gleich dachte ich: Das war nicht die richtige Antwort. Jetzt denkt sie total das Falsche. Ich sah plötzlich die Jungs bei der Party vor mir, eine ganze Clique, die sich am Geländer drängte, Jugendliche aus der Gegend hier. Endlich löste sich einer aus der Gruppe, durchquerte den Raum und forderte eins der Mädchen aus Toronto zum Tanzen auf – nur um mit eingezogenem Schwanz wieder abzuziehen, zurück zu seinen Freunden. Er hatte einen Korb bekommen.

»Das passiert dir bestimmt selten, dass du niemanden

kennenlernst«, sagte Clarissa. »Ich finde, du wirkst wie ein ziemlicher Playboy.«

Der Mond stieg immer höher, und sie fuhr fort: »Ich kenne übrigens ein Mädchen, das dich kennt.«

»Ehrlich?«

»Sie sagt, du siehst unter Garantie mal echt gut aus, wenn du erwachsen bist.«

Das war ein komisches Kompliment, eine Rasierklinge, die in eine Schokoladentafel verpackt ist. Zuerst freut man sich, aber dann denkt man: Hä – wie bitte? Als Clarissa merkte, was sie gesagt hatte, redete sie schnell weiter: »Es gefällt mir, wie du bestimmte Wörter aussprichst. Manchmal klingst du richtig britisch.«

Jubel beim Baseballspiel oben. Jemand hatte den Ball getroffen.

»Hast du Lust zu kommen?«, fragte Clarissa. Die Luft summte um die Stimme des Radiosprechers. So wie es klingt, wenn das Leben anderswo stattfindet.

»Wohin?«

»Hierher.«

»Wann?«

»Jetzt«, sagte sie nur.

»Jetzt gleich?«

»Du kannst ja trampen.« Sie zog an ihrer Zigarette. »Wir können im Bett meiner Eltern schlafen.«

Ein paar Minuten später ging ich nach oben. Den dunklen Flur entlang zu Deans Zimmer. Ich fühlte mich älter, reifer als noch vor einer Viertelstunde. Dean lag auf seinem blauen Bett, die Arme hinter dem Kopf verschränkt. Jenseits der Stimme des amerikanischen Sportreporters hörte man Tausende Menschen geisterhaft jubeln, und man ahnte das Spielfeld im grellen Scheinwerferlicht, die Spieler, die in ihren weißen Uniformen über den Platz trabten.

»War das dieses Mädchen?«, fragte Dean. Er wandte mir das Gesicht zu. Offenbar hatte er wieder Schokolade gegessen, weil auf seiner Stirn lauter frische rote Pickel prangten.

Ich sagte: »Ich trampe nach Toronto.«

Woraufhin er etwas Gemeines über meine Ohren sagte. Ich starrte ihn nur an.

»Ich kriege massig Ärger deinetwegen«, sagte er, als hätten wir seit Wochen darüber geredet. Aber das war nicht der Grund, weshalb er sauer war. Dean war zwei Jahre älter als ich, und ich wäre damals nicht im Traum auf den Gedanken gekommen, dass er unglücklich sein könnte. Ich rannte die Treppe hinunter, immer zwei Stufen auf einmal, durch die Küche, durchs Wohnzimmer und zur Haustür hinaus. Die Fliegengittertür schlug scheppernd hinter mir zu, und ich lief die Zufahrt hinunter. Bei der Biegung schaute ich noch einmal über die Schulter: Dean stand im Türrahmen, nur in der Unterwäsche, das Wohnzimmer hinter ihm hell erleuchtet. Kurz entschlossen tauchte ich in die Dunkelheit ein, über mir die Bäume, unter meinen Füßen die Steine. Ich musste zur Straße, die nach Huntsville führte.

Als ich zu Clarissas Haus kam, dämmerte es bereits. Sie wohnte in einem großen weißen Apartmentblock am

Rand von Forest Hill. Eine strahlend helle Eingangshalle, schwarze Ledersofas, abstrakte Gemälde. Ich drückte die Nummer ihrer Wohnung. Ein Auto fuhr vorbei. Ich drückte erneut. Die Tür klickte einmal, zweimal.

»Clarissa?«, sagte ich und beugte mich zur Gegensprechanlage. Keine Antwort. Ich lehnte mich gegen die Tür, sie sprang auf, ich ging hinein.

Sie hatte das schon öfter gemacht. Das merkte man. An der Art, wie sie sich auszog und sich ins Bett legte. Aber man ahnte auch, dass sie Theater spielte. Danach redete sie über ihr Internat in der Schweiz und dass sie einmal mit Alfred Hitchcock zu Abend gegessen hatte. Dann zündete sie sich eine Zigarette an, setzte sich unbekleidet in einen Sessel und erzählte mir, dass ein berühmter Filmstar in sie verknallt war und sie in sein Ferienhaus in New Mexiko einlud, aber als dann ihre Mutter dahinterkam, rief sie den Filmstar an und machte alles kaputt. Während Clarissa diese Geschichten zum Besten gab, hatte ich die ganze Zeit das Gefühl, angelogen zu werden. Wahrscheinlich war etwas Ähnliches passiert, nur in kleinerem, bescheidenerem Maßstab. Was übrigens auf fast alles zutrifft, was man über das Leben anderer Leute erfährt. Alles ist immer kleiner und einsamer, als man denkt.

Ich erwartete, dass sie über ihren Exfreund reden und mir auch da irgendwelche Lügen auftischen würde. Eine spezifische Lüge mit einer spezifischen Tendenz. Alle ihre

Lügengeschichten hatten dieselbe Tendenz – weg von ihr, hin zu den anderen.

Und es wäre mir sogar fast lieber gewesen, sie hätte etwas angezogen.

Ich kannte ihren Exfreund. Bill Cardelle war ein Partyboy mit einem rosigen Fleck auf jeder Wange, als hätte ihm das Leben oder die Natur eine Extradosis Vitalität mitgegeben. Er war so, wie ich nie sein würde. Wenn man ihm in der Schule auf dem Gang begegnete, dachte man: »Mensch, wäre das toll, wenn ich so aussehen würde wie der!« Aber meine Haare waren zu lockig für eine echte Beatles-Frisur, meine Jacken rutschten immer hinten hoch (»Geh nicht so krumm, Junge!«), und ich konnte längst nicht so gut tanzen wie Bill Cardelle. Auf Partys schauten ihm sogar die anderen Jungs zu, wenn er tanzte, nicht offen natürlich, sondern mit verstohlenen Blicken, während sie an ihrem Strohhalm nuckelten. Bill, in seinen weißen Chinos, dem Oxfordhemd und den ochsenblutroten Schuhen – ihm gehörte die Welt. Es gab nur ein Manko. Er war nicht besonders intelligent. Ich fand ihn klasse, weil er klasse aussah; er bewunderte mich, weil ich klüger war als er, und als ich ihm Lateinnachhilfe gab, waren wir so was wie Freunde.

Am nächsten Morgen rief ich Dean in Grassmere an. Mir fiel auf, dass seine Stimme irgendwie ungewohnt klang, und es dauerte ein paar Monate, bis ich begriff, was dieser neue Unterton bedeutete – Dean registrierte widerstrebend, dass sich zwischen uns ein bisher unbekanntes Problem abzeichnete. Er aß einen Apfel und redete ganz normal, aber was ich heraushörte, war, dass er sich *bemühte*, ganz normal und nüchtern zu klingen.

»Ihr seid also noch lange wach geblieben?« Das war seine Art, mich zu fragen, ob ich mit ihr geschlafen hatte. Und als ich sagte, ja, wir waren noch ziemlich lange wach, empfand ich dabei eine gewisse Genugtuung, weil ich spürte, dass er gehofft hatte, die Antwort würde anders lauten.

»Und – wann kommst du nach Hause?«, wollte er wissen. Und auch das war anders als sonst. Üblicherweise hätte er mir einfach befohlen, sofort anzutanzen.

Ich versprach, auf jeden Fall wieder da zu sein, bevor unsere Mutter zurückkam.

»Hoffentlich läuft sie dir nicht irgendwo über den Weg«, sagte Dean, und zum ersten Mal in unserem Leben war es, als würden wir uns gleichberechtigt unterhalten.

Ich sagte: »Ja, das wäre ganz schön blöd.« Wir mussten beide lachen, und wir lachten länger als den Umständen angemessen.

Dann sagte er noch: »Reite mich bloß nicht in die Scheiße, okay?«, und ich erwiderte: »Du bist echt super, Kiv.« Kiv war sein Spitzname. Außer meiner Mutter und mir nannte ihn allerdings niemand so, und auch wir sagten es nur, wenn wir spürten, dass er offen genug war, um es zuzulassen.

Und dann legte ich auf und ging zurück zu Clarissa ins Wohnzimmer. Sie stand am Fenster und blickte hinaus auf die Schlucht. Auf der anderen Seite der Schlucht war das jüdische Viertel, mit den riesigen Villen und den wunderbaren Gärten. Sie sagte: »Komm, wir gehen was klauen.«

Es muss etwa eine Woche später gewesen sein, dass ich mit meinem braunen Koffer nach Toronto kam, um bei meinem Onkel Laddie zu wohnen. Laddie war das schwarze Schaf in der Familie und jeden Tag schon um die Mittagszeit sturzbetrunken. Er hatte alles vergeudet: seine Intelligenz, sein gutes Aussehen, sogar eine Karriere als Hockeyspieler. (Ich hörte mehr als einmal – und es klang immer vorwurfsvoll –, dass man ihm angeboten hatte, Torwart bei den Toronto Maple Leafs zu werden.) Seine verstorbene Frau Ellen war eine gute Seele gewesen und hatte sich von der Welt verabschiedet, bevor es dazu kam, dass sie ihn verachtete. Sie hinterließ ihm eine monatliche Zuwendung. Er konnte also die Kohle nicht beliebig verprassen, aber die Summe reichte ihm, um sich mehr oder weniger ungestört zu Tode zu bechern. Und wie viele charmante Trinker fand er schnell eine nette, einfache Frau, die ihn versorgte und die hinter seinem aufgedunsenen Gesicht und seinem derben Humor den feinen, gebildeten Gentleman sah, der er einmal gewesen war und der er gelegentlich, wenn er entsprechend verkatert war, immer noch sein konnte. Ein Mann, der Horaz zitierte, während er mit dem Kopf über der Kloschüssel hing.

Meine Mutter war Laddies Schwester. Sie wusste, dass ich nach Toronto ging, um »mich mit einem Mädchen zu treffen«, und die romantische Ader, die es ihr ermöglichte, bei meinem Vater zu bleiben, obwohl der sie dauernd betrog (er vögelte ihre beste Freundin frühmorgens auf dem Sofa in Grassmere, in der irrtümlichen Annahme, dass meine Mutter im anderen Teil des Hauses noch fest schlief) – diese romantische Ader brachte sie dazu, mich zum Busbahnhof von Huntsville zu fahren. Wenn es um die Liebe ging, konnte sie einfach nicht nein sagen, auch nicht bei ihrem fünfzehnjährigen Sohn.

Ich habe Clarissa nicht näher beschrieben, sondern überlasse es den Lesern, sich ein Bild von ihr zu machen. Nur so viel: Als ich sie das erste Mal sah, bei einer Weihnachtsparty in der Küche, erschien sie mir völlig unerreichbar mit ihren schwarz geschminkten Augen und dem irgendwie »französischen« Haarschnitt. Absolut jenseits meiner Möglichkeiten, keine Chance. Wie komisch, dass sich diese Clarissa nun innerhalb weniger Tage von einem Mädchen, an das ich nicht »rankam«, in eine junge Frau verwandelt hatte, bei der ich dachte: Die gehört mir.

Ihr attraktives Äußeres – und ihr prominenter Vater – hatten ihr einen Job als Hostess bei der *Exhibition* eingebracht, einem riesigen traditionellen Jahrmarkt am Ufer des Lake Ontario. An den warmen Sommerabenden ratterte ich mit der Stadtbahn zu ihr, erfüllt von der vibrierenden Atmosphäre der Großstadt, gefangen in ihrem Sog, getragen von ihrer vitalen Energie. Ich schlenderte durch das riesige Eingangstor der *Exhibition* und ließ mich von der Menge treiben. Überall Geknalle und Geknatter, Gelächter und schrilles Kreischen. Man wurde in den Strudel des Lebens gezogen, und da, mittendrin, war Clarissa Bentley, eine menschliche Puppe, die im *Automotive Building* reglos auf einem sich langsam drehenden Podium stand, zwischen den neuen Modellen von Chevrolet, Buick und Cadillac. Sie trug ein rosarotes Kleid oder einen blauen Pulli oder Jeans mit einem rotweiß gestreiften Top, und alle, die vorbeikamen, starrten Clarissa an – blinzelte sie? zuckte sie? konnte man sie zum Lachen bringen? Es waren hauptsächlich Männer, manche mit ihren rundlichen Ehefrauen und ihren quengelnden Kindern im Schlepptau. Eine hübsche Freundin zu haben, ist eine besondere Art von Lust, und jeden Abend gab es diesen magischen Augenblick: Das Podium kam allmählich zum Stillstand, Clarissas Arme wurden wieder lebendig, ein Lächeln huschte über ihre stark geschminkten Züge (»Johnnie, schau mal!«), und mit bedächtigen Schritten trat sie von ihrem erhöhten Platz herunter – eine Stufe, noch eine, eine dritte –, um zu mir zu kommen, zu *mir* – und dieser Augenblick genügte, um mich von allem, was sonst auf mir lastete, zu befreien und aus mir einen neuen Menschen zu machen. Mindestens. Endlich lebte ich genau das Leben, das ich schon immer verdient hatte.

Der Sommer ging dem Ende entgegen. Ich habe ein Foto aus dieser Zeit, ein Farbfoto, aufgenommen in einer Kabine: ich in einer bonbonfarbenen Jacke und mit Strohhut, Clarissa im Profil. Ich steckte dieses Foto in so ein Plastikding, das hell wurde, wenn man es sich ans Auge hielt und eine Taste drückte. Diesen kleinen Apparat trug ich immer mit mir in der Tasche herum, wie einen Pass.

Dann nahm mich eines Tages ein Junge aus meiner Schule, Justin Strawbridge, mit ins Place Pigalle, eine finstere Kellerkneipe, in der man uns, wie Justin sich ausdrückte, »bedienen« würde. Damals war das gesetzliche Mindestalter für Alkohol nämlich einundzwanzig. Ich hasste gezapftes Bier, bei dem Geschmack schüttelte es mich richtig vor Ekel. Aber ich fand es toll, »bedient« zu werden, und mit Justin Strawbridge unternahm ich immer gern etwas. Also trank ich hemmungslos, und mit der Zeit fühlte ich mich wie ein hochinteressanter junger Mann.

Und nachdem Justin sich verabschiedet hatte (er musste für seine unsympathische Mutter irgendetwas erledigen), blieb ich noch und setzte mich zu anderen Leuten an den Tisch, bis der Ingenieurstudent, mit dem ich gerade redete, mir den Rücken zudrehte. Ich nahm das nicht persönlich, ich wollte ja einfach nur mit dabei sein.

Als ich Stunden später wieder aus dem Kellergewölbe auftauchte, empfing mich ein herrlicher Abend. Der Himmel leuchtete in einem unbeschreiblichen Blau. Über dem See hing eine feine Mondsichel. Es war so schön, dass ich nicht mit der Bahn fahren wollte, sondern lieber zu Fuß zur *Exhibition* trottete. Der Mond stieg höher, die Sterne funkelten, die Stadt war eingehüllt in eine verheißungsvolle Wolke voller Bedeutsamkeit. Ich passierte das Tor, und in der karamellsüßen Luft drängte ich mich zwischen lärmenden Kindern und fröhlichen jungen Männern durch. Das Riesenrad drehte sich in der Nacht.

Clarissa wartete schon vor dem Autopavillon auf mich.

Sie unterhielt sich mit einer anderen Hostess, einem Mädchen in rotem Pulli und mit Augen, die viel zu groß waren für ihr mageres Gesicht. Das Mädchen redete ziemlich von oben herab mit mir – als hätte sie innerhalb von fünfundvierzig Sekunden beschlossen, mich nicht zu mögen, obwohl sie mich vorher noch nie gesehen hatte.

In dieser Situation reagierte ich allerdings nicht so gelassen wie bei dem Ingenieurstudenten in der Kellerkneipe. Ich muss irgendetwas sehr Unpassendes gesagt haben (ich konnte damals ziemlich bissig sein), denn das Mädchen verschwand, ohne sich von Clarissa oder mir zu verabschieden.

»Jemand hat getrunken«, sagte Clarissa nur. Wir gingen den Hauptweg entlang. Wie zu erwarten, waren am Samstagabend mehr Leute unterwegs als sonst, und alle wirkten irgendwie aggressiv. Etwa fünfzig Meter vor uns entdeckte ich in der Menge Clarissas Exfreund Bill Cardelle, der sich langsam uns entgegenschob.

Ich wusste nicht, ob die beiden sich noch trafen, seit er mit ihr Schluss gemacht hatte (es hatte eine ganze Weile gedauert, bis sie zugab, dass es so war, wohingegen meine Mutter, in einem Anfall von Gin-Hellsichtigkeit, den Ablauf längst durchschaut hatte). Jetzt tat Clarissa so, als würde sie Bill nicht sehen, und blickte sich suchend um, wie wenn sie auf jemanden warten würde. Aber weil Bill so war, wie er war, bahnte er sich zwischen den Leuten hindurch einen Weg bis zu uns und ließ sich dann auch von Clarissas einsilbigen Antworten nicht beirren. Die Haare fielen ihm genau richtig in die Stirn, seine weißen Chinos endeten modisch korrekt ein Stückchen über den Knöcheln, und er trug ein pinkfarbenes T-Shirt, in dem jeder andere ausgesehen hätte wie – na ja, wie schon. Nach einer Weile fingen die beiden an, richtig zu reden: über gemeinsame Freunde, über andere Paare, und schließlich begaben wir uns auf meinen Vorschlag hin zu dritt hinüber zum Riesenrad.

Die Warteschlange war chaotisch, Paare überlegten es sich mittendrin plötzlich anders, alle lachten, immer wieder drängten sich Jugendliche vor. Ich unterhielt mich mit einem grauhaarigen Mann und seiner Frau, um Clarissa zu demonstrieren, wie lässig und selbstbewusst ich im Umgang mit anderen Leuten war und wie gut ich Konversation machen konnte. Aber das war ein kapitaler Fehler, denn ich unterhielt mich so angeregt, dass ich nicht mitkriegte, wie Clarissa und Bill vor mir in die Gondel kletterten. Bügel runter, klick, Das Rad ruckte ein Stück, ich stieg ein. Klick. Hinter mir der grauhaarige Mann und seine Frau, die mich plötzlich gar nicht mehr interessierten.

Die Fahrt begann. Höher, immer höher, bis zum Scheitelpunkt, von wo man den gelben Uhrturm meiner Schule sehen konnte. Wie ein Eulenauge starrte die Uhr mich an. Und dann, unter allgemeinem Jubel und mit blinkenden Lichtern, ging es wieder abwärts. Ich konnte sehen, dass Bill und Clarissa in dem Sitz vor mir die Köpfe zusammensteckten, um einander besser zu verstehen, wie es schien. Sie stellte ihm Fragen, er antwortete. Dann nahm er den

Kopf zurück, um ihre Reaktion mitzukriegen, aber sie schaute ihn nur an und sagte nichts. Und plötzlich ahnte ich, dass ich in höchster Gefahr schwebte. Panik schoss durch meinen ganzen Körper wie eine Kugel im Flipperautomat. Und wir schwebten durch die Nacht, die Höllenfahrt wollte nicht enden, und ich spürte, wie sich Clarissa mit jeder Drehung weiter von mir entfernte.

Sie stiegen zuerst aus, und als ich theatralisch taumelnd zu ihnen ging, merkte ich gleich, dass sie mir etwas mitteilen wollten. Clarissa schaute Bill an, Bill schaute auf seine Schuhe. Und ich bekam einen ganz trockenen Mund.

Bill war, wie gesagt, nicht besonders klug, aber er war auch nicht irgendwie gemein. Deshalb trat er diskret einen Schritt zurück, als sie mich ins Bild setzte. »Ich möchte jetzt wieder mit Bill zusammen sein«, sagte sie, und in ihrer Stimme schwang eine Spur von Ungeduld mit, typisch Clarissa, genau wie am Telefon, als sie mich fragte, ob ich zu ihr kommen würde, am besten gleich. Als wollte sie, in diesem Fall nun, den bisherigen Teil des Abends (also mich) möglichst schnell hinter sich bringen und »weitermachen«.

Bill brachte mich zu meinem Onkel. Nur wir beide im Auto, und wir fuhren auf derselben breiten Straße, die ich erst vor ein paar Stunden zu Fuß entlanggegangen war. Wie war es möglich, dass sich alles, mein ganzes Leben, so schnell so radikal verändert hatte?

»Ist das dein Auto?«, fragte ich Bill.

»Gehört meinem Dad.«

»Es riecht so neu. Ist es neu?«

»Ist was neu?«

»Das Auto. Ist das Auto neu?«

»Ich glaube, ja.«

»Ich finde, neue Autos riechen gut«, sagte ich.

Wir fuhren durch Chinatown, der Mond leuchtete im Rückspiegel. Eine Straßenbahn sauste vorbei, leer jetzt.

»Nicht zu fassen, dass schon August ist«, sagte ich. Ich glaube, Bill fand selten, dass etwas nicht zu fassen war. Aber er nickte kooperativ. Dann nahm er die rechte Hand vom Steuer und legte sie zwischen uns auf den Sitz. Seine »Petting«-Hand, dachte ich gleich.

»Ich freue mich jedes Jahr auf den Sommer«, sagte ich. »Aber irgendwie ist man am Schluss doch immer enttäuscht.«

Vor dem Haus meines Onkels fuhr Bill schwungvoll an den Bordstein und wandte mir sein hübsches, fast feminines Gesicht zu. Sogar im Licht der Straßenlaternen konnte ich die roten Flecken auf seinen Wangen erkennen. (Rot wie Blut, dachte ich. *Mein* Blut, so kam's mir vor.)

»Das tut mir alles ziemlich leid«, murmelte Bill. Und auf seine Art meinte er es ehrlich. Ich stieg aus, rannte die flachen Steinstufen hinauf, veranstaltete eine dramatische kleine Szene, während ich meinen Schlüssel suchte, und als ich mich umdrehte, um Bill zu winken, konnte ich an seinem Gesicht im Autofenster ablesen, dass er verstand, was in mir vorging. Aber fünf Minuten später hatte er es garantiert schon wieder vergessen. Da war er ja schon unterwegs zu Clarissa. Ihre Eltern, das hatte sie vorhin erwähnt, waren bei einem Filmfestival in San Sebastián.

Als ich am Morgen aufwachte – die Vögel zwitscherten draußen vor dem Fenster, das Zimmer war in gelbes Sonnenlicht getaucht (das falsche Licht, das zu frühe Licht), schwebte ich eine Sekunde lang in den Randbereichen des Erinnerns. Eine Leiche, deren Umrisse man im Schlamm noch nicht ganz erkennt. Ach, genau – stimmt. Das war's. Ich hatte einen schlechten Geschmack im Mund, mein Kopf tat weh vom Bier, als hätte man durch beide Schläfen einen Pfeil geschossen. Meine Freundin – weg.

Ich wollte wieder einschlafen, aber ich fühlte mich wie ein Taucher mit Luft im Taucheranzug (*sie ist weg!*) – ich konnte einfach nicht mehr unter die Oberfläche gelangen. (Wie grauenvoll, sich Jahrzehnte später an diese Augenblicke zu erinnern.)

Ich blieb trotzdem liegen und glotzte auf einen Riss in der Decke. Keine Ahnung, wie lange. Es war ein gezackter Riss, der aussah wie die Sommerblitze über dem See. Und die Ereignisse des vergangenen Abends, das Mädchen im roten Pulli, das Riesenrad, Bill Cardelle, der auf seine Schuhe starrt – ein Albtraum, unentrinnbar. Als hätte jemand eine Handvoll Spielkarten in die Luft geworfen, und alle wären genau in der numerisch richtigen Reihenfolge heruntergefallen. Ich war gelähmt, ich konnte nur auf den Riss starren. Ich wollte nach unten gehen und mir wenigstens die Zähne putzen, war aber unfähig aufzustehen. Ich hatte Angst – ich fürchtete, dass dadurch, dass ich mich bewegte und den Tag offiziell begann, die Situation unwiderruflich real wurde. Dann hörte ich zum ersten Mal, seit ich bei meinem Onkel wohnte, dass jemand an meine Tür klopfte.

»Ja, herein?«

Mein Vater kam ins Zimmer. Das ganze Elend der Welt, die Verzweiflung über mein Schicksal, alles stürzte über mir zusammen wie ein Stapel Holzstühle. Das war so unfair! Und außerdem hatte ich ganz vergessen, dass Dad – frisch aus dem Krankenhaus entlassen und wild entschlossen, die »verlorene Zeit« nachzuholen und sein »schlechtes Benehmen« wiedergutzumachen – bei mir vorbeikommen wollte, um fürs neue Schuljahr Klamotten zu kaufen.

Wir fuhren mit seinem kleinen blauen Morris in die Innenstadt. Unterwegs kamen wir an der tiefen Schlucht vorbei, auf deren anderer Seite man Clarissas weißen Apartmentblock sehen konnte, und ich sah sie vor mir, die beiden, in dem riesigen weißen Bett ihrer Eltern, die Seidenvorhänge sanft wehend (wie die Haare in Bills Stirn), Clarissa und ein Junge mit blutrot gefleckten Wangen, wie sie da lagen und schliefen, Seite an Seite.

Ich beobachtete, wie die Schlucht im Spiegel zurückwich, bis wir in die Eglinton Avenue einbogen, viel zu hell in der gnadenlosen Spätsommersonne. Unser Ziel war Beatty's Store of Young Gentlemen.

Der Tag wollte nicht enden. Es war, vielleicht bis heute, der längste Tag meines Lebens. Mein Vater, zittrig und unsicher wie alle Alkoholiker, stellte mir Fragen, als würde er aus einem Ratgeber ablesen. Meine Antworten interessierten ihn im Grund nicht. Nur eine Frage war ihm wichtig: »Stimmt es, dass du eine sehr hübsche Freundin hast?«

Wir kauften einen Blazer, der geändert werden musste, graue Flanellhosen, die kürzer gemacht werden mussten, ein Button-Down-Hemd, einen Gürtel, eine Krawatte für zu Hause, eine für die Schule, Sportsocken, normale Socken. Es hörte nicht auf. Als ich einen grauen Pullover anprobieren sollte, ging ich in die Umkleidekabine, schloss die Tür, setzte mich mit dem Rücken zum Spiegel, schlug die Hände vors Gesicht und weinte.

Zwei Wochen später betrat ich zum ersten Mal als Internatsschüler das kompakte Backsteingebäude, vor dem ich jetzt stand. Ich, im Internat! Einer von *diesen* Typen, den chronischen Wichsern und Pickelquetschern, den ungeliebten Kindern, deren Eltern als Beamte in Nairobi oder im Senegal oder in Osttimor arbeiteten. Diese traurigen Nullen mit Schuppen in den Haaren, die nie mit einem Mädchen ausgingen und die freitagabends ihre Hausaufgaben machten. Bisher waren meine Freunde und ich immer externe Schüler gewesen, wir gingen nach der Schule nach Hause, wir nahmen unsere Krawatten ab und sahen fern, wir schliefen samstagmorgens bis in die Puppen und gingen nie in die Kirche. Aber damit war Schluss. Unser Haus in Toronto hatten meine Eltern verkauft (hätten sie eine schlechtere Entscheidung treffen können?), dort wohnten jetzt andere Leute, während sie selbst in unser Sommerhaus gezogen waren. »Weniger Ablenkung«, sagte der Arzt zu meinem Vater. Da musste jeder zustimmen.

Ich wurde einem Jungen zugewiesen, mit dem keiner das Zimmer teilen wollte. Seine Haut war schneeweiß, und am liebsten lief er splitternackt im Zimmer herum, ließ seine Muskeln spielen und lachte laut dazu. Er hatte außerdem ein gewaltiges, nicht beschnittenes Glied, das aussah wie ein Riesenwurm. Ich hatte das unangenehme Gefühl, dass er seine eigene Nacktheit erregend fand. Das Fenster über meinem Bett ging hinaus auf den Innenhof mit der Statue – und in eben diesem Innenhof stand ich nun, Jahrzehnte später.

Es war der Horror damals. Ich drehte fast durch, weil mich alles komplett durcheinanderbrachte. Das durfte doch nicht wahr sein! Als ich ins Riesenrad einstieg, hatte ich eine Freundin, und als ich unten ankam, hatte ich keine mehr. Wie war das möglich? Was war das für eine Welt, in der so etwas passieren konnte? Was sind das für Menschen? Dient die Sprache nur dazu, für die anderen zu verschleiern, wer man wirklich ist, was man wirklich will?

Eines Abends, als das Licht ausging, holte ich den kleinen Plastikapparat hervor, hielt ihn mir ans Auge und drückte den Knopf – und da waren wir.

Da waren wir.

In der nächsten Nacht brannte ich durch. Ich kletterte aus dem Fenster in den Innenhof und huschte an der Statue vorbei ins Dunkel.

Ich brauchte die ganze Nacht, um bis zur amerikanischen Grenze zu trampen. Die Sonne war inzwischen aufgegangen, die Autos funkelten im Morgenlicht.

»Wohin willst du?«, fragte der Zollbeamte an der Brücke.

»Zu den Niagarafällen«, antwortete ich.

»Wie lange?«

»Nur heute.«

»Warum bist du nicht in der Schule?«

»Heute ist schulfrei. Wollen Sie meinen Schülerausweis sehen?«

»Nicht unbedingt«, sagte er lachend und fand sich selbst richtig cool. »Ab mit dir.«

Ich ging fünfundzwanzig, fünfzig, hundert Meter über die Brücke; ich schaute in den Fluss, der unter mir rauschte, der Wind wurde heftiger, blies mir die Haare zurück. Plötzlich überkam mich der wilde Wunsch, einfach loszurennen, bis in alle Ewigkeit. Mein ganzes Leben hatte ich den Verdacht gehabt, dass ich ein »böser Junge« war und dass ich irgendwann dafür bestraft würde – eines Tages würde eine riesige Fliegenklatsche mit einem schrecklichen *Plitsch* auf mich heruntersausen. Und jetzt war ich hier und machte tatsächlich etwas, was gegen sämtliche Regeln verstieß, ich zeigte Gesetz und Ordnung den Mittelfinger – und … nichts. Keine Fliegenklatsche. Es gab keinen Gott, keine Hölle, keine Strafe. Niemand passte auf, niemand dachte auch nur daran, mich zu bestrafen. Ein blinder Mann kam die Brücke entlanggetapert, auf mich zu, in Richtung kanadische Seite. Sein schwarzer Mantel flatterte im Wind. Ich wartete, bis er an mir vorbei war, dann begann ich zu rennen. Ich rannte vollends über die Brücke, und als ich am Ende angekommen war, als ich einen amerikanischen Gehweg betrat, da war ich ein anderer Mensch, ich schwör's – ich war ein anderer Mensch als der, der auf der anderen Seite die Brücke betreten hatte.

Die Sonne war hinter dem Uhrturm der Schule untergegangen, das runde Zifferblatt färbte sich langsam gelb. Die Tür zu meinem ehemaligen Schlaftrakt wurde aufgerissen, eine Meute halbwüchsiger Jungen stürzte auf den Innenhof. Sie warfen mir nur einen kurzen Blick zu – ich hätte auch ein Pfosten oder ein Fahrradständer sein können – und durchquerten schnell den Innenhof. Wahrscheinlich war es Zeit fürs Abendessen. Ich wartete, bis der letzte Junge die Stufen zum Hauptgebäude hinaufgerannt und verschwunden war. Von da, wo ich stand, konnte ich hören, wie die Schüler den Gang entlang zum Speisesaal eilten, ich hörte ihre lauten, lebhaften Stimmen.

Ich ging zum Fenster meines alten Zimmers. Der Schüler, der jetzt dort wohnte, hatte das Licht ausgemacht. Ich konnte nur mein eigenes Spiegelbild in der Glasscheibe sehen.

Ich blieb noch eine Weile, während es immer dunkler wurde. Eine Sache hätte ich noch gern gewusst. In jener finsteren Oktobernacht, als ich aus dem Fenster kletterte und von Schatten zu Schatten huschte, über Sportplätze und Brücken rannte – was hätte ich gedacht, wenn mir damals jemand gesagt hätte, dass ich viele, viele Jahre später, mit grauen Haaren und älter als die Lehrer, die hier unterrichten (komische Vorstellung), hier in diesem Innenhof stehen würde?

Und ich weiß nicht recht, warum, aber als ich das Schulgelände verließ (ich sah zwei korpulente ältere Knaben über die Aschenbahn keuchen), empfand ich eine tiefe Zärtlichkeit für den Jungen, der in die Nacht floh. Er war mehr als wagemutig, mehr als furchtlos, mehr als naiv, einfach *mehr*. Eine Eigenschaft, die ich heute nicht mehr besitze. Und das ist vielleicht auch besser so, in meinem Alter.

Aber wer hätte es gedacht – dass Clarissa Bentley meine große Befreierin sein würde? Sie war die Frau, die jeden falschen Aberglauben vertrieb. Ein kleines Miststück, das zu einem erwachsenen Miststück wurde – aber Clarissa hat, stärker als meine Mutter, die mich über alles liebte, stärker als meine Englischlehrerin, die mich inspirierte, mir fürs ganze Leben eine besondere Form der Freiheit geschenkt: die Freiheit, gegen Regeln zu verstoßen. Das wurde mir klar, als ich, Jahrzehnte später, in diesem Innenhof stand. Ein Glücksgeschenk von einem Monster.

Kapitel 2

ALLES MACHTE IHM ANGST

Als ich zwölf war, kaufte mir mein Vater, damals ein erfolgreicher Börsenmakler, eine Waffe. Es war ein Kleinkalibergewehr mit Mahagonischaft und kurzem Lauf. Er brachte mir bei, wie man damit umgeht – vor allem, wie man ein Feld überquert oder über einen Zaun klettert, ohne sich ein Loch in die Stirn zu pusten, denn diese Waffe konnte tödlich sein, das begriff ich schnell. Und man kann sich vorstellen, wie Dad sich aufregte, weil mein halbwüchsiger Bruder Dean die Hälfte der Erdgeschossfenster in unserem Landhaus zerschoss, als meine Eltern am Wochenende zu einer Beerdigung in die Stadt gefahren waren.

Ich hatte nichts mit dieser Schießerei zu tun, weil ich genug Verstand besaß, um nicht mit einer Waffe auf ein Fenster zu zielen und abzudrücken. Besonders wenn das Fenster zum eigenen Haus gehört und die Eltern am nächsten Tag zurückkommen. Aber ich habe nicht gepetzt, sondern gemeinsam mit Dean die Schuld auf mich genommen, obwohl ich mir heute, mit sechzig und nachdem ich zwei Kinder großgezogen habe, nicht erklären kann, wieso ich das eigentlich getan habe. Vielleicht redete ich mir ein (was ich in dem Alter oft getan habe), dass ich irgendwie in einem Film mitspiele. Zum Beispiel in *Beau Geste* (Drei Fremdenlegionäre), einem romantischen Abenteuerfilm von 1939, in dem Gary Cooper ein Verbrechen auf sich nimmt, das er gar nicht begangen hat – den Diebstahl eines wertvollen Schmuckstücks –, und dann zur Fremdenlegion geht, wo er als Held stirbt. Genau die richtige Geschichte für mich.

Die Strafe für die zerschossenen Fenster war weniger zwingend. Statt Dean zum Psychiater zu schicken, verlangten unsere Eltern von uns, dass wir den *Raben* von Edgar Allan Poe auswendig lernten (eine Idee meiner Mutter), was für mich ein Kinderspiel war, weil ich ein Elefantengedächtnis hatte und Gedichte mochte. Aber für Dean war es eine Tortur, wie alles andere auch.

Am Ende des Sommers, als die Schule wieder anfing, gingen wir nach Toronto zurück, und das Gewehr blieb auf dem Lande in einem Schrank, beim Zylinder meines Vaters, bei den überflüssigen Golfschuhen, einer Schachtel mit Krawattennadeln und zwei exotischen roten Würfeln, die Dad in Kuba erstanden hatte, als er noch nicht verheiratet war.

Ich wuchs in dem Jahr unglaublich schnell, fast fünfzehn Zentimeter (ich sah aus wie ein prähistorischer Vogel), und als im folgenden Juni das Familienauto in einer Staubwolke die Zufahrt hinunterbretterte und überall der Kies wegspritzte, war das Gewehr zu klein für mich. Es sah aus, als würde ich mit einem Spielzeuggewehr herumhantieren. Also blieb es weiterhin im Schrank.

Ein paar Jahre später, als ich in einem neuen Internat war (diesmal irgendwo auf dem Land), wurde ich dabei erwischt, wie ich mit einem Priester, der in dem Jesuitenkloster ein Stück die Straße hinunter lebte, Haschisch rauchte. So ein Pech aber auch. Ich wurde eine Woche suspendiert und in unser Sommerhaus geschickt, wo man Vater jetzt allein lebte, weil meine Mutter ihn vorübergehend verlassen hatte.

Aber ich ging nicht direkt nach Hause. Ich hatte Angst, meinem Vater unter die Augen zu treten (im Jahr vorher war ich aus dem Internat abgehauen), und ging lieber zu einem Mädchen – sexy, verrucht, Haare in den Achselhöhlen –, das im Studentenghetto von Toronto in einem Wohnheim hauste. Sie öffnete die Tür, ganz in Schwarz gekleidet, im dunklen Zimmer hinter ihr glühte ein Erdbeer-Räucherstäbchen, und sie sagte: »Komm rein.«

Irgendwann am Nachmittag rief mich mein Zimmerkollege vom Internat bei dem Mädchen an. »Du musst da weg. Sie wollen die Polizei einschalten«, sagte er.

Als ich zu unserem Haus in Grassmere kam, war es schon fast Mitternacht. Von Huntsville hatte ich ein Taxi genommen. Der Fahrer war ein freundlicher Mann mit Doppelkinn und einem roten Jagdhut. Er hatte mich an der Straße abgesetzt. Zu viel Schnee, sagte er, er wolle nicht steckenbleiben. Ich trottete die Zufahrt entlang, so wie nach den Sommertanzabenden. Ein fahler Mond hing zwischen den Zweigen. Nichts war zu hören, außer meinen knirschenden Stiefeln im Schnee und dem Fluss, der links von mir durch die Dunkelheit rauschte.

Ich kam um die Biegung in der Zufahrt, etwa hundert Meter entfernt sah ich unser Haus und dahinter den zugefrorenen See, der im Mondlicht hellgrau schimmerte. Eine kleine Lampe erleuchtete das Wohnzimmerfenster; der Rest des Hauses lag im Dunkeln.

Ich ging durch die Garage, in der es nach kalten, vergessenen Dingen roch, und betrat das Haus durch die Seitentür. Leise zog ich die Stiefel aus und spähte ins Wohnzimmer. Mein Vater schlief in einem Sessel in der Ecke, auf dem Tisch neben ihm lag ein James-Bond-Roman, auf dem Cover Sean Connery in *Liebesgrüße aus Moskau.*

Als Dad mich hörte, wachte er auf und streckte sich. Ein graues Haarbüschel stand von seinem Kopf ab. Wahrscheinlich war er sich mit der Hand durch die Haare gefahren, bevor er einschlief.

»Ich habe gar nicht mit dir gerechnet«, sagte er, und er klang fast dankbar. Diese milde Reaktion veränderte die Rollenverteilung zwischen uns für immer. Oder jedenfalls für den Teil von »immer«, der uns noch blieb.

Niemand war Augenzeuge seiner letzten Augenblicke, niemand sah, wie es passierte, aber ich denke seit Jahren darüber nach, wie es war, immer und immer wieder. Es ist wie ein Film, jeder Take ein bisschen anders als der vorhergehende, und alle enden an der gleichen Stelle.

Hier kommt das, was ich weiß: Ich blieb drei Tage bei ihm im Landhaus. Nur wir beide. Alles still. Bis auf das Eis, das im Wald von den Bäumen herunterkrachte, und das Krächzen der Krähen auf dem Feld, einsame Rufe. Die dunklen Bäume in der Schlucht, die Grasbüschel, die aus der Schneedecke herausragten. Die Welt, ein Schwarzweißgemälde.

Wir redeten nicht darüber, dass ich von der Schule suspendiert worden war. Ich glaube, mein Vater wollte die Einzelheiten gar nicht wissen. Vielleicht spielte das für ihn schon keine Rolle mehr. Ich fragte ihn, ob er von Mom gehört habe. Er sagte nein. Aber das stimmte nicht, denn später fand die Polizei einen Brief von ihr auf dem Kaminsims. Der Brief war aus Florida, sie wohnte in einem pinkfarbenen Hotel am Meer, das Wasser war dort warm um diese Jahreszeit. Ihr Entschluss war ins Wanken geraten. Es ist gar nicht so leicht, schrieb sie, einen »Gentleman wie dich« zu finden. »Du bist eine Rarität.« Sie wollte doch lieber zurückkommen. Alles konnte anders werden …

Aber zu mir sagte Dad, nein, er habe nichts von ihr gehört, und dann schwieg er. Ich glaube, damals habe ich zum ersten Mal gemerkt, dass Stille etwas ist, was man hören kann. Und dann schrien wieder die Krähen.

Was machten wir in dem großen Haus? Wir spielten Karten, wir legten Holz ins Feuer, zum Mittagessen aßen wir Schinkensandwiches, ich spielte Dad das merkwürdige Instrumentalstück »Flying« von den Beatles vor. Aber die Elektroschockbehandlungen hatten ihn sehr unsicher gemacht, und während er der Musik zuhörte, konnte man ihm ansehen, wie er sich überlegte, was für ein Gesicht er machen sollte.

»Gefällt es dir?«, fragte ich ihn.

Er nickte. Aber das Stück mit seinen magischen Rhythmen erfüllte immer noch den Raum und stand zwischen uns. Es kam so vieles zusammen: Ich war von der Schule suspendiert worden, ich war anschließend nicht gleich nach Hause geeilt, ich war mager wie ein Skelett und außerdem noch unsportlich, ich hatte eine Frisur wie die Beatles, ich war im Jahr vorher aus dem Internat abgehauen – ich konfrontierte meinen Vater mit einer erdrückenden Liste von Beweisen dafür, dass ich meilenweit von dem Sohn entfernt war, den er sich immer gewünscht hatte. Aber er wusste, es war zu spät und zu strapaziös für ihn, sich darüber zu beschweren.

Nutzlos. Ich glaube, er fühlte sich nutzlos, und das bestärkte mich in meinen zaghaften Ansätzen, endlich erwachsen zu werden. »Ich habe keine Angst mehr vor ihm«, dachte ich. Und er spürte das, er hörte es in meiner Stimme, er sah es an meinen raschen Bewegungen – mit dem Ergebnis, dass er vermutlich seinerseits so etwas wie Angst vor mir bekam. So viel Jugend. Die Arroganz und Rastlosigkeit der Jugend, die auf alles eine Antwort parat hat. Wie anstrengend ich an diesem Wochenende für ihn gewesen sein muss!

Wir fuhren zu einer Skihütte in der Nähe, tranken heiße Schokolade und schauten zu, wie die Skifahrer den Abhang hinunterflitzten. Mein Vater trug eine komische Mütze, das weiß ich noch, mit riesigen Ohrenschützern dran, eine Mütze, die ihm überhaupt nicht stand und die er früher, zu anderen Zeiten, niemals aufgesetzt hätte. Er zog sich immer super elegant an, mein Vater, absolut alte Schule. Blazer, frisch gebügelte Hemden, Manschetten, Klubkrawatte, alles picobello. Aber nicht an diesem Wochenende. An diesem Wochenende gab er auf.

So vergingen drei Tage, und an einem grauen Nachmittag brachte er mich zum Bahnhof von Huntsville. Wir warteten im Auto, vor uns die Gleise, das kleine Bahnhofsgebäude links von uns und hinter uns der See, weiß und zugefroren bis zum anderen Ufer, eine verschwommene Linie am Horizont. Ich erkundigte mich nach Dean. Ob er schon dagewesen sei. Nein. Dad begann, Deans Wegbleiben zu erklären – Universität, neue Freundin –, doch mittendrin verließ ihn die Kraft, und er verstummte.

»Was hast du jetzt vor?«, fragte ich ihn.

Er antwortete: »Ich muss nach Toronto. Gesteigerte Lust habe ich allerdings nicht.« Er fasste sich an die kleine Verschorfung an seiner Stirn, gutartig, aber sie musste trotzdem entfernt werden. Keine große Sache: ins Auto steigen, eine altbekannte Strecke fahren, Übernachtung im Royal York Hotel, am Morgen zum Arzt, örtliche Betäubung, zurück ins weiße Haus auf dem Land. Fertig.

Aber alles machte ihm Angst. Selbst die Fahrt nach Toronto.

Mein Zug fuhr ab, und ich dachte nicht mehr an ihn, tagelang. Ich war siebzehn, ich dachte über nichts besonders lange nach, für mich gab es nur meine eigenen Bedürfnisse. Das Mädchen mit den Achselhaaren. Ich wollte wieder eine Nacht mit ihr verbringen, mit ihr und den Räucherstäbchen und den Buddhakerzen.

Später am Nachmittag. Mein Zug war schon hundert Meilen entfernt. Meine Mutter saß mit einem Martini an der Bar ihres Hotels in Florida und überlegte die ganze Zeit, ob sie nicht lieber wieder zu ihrem Mann zurückgehen sollte, weil es doch so schwer war, einen Gentleman wie ihn zu finden. Mein Vater, John Patterson Monday, packte einen kleinen Koffer. Eine Haarbürste, zwei Oxfordhemden, eine dezente Krawatte, Socken, Rasierzeug. Er muss die Sachen gepackt haben, gleich nachdem er mich zum Bahnhof gebracht hatte. Es wurde schon dunkel, die Winternacht senkte sich über das große Haus. Er zog den Regenmantel an, setzte seinen Hut auf und goss sich einen Scotch ein. Ich nehme an, er hatte vor, ein Taxi zu rufen, überlegte es sich aber anders. Er stand auf, immer noch im Regenmantel, ging in sein Zimmer und schob seine alte Militäruniform beiseite, die über einem Kleiderbügel hing. Er entschied sich für mein Kleinkalibergewehr. Weil es einen kurzen Lauf hatte? Dann ging er ins Wohnzimmer, öffnete die Schublade des Queen-Anne-Schreibtischs, der neben seinem Sessel stand, und holte aus einer Munitionsschachtel eine hornissengroße Patrone.

Danach begab er sich in die Küche, setzte sich an den Tisch, öffnete das Verschlussstück des Gewehrs, steckte die Patrone in die Kammer, ließ das Schloss wieder einrasten und spannte. Immer noch mit dem Hut auf dem Kopf, hielt er sich die Mündung an die Schläfe und drückte ab.

Ich habe keine Ahnung, wie lange er auf dem Küchenboden lag, während es draußen immer dunkler wurde, aber ich weiß, dass er nicht sofort tot war. Man stirbt nicht so schnell, wenn man sich mit einem Kleinkalibergewehr erschießt.

Es dauerte drei Tage, bis er gefunden wurde. Schließlich schlug der Hausmeister, der ein Stück die Straße hoch wohnte, ein Fenster ein und betrat durch die Küche das Haus.

Manchmal frage ich mich, ob meinem Vater, als er sich die Gewehrmündung an die Schläfe hielt, doch noch Bedenken kamen. Zögerte er, kurz bevor er abdrückte und die Patrone ihn zu Boden schleuderte? Fürchtete er, es würde weh tun? Dachte er an mich? Konnte er die Küchendecke sehen, als er da lag? Wusste er, dass er sterben würde? Hat er seine Tat bedauert? Träumt man noch, wenn man so stirbt? Weichen die Bilder immer weiter zurück? Was hat er im allerletzten Augenblick gedacht? Hat er gedacht: *Das ist die perfekte Ordnung der Dinge*?

Zu dieser Geschichte gibt es eine Ergänzung. Etwa ein Jahr nach Dads Tod begann ich in Toronto zu studieren, und im Coffeeshop erzählte ich den hübschen Mädchen, dass mein Vater sich umgebracht hatte. An einem Herbstnachmittag erzählte ich es Raissa Shestatsky, in der Erwartung, dass das Lächeln von ihrem Gesicht verschwinden würde. Was es auch tat. Ich dachte, dass ich dadurch interessanter wurde und mit meiner Lebensgeschichte eher wie ein richtiger Schriftsteller wirkte als andere Leute. Immer wieder erzählte ich, was passiert war, bis ich eines Tages meinen Vater vor mir sah. Er saß einfach nur da und schaute mich an, und ich schämte mich abgrundtief. Ich muss damit aufhören, dachte ich. Und die längste Zeit hielt ich mich daran.

Aber vor etwa zehn Jahren geschah etwas völlig Unerwartetes. Ich erhielt eine Postkarte aus Vancouver. Dreitausend Meilen entfernt. Eine Luftaufnahme der Stadt: der Hafen voller Segelboote, am Ufer Hochhäuser, die wie Edelsteine im Sonnenuntergang funkelten. Das Übliche. Aber hinten drauf stand Folgendes:

»Darling, ich habe gerade Deinen neuesten Roman gelesen und finde ihn okay, aber worauf ich mich wirklich freue, ist Deine Autobiographie – die Geschichte von Dir und Deinem Vater und dem Küchentisch. Samt Blutspritzern und allem. Das gäbe doch ein tolles Drehbuch, für das sich sogar David Cronenberg interessieren würde, n'est-ce pas?
Bis bald!«

Die Karte war an meinen Verleger adressiert, die Unterschrift mit Absicht unleserlich.

Aus Gründen, die mir selbst nicht ganz klar sind, habe ich die Postkarte aufbewahrt, und sie liegt jetzt vor mir auf dem Tisch, ich betrachte die säuberlichen Druckbuchstaben. Der Absender – es ist ein Mann, so viel weiß ich – könnte Maler sein, Illustrator vielleicht, jedenfalls irgendeine Art von Künstler. Das sieht man an der Schrift. Aber warum habe ich die Karte nicht weggeworfen? Warte ich darauf, dass ich das Schriftbild irgendwann vergleichen kann? Genau. Ich habe sehr unerfreuliche Dinge mit der Person vor, die mir diese Karte geschickt hat. Und mir ist bewusst, dass ich Geduld brauche.

Ich habe allerdings eine Theorie. Der Gedanke kam mir aus heiterem Himmel, als ich eines Morgens die Teller aus der Spülmaschine räumte. Ich glaube, der Verfasser der Karte, dieser Widerling aus Vancouver, war mit mir auf der Uni und saß in der Nähe, vielleicht sogar am Nachbartisch, als ich Raissa oder irgendeinem anderen Mädchen die »traurige« Geschichte meines Vaters erzählte, und er hörte mit.

Und jetzt das.

Aber um auf meine Ausgangsfrage zurückzukommen – nein, ich glaube nicht, dass mein Vater sich im Sterben fragte, ob das Ganze ein Fehler war. Meine Sichtweise hat sich im Lauf der Zeit immer wieder verändert, aber jetzt, da ich so alt bin wie er, als er starb, stelle ich mir vor, dass er in diesen letzten Augenblicken gar nicht viel dachte – außer dass er es hinter sich bringen wollte. Es war eine kontinuierliche Bewegung, von dem Moment, als er die Treppe hinunterging, bis zu dem Moment, als die Mündung die Haut seiner Schläfe berührte. Komisch ist allerdings, besonders für einen Mann, der viel trinkt, dass er sein Scotchglas nicht geleert hat. Insgeheim bewundere ich ihn dafür. Mutig, so kurz vor Schluss.

Das sehe ich immer vor mir, wenn ich »Flying« höre, das Scotchglas auf dem Küchentisch.

Letzten Winter wanderte ich durch die Innenstadt, in dieser toten Zeit zwischen Weihnachten und Silvester. Vor Einbruch der Dunkelheit stand ich am Busbahnhof, zu dem ich geflohen war, als ich mitten in der Nacht aus dem Internat abgehauen war. Ich ging um eine schmutzige Schneewehe herum, betrat die Halle und kaufte mir eine Busfahrkarte zu unserem alten Landhaus in Grassmere. Ich war seit vielen Jahren nicht mehr dort gewesen, aber auf einmal überkam mich der Wunsch, das Haus zu sehen.

Offenbar war es ein günstiger Zeitpunkt, denn keine halbe Stunde später fuhren wir schon aus dem Busbahnhof heraus und bogen in die University Avenue ein. Es ist eigenartig, wenn man die eigene Stadt durch die grüngetönten Scheiben eines Busses betrachtet: die Straßenecke, an der man sich mit einer Freundin gestritten hat, der kleine Park, in dem man mit den Kindern Hotdogs gegessen hat, der Donut-Shop, in dem man gewartet hat, während die Wäsche trocknete, der verlassene Fußballplatz der alten Highschool. Ein Tourist im eigenen Leben.

Der Bus beschleunigte das Tempo. Die Welt huschte vorbei – Einkaufszentren, Lagerhallen, Wassertürme. Ein

Flugzeug im Landeanflug, wie in Zeitlupe. Als wir die Stadt hinter uns ließen, raste der Bus den braunen, nassen Highway entlang. Flache Felder auf beiden Seiten. Die Sonne verschwand schmollend hinter den Wolken. Grasbüschel, die aus dem Schnee ragten. Ein Farmhaus, rot wie getrocknetes Blut. Eine schnurgerade Seitenstraße, die ins Nirgendwo führte.

Nach und nach wurde die Landschaft rauer und verwandelte sich in Cottage-Gebiet; zugeschneite Seen, massive Felsen, Restaurants am Straßenrand, die bis zum Frühjahr geschlossen waren, Motels, auf deren Parkplätzen man den Schnee nicht geräumt hatte. Überhaupt, immer mehr Schnee. Bäume mit tief hängenden Zweigen, wie Kinder mit müden Armen.

Aber gleich hinter Orillia kam die Sonne aus den Wolken hervor und verwandelte die Landschaft, fast wie in der Karibik, in einen Ort der Verheißung: Ein Elch erschien am Waldrand, Dampf stieg von der Straße auf, die Seen waren gepünktelt mit Eisfischerhütten. Eine einsame schwarze Gestalt, die sich zum Ufer bewegte.

Es war schon fast halb fünf am Nachmittag, als der Bus vom großen Highway abbog und langsam nach Huntsville hineinfuhr. Am Empire Hotel stieg ich aus. Wie ein Schlafwandler überquerte ich die Straße, ging erst am Kino, dann an einem Kartenladen vorbei, bis zu Edwards Taxistand. Ich betrat das Büro und sagte, ich wolle nach Grassmere, »falls es immer noch Grassmere heißt«, fügte ich hinzu.

»Klar heißt es noch so«, sagte der Mann hinter der Theke. Ein freundliches Kleinstadtgesicht, das mir irgendwie bekannt vorkam. »Draußen am Pen Lake, stimmt's?«

»Genau.«

»Welche Adresse?«

»Das weiß ich nicht. Bei meinem letzten Besuch hatte das Haus noch keine Adresse.«

»Wem gehört es denn?«

»Ich weiß leider nicht, wie die Leute heißen. Es ist lange her, dass ich hier war. Ich suche das alte Monday-Haus.«

»Das kenne ich – mein Vater hat euch früher immer rausgefahren«, sagte der Mann beiläufig. »Earl Edwards war mein Dad.«

Da erkannte ich ihn. »Tommy?«, fragte ich. Er war ein pummeliger Junge gewesen und hatte damals schon am Bootshafen gearbeitet, sich immer die Hände mit irgendeinem Lappen abgewischt und geredet wie ein Cowboy. »Ich erinnere mich gut an deinen Dad«, sagte ich. Das stimmte. Eine ältere Version von Tommys Gesicht, unter einem roten Jagdhut. »Er hat mich … oft rausgefahren.« Ich wollte eigentlich sagen, wann das war, hatte aber keine Lust auf ein längeres Gespräch.

»Er ist vor, äh, fünfzehn Jahren gestorben.«

»Das tut mir leid.«

»Warte einen Moment. Ich bring dich schnell.«

Tommy zog seine dicke Winterjacke an. »Ich habe immer euer Boot vollgetankt«, sagte er. »Für dich und deinen Bruder. Ihr seid an die Anlegestelle gekommen und aus dem Boot gesprungen und habt gerufen: ›Setz es auf die Rechnung von Mr J. P. Monday.‹«

Ich suchte nach einer Spur von Ressentiment in seiner Miene, aber da war nichts. »Du musst uns für verwöhnte kleine Schnösel gehalten haben«, murmelte ich leise.

»Na ja«, sagte er, sichtlich erleichtert, dass *ich* es gesagt hatte. »Das ist lange her. Schnee von gestern.« Ich sah wieder den kleinen Tommy vor mir, wie er sich die Hände an einem Lappen abwischte.

»Du hast ein gutes Gedächtnis, Tommy.«

»Ich kann mich nicht erinnern, was gestern war – und wenn's um Tod und Leben ginge. Aber frag mich, was vor zwanzig Jahren passiert ist – und ich rede ohne Pause bis zum Abendessen.«

Es war dunkel, als wir die fünf Meilen zum Haus fuhren. Das letzte Stück wollte ich allein sein und bat Tommy, mich an der Zufahrt rauszulassen. Sobald ich aus dem Taxi ausstieg, traf sie mich, diese wilde, frische Landluft.

»Möchtest du, dass ich warte?«

»Nein, danke, geht schon.«

Tommy überlegte kurz. »Du erinnerst dich doch bestimmt an Sharon Beilhartz. Ihr Vater hatte ein Schuhgeschäft.«

»Ja, natürlich.«

»Du warst mit ihr zusammen.«

»Stimmt. Einen Sommer lang.«

»Ja, und jetzt ist sie hier Bürgermeisterin. Also, pass gut auf, was du tust.«

»Danke für den Tipp. Überhaupt – schön, dass wir uns wiedergesehen haben, Tommy.«

Ich ging die Zufahrt hinunter. Links von mir toste der Fluss in der Schlucht, viel lauter als in meiner Erinnerung. Die Bäume, kahl, höher als damals und ganz verwildert. Ein hastig wandernder Mond. Das Wetter schlug um. Ich ging um die Biegung. Der Zaunpfosten war noch da, und es kam mir vor, als fingen die Beatles an, »Flying« zu spielen. In meinem alten Zimmer im ersten Stock brannte Licht. Ein Bewegungsmelder ging an. In der Garage stand ein teures Stadtauto. Offensichtlich waren die Leute, die hier wohnten, nicht unvermögend.

Ich klopfte an die Haustür. Keine Reaktion. Als ich noch einmal klopfte, beschleunigte sich mein Puls, als täte ich etwas Verbotenes – als müsste gleich ein wütendes Gesicht am Fenster erscheinen, und jemand würde rufen: »Verschwinden Sie. Sie haben hier nichts verloren!«

Ich überlegte, ob ich hinten ums Haus herumgehen sollte, aber das Gefühl, etwas Unerlaubtes zu tun, verstärkte sich noch, also ließ ich es lieber bleiben. Ich wollte schon wieder die Zufahrt hinaufgehen, da öffnete sich die Haustür. Dieselbe Tür, durch die ich hinausgerannt war, als ich nachts zu Clarissa Bentley trampte. Ein kleiner, braungebrannter Mann in Tweedjacke und Krawatte stand im Türrahmen.

Ich näherte mich ihm ganz langsam – schließlich wollte ich ihn nicht erschrecken – und stellte mich vor.

»Kommen Sie herein«, sagte Mr Keveney.

Und dann betrat ich unser altes Haus. Äußerlich war es noch dasselbe Haus wie früher, die Wände waren an derselben Stelle, aber sonst hatte sich alles verändert. Das Innere vibrierte vor frischen Farben, Rot und Orange und helle Pastelltöne.

Mr Keveney setzte sich in einen Sessel, der genau dort stand, wo der Sessel meines Vaters immer gestanden hatte. Mit einer Handbewegung forderte er mich auf, ebenfalls Platz zu nehmen. Das Feuer knisterte, und mich überkam ein schläfriges Schwindelgefühl, mein Kopf wurde federleicht. Ich glaubte, bei Mr Keveney einen leichten irischen Akzent herauszuhören. Ein Mann, der eine Krawatte trägt, wenn er an einem Sonntagabend auf dem Lande bleibt.

Ich sagte: »Ich hätte eine etwas ungewöhnliche Bitte, Mr Keveney.«

Sein Gesichtsausdruck veränderte sich. Die erste Spur von Misstrauen.

»Ich habe früher hier gewohnt«, fügte ich hinzu.

»Wann?«

»Bis 1966.«

»An wen haben Sie das Haus verkauft?«

»Das weiß ich leider nicht.«

»Wie hieß denn Ihr Vater?«

Ich sagte es ihm. Er verzog keine Miene. Wusste er Bescheid? Ich schaute in sein breites, gebräuntes Gesicht – hier war jemand, der gern Winterurlaub machte –, aber ich konnte nicht beurteilen, ob er die Verbindung herstellte.

»Dann sagen Sie mir doch, was Ihre ungewöhnliche Bitte ist.«

»Ich würde gern mein altes Zimmer sehen.«

In dem Moment kam eine strahlende, wunderschön gekleidete ältere Frau mit roten Haaren und blassem Gesicht ins Wohnzimmer. Bei ihr war der irische Akzent nicht zu überhören.

»Hast du unserem Gast denn ein Glas Sherry angeboten, Gerard?«, fragte sie.

»Ich glaube, ich trinke lieber nichts«, sagte ich, was die beiden nicht weiter merkwürdig zu finden schienen.

Ich folgte ihnen die Holztreppe hinauf und den schmalen Flur entlang. Als ich einen Blick ins Zimmer meines Bruders warf, sah ich, dass es ebenfalls umgestaltet worden war: warme Farben, gemütliche Möbel. Auf dem Bett stapelten sich verpackte Geschenke. »Unser Sohn lebt in Edinburgh, und er kommt demnächst mit seinen Kindern, um uns zu besuchen«, erklärte Mrs Keveney.

Und dann waren wir in meinem Zimmer. Keine Cowboys mehr auf der Tapete. »Schieben Sie ruhig das Fenster hoch«, sagte Mr Keveney.

Als ich die schweren Messingriegel berührte, überkam mich ein Gefühl absoluter Vertrautheit und gleichzeitig wieder dieser Schwindel. Ich schaute Mr Keveney verdutzt an. »Es sind dieselben Riegel wie früher, als Sie ein Junge waren«, sagte er. »Wir haben sie nicht ausgetauscht.« Ich schaute auf die Riegel, auf meine Finger. Das ist es also, was Proust meint, als er über die unebenen

Pflastersteine in Paris stolpert und sich abrupt nach Venedig zurückversetzt fühlt, wo er als junger Mann über ähnliche Steine gestolpert ist. Das bedeutet das »Jenseits der Zeit sein«: Man ist weder hier (in der Gegenwart, in unserem ehemaligen Landhaus) noch dort (ich, als Kind, wie ich das Fenster hochschiebe), sondern in einem Schwebezustand irgendwo dazwischen. Wie eigenartig: hierher zu kommen, um eine alte Wunde anzuschauen, und dann – weil das Leben so ist, wie es ist – mit etwas völlig Unerwartetem wieder wegzugehen. Bei mir, nach vielen Jahren der Unklarheit, mit dem Gefühl, Proust endlich verstanden zu haben.

»Hat das Sturmfenster früher auch schon im Wind geklappert?«

»Ja, allerdings.«

»Möchten Sie auch gern das Zimmer Ihrer Eltern sehen?«

Schweigend gingen wir dann durch die Küche. Ein rechteckiger Holztisch stand an der gegenüberliegende Wand. Er war für zwei Personen gedeckt, der eine Platz mit Blick auf das große Fenster, der andere daneben. Ich betrachtete den Tisch, die bunten Fliesen auf dem Fußboden. »Ich glaube, ich muss jetzt gehen«, sagte ich unvermittelt.

Und dann tat Mrs Keveney etwas, worauf ich nicht gefasst war. Sie kam auf mich zu und drückte mich. Die wunderbar duftende Umarmung einer Mutter.

»Aber wo übernachten Sie?«, erkundigte sie sich.

»In Huntsville.«

»Nein«, erklärte sie nachdrücklich. »Sie müssen hier bleiben. Morgen können Sie zurückfahren.« Man hörte, wie kleine Hagelkörner gegen die Fensterscheiben trommelten. Dazu das *Tick-tack* der Standuhr im Flur.

»Vielleicht hätte ich jetzt doch gern einen Sherry«, sagte ich.

Ich blieb unten beim Kamin sitzen und redete, bis mir die Augen zufielen. Dann ging ich die Treppe hinauf und den dunklen Gang entlang zu meinem Zimmer. Ich las nicht, sondern schlief sofort ein. In der Nacht hörte ich ein lautes Knallen im Flur. Ich kannte dieses Geräusch. Meine Mutter dachte immer, es seien Poltergeister, aber wenn es stimmte, dann waren es sehr wohlwollende Geister, und ich kehrte schnell ins Reich der Träume zurück.

Als ich aufwachte, strömte die Sonne ins Zimmer, der See leuchtete weiß in der Ferne, ein strahlender Morgen. Wir frühstückten in der Küche: Toast mit Rührei. Sehr lecker. Ich hatte gestern den ganzen Tag über nichts gegessen.

»Sie müssen wiederkommen – Sie können uns besuchen, wann immer Sie wollen. Bringen Sie doch auch Ihre Frau mit. Es ist ein bisschen abgelegen hier. Wir haben gern Gäste.«

Und dann ging ich die Zufahrt hinauf. Die Sonne hell über mir. An dem Pfosten blieb ich stehen und warf einen letzten Blick zurück. So viele Bilder: Mein Bruder, wie er auf seinem Bett liegt und im Radio Baseball hört. Mom, die in der Küche tanzt, die Bluse um die Taille geknotet. Mein Vater mit seiner komischen Mütze. All diese Gestalten schwebten vor meinem inneren Auge, so deutlich, dass ich sie fast berühren konnte. Und nun, da ich jederzeit zu dem Haus zurückgehen konnte, wusste ich irgendwie, dass ich es nie tun würde. Dieser Ort war heute von so viel Wärme erfüllt, war bewohnt von freundlichen Seelen.

Ich ging ein paar Meilen zu Fuß durch die farblose Landschaft, doch auf einmal hatte ich genug. Es gab nichts mehr, worüber ich nachdenken wollte. Ein leerer Eislaster brachte mich in die Stadt.

Kapitel 3

»SIE KENNEN MICH NICHT, MR DE NIRO, ABER …«

»Das ist das Beste am Berühmtsein«, sagte einmal ein Freund zu mir. »Man kann zu allen Leuten sagen, sie sollen sich verpissen.« Das sagte er am Tiefpunkt seiner Schauspielerkarriere, kurz bevor er endgültig aufgab und eine reiche Frau heiratete. Wir sehen einander nicht mehr (so was gibt's), aber an diesen Satz muss ich oft denken, und lange, sehr lange sogar, habe ich ihn für wahr gehalten: Ich habe geglaubt, dass es im Leben kaum eine größere Genugtuung geben kann, als den Orten und Menschen, die irgendwie mit einer persönlichen Niederlage verbunden waren, den Finger zu zeigen. *Fuck you, Mary Lou* – und so weiter.

Aber dann wurden meine Haare grau, und ich habe allmählich begriffen, dass die Dinge nicht so einfach liegen. Alles ist viel komplizierter. Es geht nicht darum, »den Leuten« beizubringen, dass sie sich in einem geirrt haben – nein, zuerst und vor allem muss man sich selbst davon überzeugen, dass man okay ist, oder genauer gesagt, man muss seinen Körper davon überzeugen. Der Körper speichert Fehlschläge viel gründlicher als Erfolge. Keine Ahnung, warum, aber es stimmt. Und wenn man ihn – den Körper – wieder an denselben Ort transportiert, an dem er früher gelitten hat, weil dem Herzen und der Eitelkeit Tiefschläge versetzt wurden, scheint der Körper alles zu vergessen, was in der Zwischenzeit geschehen ist, und er glaubt, dass er sich immer noch in der schlechten alten Zeit befindet. Jedenfalls meistens.

Wenn man also zu den Kampfschauplätzen vergangener Misserfolge zurückkehrt, können sich diese in gefährliche Minenfelder verwandeln.

Ich war zweiundzwanzig, als meine Mutter bei einer Dinnerparty in Mexico City starb. Sie brachte einen Toast aus, kippte um und stürzte auf den Teppich. Jemand klaute ihr noch die Halskette, bevor der Krankenwagen eintraf, aber abgesehen davon sei es eine sympathische Abendgesellschaft gewesen, wurde mir berichtet. Ein paar Tage später begab ich mich in die Kanzlei *Nathan and Nathan* und unterschrieb in Anwesenheit meines Bruders Dean verschiedene Dokumente.

So begann mein kurzes Leben als reicher junger Mann. Rückblickend würde ich sagen, dass mir damals kaum etwas Schlimmeres, Destruktiveres hätte passieren können als diese Erbschaft. Sie erlaubte mir, das Eine, was mich glücklich gemacht hätte, *nicht* zu tun, nämlich mit der Nabelschau aufzuhören, zu arbeiten und aktiv zu werden. Aber das begriff ich noch nicht, und ich machte ganz andere Dinge dafür verantwortlich, dass ich so unglücklich war: die Suche nach Liebe, unveröffentlichte Gedichte, das Schweigen Gottes, Zigaretten, Tierquälerei, hässliche Menschen und dass es bei mir in der Straße ganz anders aussah, wenn die Sonne plötzlich hinter einer Wolke verschwand.

Während meine Freunde Jura studierten, Schauspielunterricht nahmen, ein Volontariat bei der Zeitung machten, Geige übten oder einen Master in Vulkankunde anpeilten, wanderte ich im Morgenmantel durch ein geerbtes Farmhaus, schlief bis nachmittags um fünf und versuchte zwischendurch, meine Freundin zu erwürgen, eine deutsche Prinzessin mit Sprachfehler, Opfer eines elterlichen Mord-Selbstmords. Gemeinsam brachten wir es auf drei Elternteile, die durch die Kugel gestorben waren. Wie konnten wir da als Paar scheitern?

Einmal, auf dem Weg nach Frankfurt, brachten mich ein paar Bloody Marys und zwei oder drei Schlaftabletten auf die Idee, meinen Mitreisenden im Flugzeug vorzuspielen, ich sei ein professioneller Billardspieler, der durch die Welt tourte. Irgendwo über dem nachtdunklen Atlantik plumpste ich auf einen anderen Passagier, woraufhin mich der Chefsteward ganz hinten ins Flugzeug verbannte und an den Notsitz fesselte, so dass ich aussah wie eine Mumie. Gibt es etwas Negativeres für einen jungen Mann als Geld, das er nicht selbst verdient hat? Ich glaube nicht.

Dann, mit achtundzwanzig, also Anfang 1978, heiratete ich Anne, meine Freundin vom College, und ein paar Monate später bekamen wir eine wunderbare Tochter. Anne arbeitete für das Toronto Filmfestival (für Eingeweihte kurz TIFF), und ich kam nachmittags oft in ihr Büro. Alle Leute waren jung und sehr beschäftigt. Eine Weile gefiel es mir, der »interessante« (sprich nutzlose) Ehemann der Chefin zu sein. Aber man kann nicht ewig »interessant« sein, nach einer Weile folgt einem der unangenehme Geruch des Nichtstuns wie eine Wolke. Man fällt aus der Welt heraus. Es ist eine grausame Erkenntnis, aber wenn man nichts für die Leute tun kann, haben sie wenig Zeit für einen. Und ich meinerseits hatte nichts als Zeit.

Nach und nach spürte ich, dass ich sogar für die Sekretärinnen in Annes Büro nur noch ein Trottel war. Also ging ich nicht mehr hin. Die hellen Lichter, die Geräusche von Leuten, die alle so unglaublich viel zu tun hatten, das Klappern der Schreibmaschinen, die enthusiastischen Telefonstimmen – »Ich habe Werner Herzog am Apparat«, »Harvey Keitel kommt nicht, wenn dieser andere Typ auch da ist!«, »Können wir Koks für Robbie Robertson beschaffen?« – das ganze Getue löste in meinem Körper ein Gefühl ekliger Bedeutungslosigkeit aus. Ein schlimmeres Gefühl gibt es nicht.

Wenn ich abends das Licht ausmachte, merkt ich, dass etwas auf mir lastete und mich fast erdrückte. Es war die Angst, ein hoffnungsloser Versager zu sein.

Im September pulsierte und glitzerte im Herzen Torontos zehn Abende lang das Filmfestival. Es gab Nachmittagsempfänge und Cocktailpartys für die Filmindustrie.

Tabletts mit fetten Shrimps und eisgekühlten Dips wurden von wunderschönen, arbeitslosen Schauspielerinnen durch die Räume getragen. Limousinen fuhren unermüdlich zum Flughafen und zurück. In den Restaurants tauchten immer wieder neue Filmstars auf. Es gab private Abendessen für John Cassavetes, Gérard Depardieu, Wim Wenders, Richard Gere, Kevin Kline, Agnès Varda, Michael Caine, Jean-Luc Godard, Pauline Kael, Robert Duvall, Jean-Jacques Beineix, die junge Nastassja Kinski (mein Gott!), Peter O'Toole, Dennis Hopper, Klaus Maria Brandauer … Kein Woody Allen. Nie. (Er wusste, warum.)

Um zehn Uhr morgens fanden die Pressekonferenzen statt, bei denen es nur Stehplätze gab. Dolmetscher, Agenten, Produzenten und die ausländische Presse, alle drängten sich. Die Stars hielten Hof. Sie gaben ihre politischen Vorlieben zum Besten, kicherten beifällig über die Witze der anderen Stars und sonnten sich im falschen Glorienschein eines Mannes, der gerade einen Preis gewonnen hatte. Blitzlichtgewitter.

Es wurden natürlich auch Filme gezeigt, aber gelegentlich gewann man den Eindruck, dass sie nur ein Trampolin für die Küsschen und die Lobhudeleien waren.

In den Hotels wurde ein- und ausgecheckt. Die Lobbys summten und schwirrten von Autogrammjägern, Fotografen, Groupies und reisenden Geschäftsleuten, die sich belästigt fühlten. Überall Bakterien. Zeitungsjournalisten führten Interviews im Foyer.

Fernsehschauspieler bekamen die kleineren Räume zugeteilt. Gescheiterte europäische Regisseure gaben Seminare, damit eine ganze Generation junger kanadischer Regisseure lernen konnte, wie man ebenfalls scheitert.

Vor den Kinos waren rote Teppiche ausgerollt, die Scheinwerfer leuchteten, die Gehwege waren verstopft, Fernsehkameras surrten, Filmstars wurden aus ihren Limousinen ins grelle Licht katapultiert und waren schon wieder im Inneren des Gebäudes verschwunden, während alle anderen, die draußen blieben, eine leise Übelkeit, eine sanfte Depression überfiel. Aber ein paar Sekunden lang waren sie immerhin so nah dran gewesen, dass sie den Glamour fast berühren konnten.

Manchmal sah ich Anne in der Lobby eines Kinos, zusammen mit W. C., dem Festivalleiter, mit seiner gewölbten Stirn und der randlosen Brille. Neben ihm, schlaksig und hohlbrüstig, wartete Billy, sein oberster Speichellecker. Lachend und Zigaretten rauchend (er hatte nur einen Lungenflügel) rückte er den Leuten immer viel zu dicht auf die Pelle und führte Insidergespräche. Der Dritte im Bunde war Johnny, ein riesig fetter Idiot mit karottenroten Haaren. Er arbeitete nicht im »Business«, genoss aber das Privileg, mit den richtigen Leuten herumzuhängen. Er besaß nämlich die seltsame Fähigkeit, allen das Gefühl zu vermitteln, dass sie im Leben wesentlich besser zurechtkamen als er. Johnny war wie Tschechows Onkel Vanja. Die anderen wollten vielleicht Romanschriftsteller werden und verfassten stattdessen Texte für einen Katalog mit Kinder-Schneeanzügen, sie hatten vielleicht früher in den Spiegel geschaut, und es hatte ihnen ein Bertolucci entgegengeblickt, aber nun drehten sie immer noch Industriefilme für Fieberzäpfchen, sie hatten vielleicht gehofft, Filmstar zu werden, und fuhren heute die Filmrollen vom Zensor zu den Kinos … aber egal, welche Enttäuschungen man schon einstecken musste, man war in intellektueller, sexueller, kreativer und ästhetischer Hinsicht immer noch besser dran als Johnny. Deshalb mochten ihn alle.

Und was sollten die putzigen Spitznamen, Billy, Johnny und, nicht zu vergessen, »Weiner« (W. C.s Spitzname)? Erwachsene Männer! Bin ich zu streng? Überhaupt nicht. Aber es ist schon komisch, wie sehr ich diese Leute damals gehasst habe und wie stark meine Abneigung gegen sie auch heute noch ist, Jahrzehnte später, wenn ich nur an sie denke.

Manchmal sah ich Billy bei einer Gala tanzen. Er bildete sich ein, leichtfüßig und elegant zu sein, ein echter Motown-Mann. Er wusste, wie es geht. Zwischendurch ließ er sich sogar dazu herab, mit mir zu reden, Dann stand er viel zu dicht vor mir, extrem selbstbewusst, sein Gesicht nur ein paar Zentimeter von meinem entfernt. Aber es gab mir nie besonders lange die Ehre, er hatte ja wichtigere Termine. Mit einer großen Geste verabschiedete er sich, und dann, schnell, schnell, quer durch den Raum, um mit Soundso zu plaudern. Wieder lautes Gelächter. Insiderkram. Ho-ho-ho. Ha-ha-ha. Ich brodelte vor Hass und wünschte mir, sie wären alle tot. Wenn ich während dieser zehn Tage nur in die Nähe des Filmfestivals kam, wollte ich alle Leute umbringen – weil meine eigene berufliche Existenz so jämmerlich war und mein Leben mir wie totgeboren erschien –, aber ich schaffte es auch nicht, einfach wegzubleiben.

Immer wieder gab es kleinere Eklats. Ein Hollywood-Regisseur bestellte acht Magnumflaschen Veuve Clicquot und setzte sie dem Festival auf die Rechnung. Ein französischer Schauspieler nahm eine Überdosis Kokain (aber nicht ohne vorher alle Leute zu Tode zu langweilen), jemand vögelte die Freundin eines anderen in der Toilette der Hospitality Suite. Filmkopien gingen verloren und tauchten im falschen Kino wieder auf. Ein chinesischer Kunstfilm wurde beim mitternächtlichen Horrorfilmfestival gezeigt, ohne Untertitel. Niemand schien es zu merken.

Während dieser zehn Tage in Toronto traten komisch kopflastige Typen in den Vordergrund – die meisten von ihnen Filmkritiker. Schlecht gekleidete, übergewichtige soziale Krüppel stolperten durch Kinolobbys, häufig in Zweier- oder Dreiergruppen, stumm, überlegen, besserwisserisch. Man bekam richtig Herzklopfen, wenn man in ihrer Anwesenheit zu äußern wagte, dass man einen Film gut fand. Sie sagten nicht, dass man da völlig falsch liege, nein, sie legten einen nur ab in einer Kartei minderwertiger Kreaturen und wandten sich wieder ihresgleichen zu.

Und mitten in diesem allgemeinen Wirbel – meine Frau. Sie teilte Fahrer zu, gab Anweisungen, traf blitzschnelle Entscheidungen, jonglierte mit Vorführungen, tauschte für die kleineren Stars Hotelsuiten gegen Zimmer aus und umgekehrt Zimmer gegen Suiten für die größeren Stars, meckerte Kinoleiter an, besänftigte Schauspieler, reservierte Konferenzräume, feuerte die Aufsässigen, streichelte die Erschöpften. Sie war die Sonne, um die alles kreiste, der Mittelpunkt des Universums. Jedenfalls kam es mir so vor, wenn ich am Rand dieses grässlichen, lichtdurchfluteten Festivalbüros lauerte (»der Bunker«, nannten sie es). Ich legte während dieser zehn Tage die uneingeschränkte Eitelkeit eines erfolgreichen Schriftstellers an den Tag, hatte aber nichts vorzuweisen, womit ich diese Eitelkeit unterfüttern konnte. Wie der junge André Gide war ich sauer, weil die Welt mir nicht die angemessene Anerkennung schenkte für die Werke, die ich meiner Meinung nach garantiert demnächst schreiben würde.

Gelegentlich sah ich Anne auf der Straße, umgeben von einer Menschentraube, immer in Begleitung eines großen Stars (»Es ist Dustin Hoffman!«), oder eingekesselt von Regisseuren und Produzenten, von Presseleuten und Autoren (die Autoren versuchten immer, ihre schriftstellerische Würde und Souveränität zu bewahren, aber auch sie mit klopfendem Herzen und aufgeregt wie Kinder an Weihnachten).

»Dusty! Dusty! Hierher! Hierher!«

Man konnte sich nicht wehren, man konnte nicht *nicht* betroffen sein, man konnte nicht *nicht* das Gefühl haben, dass man *neben* dem eigentlichen Leben stand. Ich habe den Verdacht, dass selbst die Leute im »Bunker« sich peripher fühlten, denn dieses Ding, dieses »Etwas« entzog sich jedem, selbst wenn man ganz in seine Nähe kam, in den unmittelbaren Dunstkreis: Ins Zentrum konnte man trotzdem nicht vordringen. Man bekam es nie zu fassen, konnte es nicht festhalten, es sich nicht aneignen. Weil dieses »Etwas« gar nicht existierte; es war weder ein Ding noch ein Ort. Es war ein *Nicht*-Ort, und man blieb immer außen vor.

Manchmal ging ich abends zu den Galavorführungen, aber ich muss ehrlich sagen: Mir wurde immer übel, weil die ganze Aufmerksamkeit, die ganze Anbetung anderen Leuten galt. Es ging immer nur um die anderen. Also blieb ich oft lieber zu Hause, machte Abendessen für unsere Tochter Maggie, badete sie, packte sie in ihren Schlafanzug, las ihr eine Geschichte vor und dann … und dann … Es war, als ginge von der Innenstadt ein magischer Sog aus, man wurde unwiderstehlich angezogen, wie Metallsplitter von einem Magneten.

Ich konnte nicht stillsitzen, ich wurde schlechtgelaunt und aggressiv. Ungeduldig öffnete ich der Babysitterin die Tür und rannte los zur Hospitality Suite des Festivals, wie ein Junkie auf Entzug. Die Luft war diesig, ein Hauch von Geheimnis durchwehte die Straßen. Vielleicht war heute der große Abend. Der Abend, an dem mein Leben begann. An dem alles losging. Was, alles? »Wir haben schon länger ein Auge auf Sie geworfen, Mister, und wir glauben, unser Angebot könnte für einen Mann mit Ihren Fähigkeiten von Interesse sein.«

Wie war das möglich, wie konnte ich so tief sinken?

Charakterschwäche? Mag sein. Mangelnde Reife? Unter Garantie. Morgens wachte ich auf, die Sonne eine kalte Perle vor meinem Fenster, meine Tochter zupfte an meiner Bettdecke, Steh auf, Daddy, steh auf, und ich fragte mich, wie ich es geschafft hatte, bei so vielversprechenden Voraussetzungen – gutes Aussehen, kluger Kopf, Privatschulerziehung, kostenlose Universitätsausbildung, akzeptable Eltern (nicht besonders gebildet, aber auch keine Sadisten) – wie ich es trotz dieser Bedingungen geschafft hatte, so wenig zu erreichen.

Ich weiß noch, dass ich an dem Abend ein bisschen früher in die Hospitality Suite kam. Der Galafilm wurde gerade unten am Seeufer vorgeführt. Über dem Wasser zuckten Blitze, dicke Regentropfen trommelten gegen die großen Fenster. Ich stand an der Bar und unterhielt mich mit dem Barkeeper, als Anne mit einem Schwarm französischer Produzenten im Schlepptau hereinrauschte. Sie begrüßte mich mit einem frostigen Hallo, warf einen Blick auf mein halbleeres Bierglas, stellte mir ein paar Fragen, zögerte gerade lange genug, um mir indirekt zu verstehen zu geben, sie merke an meiner Stimme, dass ich zu viel getrunken hatte. Und als ich versuchte, mich zu rechtfertigen, als ich ein Gespräch begann (einfach nur, um nett zu sein) und zwei Sätze über Eric Rohmers Filme sagte (die viel präziser konzipiert sind, als man denken würde), drehte sie sich weg und ging. Das tat sie selbstverständlich mit Absicht, und ich blieb zurück, so klein mit Hut. Inzwischen hassten wir einander.

Um zwei Uhr nachts war die Suite laut und überfüllt. Eine Wolke aus Zigarettenrauch hing über den Gästen, der Geräuschpegel stieg, selbst der Türsteher hatte einen Drink in der Hand. Im Flur warteten Leute. Die Tür ging auf, man sah die Gesichter draußen – hoffnungsvoll, verkrampft, lächelnd, sauer –, alle wollten rein, um näher dran zu sein an dem großen »Etwas«, das sich ihrer Überzeugung nach gleich auf der anderen Seite der Tür verbarg. Ein Fernsehinterviewer kam herein. Er hatte ein eingedrücktes Affengesicht und war gekleidet wie für ein Stück von Noel Coward. Angeblich kannte dieser Typ sämtliche Details aus dem Leben der Stars – was jemand in der sechsten Klasse zu seinem Lehrer gesagt hatte, was der Regisseur eines Sommertheaters ihm vor vielen, vielen Jahren zwischen dem ersten und dem zweiten Akt ins Ohr geflüstert hatte. Er bildete sich ein, dieser Affenmann, solche Informationen machten ihn zum Professionellsten aller Interviewer. In meinen Augen machten sie ihn zu einem schamlos geifernden Arschkriecher. Mit ihm kam ein weißhaariger Filmkritiker, der am wenigsten glaubwürdige Heterosexuelle in ganz Toronto, trotz seiner drei Kinder und der sympathischen Ehefrau. (Sie verband irgendein Arrangement, das wusste jeder.)

Die beiden traten ein, die Tür zum Paradies schloss sich wieder hinter ihnen. Ich sah einen Fernsehschauspieler an der Bar stehen. Ein Filmstar trat neben ihn, die beiden begrüßten sich. Man konnte sehen, dass der Filmstar vorgab, er würde sich für die Arbeit des Fernsehdarstellers interessieren, aber jeder wusste (vor allem der affengesichtige Talkmaster, der die beiden nicht aus den Augen ließ), wer hier der Boss, der König war. Der Filmstar ging als Erster wieder. Sobald er seinen Drink in der Hand hielt, verabschiedete er sich mit einem schrillen Lachen und einem Nicken. Er war froh, dass er entkommen konnte, aber er wollte sich auch niemanden zum Feind machen. Ich blieb noch ein paar Minuten an der Bar stehen und unterhielt mich mit dem Fernsehschauspieler. Vor fünfzehn Jahren war er der größte Star der ganzen Fernsehwelt gewesen, der Actionheld in einer absurd futuristischen Serie, halb Mensch, halb Cyborg. Jetzt beteiligte er sich an einem kleinen Independent Film, der verblüffend gut geschrieben war. Er produzierte ihn selbst und spielte die Hauptrolle. Seine Zeit war vorüber, das sagten alle, aber als ich mich an der Bar mit ihm unterhielt (er redete mit einem leicht texanischen Akzent), fand ich ihn richtig nett und entwickelte Beschützergefühle für ihn. Ich äußerte mich lobend über seine Schauspielerei und sagte, es sei doch ein Zeichen hoher Kunst, wenn alles so mühelos wirke wie bei ihm, woraufhin er mir einen Drink spendieren wollte (Getränke gab's gratis).

Und dann flatterte er davon, angelockt vom Blütenstaub einer jungen Frau, die sich während unseres ganzen Gesprächs hemmungslos an ihn gedrängt hatte. Ich hingegen bemerkte auf der anderen Seite des Raums die kleinen, wütenden Augen meiner Frau, Anne, die wie zwei Pistolenmündungen auf mich gerichtet waren. Sie hatte getrunken. Irgendwie war in ihrem Kopf ein Hebel umgelegt worden, und ihr Blick verhieß nichts Gutes. Der ganze Raum oder genauer gesagt – und das ist der unsympathische Aspekt bei der Sache – alle Leute hier, die sie nicht *brauchte*, hatten sich für sie in einen Schwarm nerviger Stechmücken verwandelt.

Deshalb schickte sie mir den »Blick«. Jeder kannte ihn. Der Barkeeper wurde damit beglückt, wenn Anne herausfand, dass er ein Bier trank; ein Festivalknecht bekam ihn, weil er ein Gespräch mit dem Produzenten von Bertolucci unterbrach. (Der Filmvorführer war nicht zur Howard-Hawks-Retrospektive erschienen.) Der Programmmacher des mitternächlichen Horrorfilmfestivals konnte ihm nicht entkommen, als er um einen zusätzlichen Kasten Bier für seine überstrapazierten Mitarbeiter bat. Und jetzt war ich an der Reihe. Keine Ahnung, was ich akut verbrochen hatte, aber ich weiß noch, dass ich dachte: Das ist doch nicht das junge Mädchen, das ich im College so heiß geliebt habe, mit den glänzend braunen Haaren, die ihr schön geschnittenes Gesicht umgaben – wie grauenhaft, dass es so weit mit uns gekommen ist.

Um ihr auszuweichen, begab ich mich ans entgegengesetzte Ende der Suite. Dort war eine Toilette. An der Wand im Gang stand, die Arme vor der Brust verschränkt, wie eine Stahlschildkröte, die plötzlich ohne ihren Panzer dasteht – Robert De Niro. Ich hatte ganz vergessen, dass er dieses Jahr kommen sollte. Er war schmächtiger, als ich gedacht hätte. Jeans, ein Hemd mit kurzen Ärmeln. Aber trotz allem spürte ich die Aura, die ihn umgab. Sie drückte nur eines aus: »Ja nicht!« Sag mir ja nicht, dass du meinen lustigen kleinen Tanz in *Mean Streets* supertoll fandest (der explodierende Briefkasten). Frag mich ja nicht, wieso Martin Scorsese lieber mit mir arbeitet als mir Harvey Keitel (die Antwort darauf ist kinderleicht – man muss Keitel nur kennenlernen, dann weiß man sofort, warum).

Ich hatte schon fast die Hand auf dem Türknauf, als sich De Niros drahtige, angespannte Gestalt ein paar Zentimeter bewegte, so dass er sich jetzt direkt zwischen mir und der Klotür befand. Es war eine subtile Veränderung, aber nicht zu übersehen.

»Da ist jemand drin«, sagte er. Wir schauten uns an. De Niro war jetzt in einer Zwickmühle: Er hatte ein Gespräch angefangen, das er eigentlich nicht führen wollte.

Wir standen nebeneinander, jetzt beide mit verschränkten Armen, den Blick geradeaus gerichtet. Keiner von uns sagte ein Wort, während der Raum hinter uns summte und brummte. Billy, W. C.s Leutnant, steckte den Kopf um die Ecke. Er hatte mit einem schlaksigen amerikanischen Schauspieler herumgealbert, machte aber eine kurze Pause, um sich zu vergewissern, dass nicht doch noch ein bedeutenderer Mensch im Raum war. Als er sah, neben wem ich stand (er nahm an, dass wir uns unterhielten), veränderte sich sein Gesichtsausdruck dramatisch, genauso wie sein Bild von mir, was wiederum in meinem Körper fast parallel zwei total widersprüchliche Reaktionen auslöste: zuerst ein inneres Leuchten, Freude über den Ruhm aus zweiter Hand – sofort gefolgt von Selbstekel, einem seltsam hohlen Gefühl, als hätte ich den ganzen Tag nichts gegessen. So weit ist es jetzt schon gekommen, dachte ich. Das ist deine Lebensleistung: Du stehst neben einem Filmstar, und die anderen denken, du bist sein Freund. Und wieder hatte ich dieses Gefühl, einen wichtigen Zug verpasst zu haben. Einen Zug, von dem man, wenn man jung ist, denkt, er kommt nur einmal vorbei.

Ich drehte den Kopf ein bisschen und sagte: »Entschuldigen Sie, Mr De Niro, Sie kennen mich nicht, aber ich glaube, Sie kennen meine Frau, Anne?«

»Anne?« Er runzelte die Stirn. (Ich kannte dieses Stirnrunzeln. Ich hatte es in *Taxi Driver* gesehen.) »Die Anne *hier*? In Toronto?«

»Ja.«

Er verschränkte die Arme neu und verlagerte sein Gewicht auf den anderen Fuß, den Blick immer stur geradeaus gerichtet. Ein Signal dafür, dass er unser Gespräch als beendet ansah.

»Sie ist meine Frau«, sagte ich noch einmal.

Pause. Dann: »Anne ist Ihre *Frau*?« Aus seinem Tonfall hörte ich etwas heraus, was ich selbst immer dachte, wenn ich morgens die Augen aufschlug und spürte, dass der Schlaf, jedenfalls für diesen Tag, ein U-Bahn-Waggon war, in den ich nicht mehr einsteigen konnte. »Anne«, das schien mir seine Frage anzudeuten – »Anne ist mit einer Null wie *Ihnen* verheiratet?«

Ich spürte, wie sich unter mir der Boden auftat. Niemand liebt mich, dachte ich.

Die Klotür ging auf, und eine untersetzte Gestalt schob sich an mir vorbei, streifte meine Schulter, keine Entschuldigung, nichts, nur Harvey Keitel, der sich in den halbdunklen Raum drängte. Seine Körpersprache sagte: *Na und?* Ihm folgte eine rehäugige junge Frau mit riesigen Brüsten und einem Minihirn. Sie war Stammgast beim Festival und sah aus wie immer, dumm und begehrenswert.

»Man sieht sich«, sagte De Niro zu mir. Nicht, weil er dachte, dass wir uns je wiedersehen würden, sondern weil er, wie alle Promis, kein schwelendes Feuer hinter sich zurücklassen wollte. Niemand möchte, dass die Leute in ihrer Enttäuschung irgendwann in dem Büro in Soho auftauchen, bewaffnet mit einem guten Gedächtnis und einer Magnum .357.

Ich ging später mit einer Kellnerin nach Hause – sie hatte einen Sprachfehler von einem missglückten Selbstmordversuch – und das Desaster war perfekt.

Und wie das Leben so spielt, gewann ich danach ein paar Runden, die ich gewinnen musste. Mir wird mulmig, wenn ich denke, wie vieles einfach Glück war. Ich bekam einen Job beim Fernsehen, als Moderator einer Sendung, bei der ich über Filme reden musste. Klar, es war »Smalltalk«, für den man die intellektuelle Schärfe eines Mannes mit einem Martini in der Hand brauchte – nur dass der Typ mit seinem Martini in der Hand im Fernsehen gezeigt wurde, und wer im Fernsehen kommt, gewinnt eine seltsame Legitimität, selbst wenn er der totale Vollidiot ist. Mir war bewusst, mit welcher Mogelpackung ich es zu tun hatte, aber ich besaß nicht genug Charakterstärke, um nicht trotzdem begeistert zu sein.

Ich schrieb ein paar Bücher, die sich alle miteinander nicht besonders gut verkauften, aber allein die Tatsache, dass sie existierten – auch wenn es keine hohe Auflage war und sie nie ganz vorn im Laden ausgelegt wurden –, gab mir das Gefühl, dass mein Leben sich lohnte und ich nicht so war wie »die anderen«.

Die Jahre vergingen. Und dann, an einem Septemberabend letztes Jahr, als das Filmfestival wieder wie ein Waldbrand durch die ganze Stadt tobte, saß ich hinten in einem Taxi, um mich mit Freunden zum Abendessen zu treffen. Vor einem Kino drosselten wir das Tempo. Es war ein Galaabend, Scheinwerferlichter wirbelten über den Gehweg, Filmstars stiegen aus Limousinen, und ich musste daran denken, wie elend ich mich früher immer gefühlt hatte. Es traf mich ganz unvermittelt, eine fast körperliche Freude, denn mir wurde klar: Wenn es je einen Ort gegeben hatte, der nach einer neuerlichen Begegnung verlangte, dann war es das Toronto Film Festival. Bestimmt machte es ein Riesenvergnügen, noch einmal an die alten Wunden zu rühren und die früheren Kränkungen noch einmal auszukosten, in dem Wissen, dass ich sie überlebt hatte.

Am nächsten Tag ging ich ins Festivalbüro. »Weiner«, Billy und Anne, meine Exfrau, arbeiteten längst nicht mehr dort, aber ich kannte den neuen Festivalleiter, Peter Jensen. Er war ein sympathischer Mann mit einem grundlosen britischen Akzent. Ich erzählte Peter, dass ich einen Roman über die Anfangszeit des Filmfestivals schreibe – und ob es okay sei, wenn ich mich ein bisschen umschaue: Ich wollte mir ein paar Filme ansehen, zu ein paar Pressekonferenzen gehen, ein paar Partys besuchen, einfach um wieder in die Atmosphäre einzutauchen. Er sagte, ja, klar. Seine Assistentin, deren Kopf durch den Abglanz des Glamours so verdreht war, dass sie sich nicht einmal bemühte, freundlich zu sein (erfolgreiche Männer umgeben sich oft mit solchen Geschöpfen), stellte ein paar schlechtgelaunte Fragen. Aber ich hatte schon öfter mit blöden Leuten zu tun gehabt, und die Begegnung endete in kooperativer Atmosphäre und mit einer Handvoll Kinopässen und Partyeinladungen.

Erinnern Sie sich an das hell erleuchtete Büro? An die unzähligen, vielbeschäftigten jungen Leute, die klappernden Schreibmaschinen, die klingelnden Telefone? Martin Scorsese ist in der Leitung! Die Schreibmaschinen waren verschwunden, aber sonst war alles genau wie damals. Ich erkannte eine Frau mit krausen Haaren aus einer Kleinstadt im Norden (inzwischen ergraut und mit Schal) und ging hinüber an ihren Schreibtisch. Wir plauderten ein bisschen, aber ziemlich schnell überkam mich ein komisches Gefühl – als würde ich sie langweilen oder sie von etwas Wichtigem abhalten. Genauso hat es sich *früher* hier in diesem Büro angefühlt. Dieses Grundgefühl der Bedeutungslosigkeit. Aber das war fast fünfundzwanzig Jahre her. Ich musterte das Gesicht der Frau etwas genauer. Sie langweilte sich überhaupt nicht, nein, *ich* war das Problem, das Problem lag in mir, als würde ein altes Gift, das jahrelang in einer speziellen Filmfestivalflasche weggeschlossen gewesen war, durch einen Riss im Korken nach und nach wieder in meinen Körper sickern.

Ich walzte eine abgedroschene Anekdote, nämlich wie ich damals George Harrison in London interviewte, viel zu lange aus, und mit jeder dramatischen Pause merkte ich, dass ich weiter abwärtsrutschte. Und wieder fragte ich mich: Wieso fühlt sich das so blöd an? Und warum verhältst du dich so, weshalb buhlst du um die Zuneigung einer Frau, die du kaum kennst und die dich noch nie im Geringsten interessiert hat? Aber trotzdem konnte ich das Gefühl nicht wegschieben. Die Lichter, das aufgeregte Gerede, die klingelnden Telefone hatten es ausgelöst. Es war, als würde ich mich in dieser Umgebung in einen Gefangenen der Vergangenheit verwandeln.

Ich blieb nicht lange. Als der Aufzug nach unten fuhr, als ich durch die Lobby schritt und hinaustrat in den milden Septembersonnenschein, ging ich mit langsamen Schritten eine schmale Seitenstraße entlang, und auf einmal spürte ich, wie sich der Griff dieser quälenden Gefühle lockerte und der Druck auf meiner Brust nachließ. Was hat das alles zu bedeuten?, fragte ich mich. Aber ich wusste ja genau, was sich abspielte, und schon die Tatsache, dass ich überhaupt so reagierte, empfand ich als Niederlage: Meine heftige Abwehr war ein persönliches Defizit und der endgültige Beweis dafür, dass ich es nie schaffen würde.

Am selben Abend ging ich wieder hin. Ich besuchte die Weltpremiere eines neuen amerikanischen Films. Regisseur, Drehbuchautor, Produzent, Darsteller – alle spazierten über die Bühne, ein glitzerndes Publikum applaudierte mit einer Welle fast heiliger Begeisterung, als der Star, ein Schauspieler mit Babygesicht und weißem Anzug, eine Anekdote von seinem letzten Besuch in Toronto erzählte. Er berichtete, der Zollbeamte habe zu ihm gesagt: »Ich bin ein großer Fan von Ihnen!« Und dann erst wollte er seinen Ausweis sehen. Wohlwollendes Gelächter brandete auf. Was für ein Schwachkopf! Man wollte seinen Ausweis sehen, na so was aber auch!

Dann kam eine kurze Frage-und-Antwort-Phase. Was hat Sie an dem Stoff gefesselt, gab es lustige Zwischenfälle bei den Dreharbeiten, sind Oscar-Nominierungen wirklich wichtig?

Und wieder überkam es mich, dieses Gefühl, langsam vergiftet zu werden. Die Angst, bei etwas nicht dabei sein zu dürfen. Die Gewissheit, dass der Mittelpunkt des Lebens anderswo war, da oben auf der Bühne vielleicht, und dass ich, zusammen mit all den anderen anonymen Menschen im Publikum, im Sumpf steckengeblieben war, in den seichten Untiefen.

Aber wie kann man sich nur so darüber aufregen, bei etwas am Rand zu stehen, wenn man gar nicht mitmachen will? Ich sah mich selbst als eine Art komische Gestalt, als eine Ansammlung nervöser Zuckungen und Tics, über die ich keinerlei Kontrolle hatte. Was hatte das alles zu bedeuten? Gab es bestimmte Erfahrungen, die einfach zu tief saßen, um sie auszulöschen oder zu neutralisieren? Aber wir reden hier nicht von einem Irrenhaus oder einem Gefängnis oder einer Folterkammer. Wir reden über ein Filmfestival!

Den ganzen Abend bewegte ich mich in einem toxischen Nebel. Ich nahm ein Taxi zu der großen Vorführung am Ufer. Hunderte von wunderschönen jungen Männern und Frauen, todschick und aufgemotzt, alle schnatterten, alle waren überglücklich, dabei sein zu dürfen. Ich bewegte mich zwischen ihnen wie ein Geist, und als ich am anderen Ende des Raums angekommen war, ging ich wieder zurück durch die Menge. Ich kannte viele Leute, ich schüttelte Hände, machte Witze, aber ich dachte die ganze Zeit, dass sie etwas vor mir versteckten, dass ich eigentlich ganz woanders sein müsste, ein völlig anderes Gespräch führen sollte.

Dabei umkreiste ich pausenlos die Hospitality Suite im sechsundzwanzigsten Stockwerk des Hyatt Plaza. Ich wusste, was dort passieren würde (dass es genauso weitergehen würde wie bisher), aber ich konnte trotzdem den Wunsch, hinzugehen, nicht unterdrücken. So wie man mit der Zunge immer wieder über einen abgebrochenen Zahn fährt. Aber es machte mich fuchsteufelswild: dass ich solchen unangenehmen Gefühlen ausgeliefert war, nach so vielen Jahren, nach einem guten Leben und wunderbaren Kindern. Ich wollte nicht in diesen hungrigen, reduzierten Zustand zurückkehren.

Da war Weiner, umzingelt von Lokalpolitikern und Kunstbürokraten. Weiner, inzwischen gealtert und mager wie eine Bohnenstange. (Jemand erzählte mir, er habe angefangen, Langlauf zu trainieren, Endstation eines sexlosen Lebens.) Bei ihm sein Knecht Billy, der immer noch viel zu dicht auf den Leuten draufstand. (Johnny war in der Zwischenzeit an Hodenkrebs gestorben.)

Ich ging zu der Gruppe hinüber. Sie redeten über die Darstellung eines Schauspielers, die völlig »überkandidelt« gewesen sei. Sie lachten beide, warfen sich verstohlene Blicke zu und fingen wieder an zu lachen. Dann entdeckten sie mich. Ihre Gesichter erstarrten zu höflichen Masken. Wir unterhielten uns kurz – das heißt, »unterhalten« ist das falsche Wort, mit solchen Leuten führt man keine Unterhaltung, sondern einen geistreichen Schlagabtausch. Wir praktizierten dieses Pingpong eine Weile – aber bildete ich mir das nur ein, oder stieg Weiner tatsächlich schon aus dem Gespräch aus, bevor wir an seinem logischen Endpunkt angelangt waren? Wandte er sich ein paar Sekunden zu früh ab (dieser Mann, den ich doch gar nicht leiden konnte!), um eine Bemerkung zu Billy zu machen – über das Drehbuch des Dienstagnachmittag-Films, ein typischer Fall von mühsam überdeckter Glatze? Eine Formulierung, bei der Billy zustimmend kicherte und dann den Kopf schüttelte, was andeuten sollte: »Ach, alles dermaßen *durchschaubar*!«

Und dann waren sie weg, und ich stand in der spätabendlichen Menschenmenge, die Lichter wurden gedämpft, die Stimmen penetranter, draußen vor der Fensterfront sah man die erleuchtete Stadt. Damals, vor vielen Jahren, hatte es geregnet, oder?

Da entdeckte ich meine Tochter mit ihren drei besten Freundinnen. Wie superschön sie aussah in ihrem Partykleid. Mit ihrer Frische eroberten die jungen Frauen den ganzen Raum. Ich hörte ihr unbeschwertes Lachen. Dieser Anblick genügte, um in mir etwas Entscheidendes auszulösen: den Überlebensinstinkt. Ich gehöre nicht hierher, dachte ich. Und es war völlig egal, *warum* ich nicht hierher gehörte. Hier gab es nichts, was ins Lot gebracht werden konnte. Ich musste handeln. Sobald die hübschen jungen Frauen mir den Rücken zudrehten, um sich, zwitschernd vor Begeisterung und vor jugendlichem Überschwang, an der Bar etwas zu bestellen, stahl ich mich zu der Tür hinaus, durch die ich hereingekommen war. Ich rannte fast den Gang entlang, falls sie mich gesehen hatte. Und zum zweiten Mal an diesem Tag spürte ich, wie sich der Würgegriff der Vergangenheit lockerte, wie meine körperliche Reaktion nachließ und meine Brust sich entspannte. Ich eilte durch die Lobby. Am Fahrstuhl sah ich Anne stehen: Sie war mit Margaret zusammen, der Mutter meines Sohnes. Meine beiden Exfrauen gingen zusammen in die Suite, um noch ein Glas zu trinken! Wenn auf der Welt etwas so wunderbar Zivilisiertes passieren konnte, gab es eigentlich nur eine Schlussfolgerung: Die Hässlichkeit lauerte in mir. Nicht beim Filmfestival.

Als ich dann auf die Straße hinaustrat und die frische Septemberluft mein Gesicht berührte, spürte ich richtig, wie die Last endgültig von mir abfiel, während ich den Gehweg entlanglief. Der Plumps der Erleichterung war fast hörbar. Wie bei einem alten Auto, das irgendwelche überflüssigen Teile abwirft. Die Vergangenheit ist ein Land, in dem man früher einmal gelebt hat. Dass man dort war, kann man nicht rückgängig machen, aber man braucht der Vergangenheit nicht unbedingt ständig einen Besuch abzustatten. Ich entfernte mich immer weiter vom pulsierenden Glamour im sechsundzwanzigsten Stock des Hyatt Plaza (»Sie ist mit *Ihnen* verheiratet?«), kämpfte mich durch eine Woge von Nachtschwärmern, die aus der entgegengesetzten Richtung kamen, und mit jedem Schritt wurde mir leichter ums Herz. Weil ich etwas gelernt hatte, einen strategischen Kniff, den ich nie mehr vergessen würde. Er ist ganz einfach: Wenn du dich irgendwo unwohl fühlst, geh nicht immer wieder hin.

Und hier endet die Geschichte. Ich sprach eine Nachricht auf den Anrufbeantworter meiner Tochter, als ich nach Hause kam. Ich sagte ihr, ich hätte ein ganzes Bündel Partyeinladungen und Filmpässe für sie. Und genau ein Jahr später – wieder einmal war Festivalzeit – fuhr ich meine elfjährige Stieftochter von einer Geburtstagsparty (dieses Jahr mit Jungs) nach Hause. Ich nahm meine übliche Strecke, die Bloor Street entlang. Wir kamen an einem Kino vorbei, vor dem sich auf dem Gehweg eine riesige Menschenmenge versammelt hatte. Ein Fernsehteam interviewte einen bärtigen jungen Schauspieler, der auf dem Zenit angekommen war, wo er vielleicht nie wieder sein würde: Die Leute streckten sehnsüchtig die Arme über die roten Absperrkordeln, sie riefen seinen Namen, und ja – ich empfand auch jetzt diesen unwiderstehlichen Sog, von dem einem latent übel wird. Ich werde ihn immer spüren. Aber ich wandte den Blick nicht ab, ich kurbelte das Fenster herunter, ich schaute mir die Leute an, ihre strahlenden Gesichter, die ausgestreckten Hände, und dann schaltete die Ampel auf Grün, die Kreuzung wurde frei, und der Wagen vor mir fuhr in den Abend.

Kapitel 4

MEIN LEBEN MIT TOLSTOI

Es war eine schlecht geplante Reise. Im August fährt man nicht nach Jamaika, es sei denn, man ist dort aufgewachsen. Zu heiß. Und dann diese ewig krähenden Hähne.

Ich wollte hinfahren, weil es mir vor einem halben Jahr dort so wahnsinnig gut gefallen hatte. Braungebrannt war ich damals, ich tanzte am Strand, nahm fast zehn Kilo ab (das ganze Dexedrin) und hatte eine Affäre mit einer sehr dünnen Freundin meiner Exfrau. Aber als ich nach Hause kam, lief bald alles wieder im alten Trott, was mir gar nicht passte. Also verhökerte ich ein Familienerbstück und kaufte mir ein billiges Flugticket. Drei Wochen, Umbuchung ausgeschlossen. Am Abend vor meiner Abreise kochte Anne, meine Exfrau, für mich. Unsere siebenjährige Tochter kam in einem pinkfarbenen Trainingsanzug in die Küche gehüpft und malte mir ein Bild von einer Schlange mit Zylinder. Als Glücksbringer, sagte sie. Sie wusste, dass ich Angst vorm Fliegen hatte.

»Sag am besten gar nichts«, sagte Anne (sie hatte irgendetwas in der Hand). »Probier einfach aus, ob's dir gefällt.« Sie legte ein dickes, fettes Taschenbuch vor mir auf den

Tisch. *Krieg und Frieden.* Ein Roman, dem ich bis dahin konsequent aus dem Weg gegangen war. Für dieses Werk sollte man, genau wie für Proust, am besten eine längere Gefängnisstrafe absitzen müssen. Aber ich liebte Anne, und ich wusste, dass sie mich liebte, also packte ich das Buch am nächsten Morgen in meine Schultertasche (lieber Gott, was hast du da drin, lauter Wackersteine?) und fuhr zum Flughafen.

Das war 1988. Ich war achtunddreißig.

Flughäfen am frühen Morgen konnte ich noch nie leiden. Um diese Uhrzeit haben die Gesichter der Menschen etwas Beunruhigendes, gerötet, verroht. Der Wunsch, sich mit jemandem zu unterhalten, wird schon im Keim erstickt. Weil ich beim Check-in ganz hinten in der langen Schlange stand, zog ich *Krieg und Frieden* aus der Tasche und studierte den Umschlag. Ein russischer Husar kommt auf einem Apfelschimmel dahergaloppiert, im Hintergrund angedeutet Soldaten, Kanonenrauch und Bajonette.

»Das ist ein phantastisches Buch«, sagte eine leise Stimme. Die ältere Frau hinter mir zeigte mit dem Finger auf mein Buch. Sie machte nicht den Eindruck, als würde sie ständig fremde Leute ansprechen, aber irgendwie schien die Situation es zu rechtfertigen, fast so, als hätte ich ein Foto von jemandem, den sie kennt, in der Hand.

»Ich habe den Roman dreimal gelesen«, sagte sie. »Demnächst kommt die vierte Runde.«

»Sie haben ihn schon dreimal gelesen?«

»Ja. Ich nehme ihn mir alle fünf Jahre vor.«

Am nächsten Morgen wachte ich völlig verkatert in einem kleinen jamaikanischen Hotel auf. Ich hatte dasselbe sonnige Zimmer wie vor einem halben Jahr (allerdings war ich damals nicht allein). Die gleiche suppige Hitze versuchte, sich durch die Tür zu quetschen wie ein fetter Mann; im Hof unten bellte sinnlos ein Hund. Und ich konnte mich beim besten Willen nicht daran erinnern, warum ich so versessen darauf gewesen war, wieder hierher zu kommen. Auf der Seite liegend, wie ein verwundetes Tier, wartete ich auf die zweite Mütze Schlaf. Als der Schlaf nicht kommen wollte, schlug ich *Krieg und Frieden* auf (das müsste wirken) und, zu der weiß gegipsten Wand gedreht, begann ich zu lesen, während mir der Schweiß schon über den Oberkörper lief. Wir befinden uns in der luxuriösen Moskauer Wohnung von Anna Pawlowna, Hoffräulein und Vertraute der Kaiserin Maria Fjodorowna. Es ist das Jahr 1805, das Gespräch dreht sich um den Krieg und um Napoleon.

»Eh bien, mon prince, Genua und Lucca sind weiter nichts mehr als Apanagegüter der Familie Bonaparte.«

Ich habe die Ausgabe von *Krieg und Frieden* immer noch. 1400 Seiten, zusammengehalten von einem Gummiband, der Buchrücken kaputt. Ich bringe es nicht über mich, das Buch wegzuwerfen (obwohl ich genau weiß, sobald ich mich von dieser Welt verabschiedet habe, werden meine Kinder es keine zwanzig Minuten später entsorgen). Den Abschnitt, bei dem das Buch mich zu fesseln begann, trotz der Achterbahn eines Rum-Katers, habe ich markiert. Ich hatte die Art von gepflegter Langeweile erwartet, wie man sie oft in Romanen aus dem neunzehnten Jahrhundert findet und die einen so wunderbar einlullt. Stattdessen wurde ich schon nach ein paar Seiten hellwach – es war so ähnlich, wie wenn man jemandem erst nur mit einem halben Ohr zuhört, weil man ihn nicht ernst nimmt, und plötzlich sagt er etwas so Kluges, so Wahres, dass es beinahe körperlich weh tut, ein Geräusch, wie wenn teurer Stoff zerreißt – und man weiß *tout d'un coup*, dass man ihn total unterschätzt hat. Drei Tage später sprach ich draußen auf der Straße vor meinem Hotel einen Fremden an und fragte ihn: »Haben Sie das hier schon mal *gelesen*?«

Ich war der einzige Gast im Hotel. Das Personal war nach Hause gefahren, in irgendwelche Dörfer in der Nähe. Nur der Besitzer war da, ein ehemaliger Polizist mit breiter Brust, und dann noch der klapperdürre Barkeeper, der auch als Koch fungierte. Und natürlich ich: der Gast, der treppauf, treppab wanderte, immer mit *Krieg und Frieden* in der Hand. Der im Speisesaal sein einsames Frühstück verspeiste. Der die Straße zum Strand hinunterspazierte, wo barbusige junge Italienerinnen im Sand Volleyball spielten, während ich, wie der arme Kerl in *Tod in Venedig*, lesend im Schatten saß und aufs Mittagessen wartete.

Klingt schrecklich, war es aber nicht. Weil ich *Krieg und Frieden* hatte. Das Buch zog mich aus meiner Verzweiflung, wie einen Zug auf Schienen. Während die Mädchen in den Wellen herumplantschten (»*Tonio! Vieni, amore! Vieni!*«), folgte ich den Aktivitäten einer Handvoll russischer Aristokraten am Vorabend der Schlacht bei Schöngrabern. Der unbeholfene, außerehelich geborene Pierre Besuchow erbt ein riesiges Vermögen, was ihn über Nacht zum attraktivsten Junggesellen von ganz Moskau macht. Die halbwüchsige Natascha Rostowa (nach der seit fast hundertfünfzig Jahren Männer ihre Töchter nennen) fängt an zu schwärmen, als sie ihren Vater bei einem Hofball so elegant tanzen sieht:

»›Seht nur den Papa!‹, rief Natascha durch den ganzen Saal. Sie hatte vollständig vergessen, dass sie mit einem richtigen Herrn tanzte, beugte ihren Lockenkopf auf die Knie und brach in ein lautes, helles Lachen aus, das durch den ganzen Saal schallte.«

Dann kommen die großen Schlachten. Der nette Graf Nikolaj Rostow (Nataschas sanfter Bruder) wird zum ersten Mal in Kampfhandlungen verwickelt. Und hat vor Tolstoi je ein Autor so eine Passage geschrieben?

»Sind das wirklich Franzosen? Er sah die näherkommenden Feinde an, und obwohl er noch vor einigen Augenblicken nur deshalb losgeritten war, um sie niederzuhauen, kam ihm ihre Nähe jetzt so fürchterlich vor, dass er es kaum glauben wollte. Wer ist das? Warum laufen sie so? Wirklich zu mir? Und warum? Um mich zu töten? Mich, den alle so gern haben? Er dachte daran, wie seine Mutter, seine Familie, seine Freunde ihn alle so liebhatten, und es schien ihm ganz unmöglich, dass diese Leute die Absicht haben sollten, ihn zu töten. [...] Er griff nach seiner Pistole, warf sie aber, statt zu schießen, nach dem Franzosen hin und lief dann, so schnell er nur laufen konnte, auf die Büsche zu.«

Jahre später verfestigte sich meine intuitive Abneigung gegen eine Fernsehproduzentin, als diese mir eines Nachmittags ihr hübsches Karrieregesicht zuwandte und verkündete, die Schlachtenschilderungen in *Krieg und Frieden* hätten sie »gelangweilt« (ihr Aufstieg in der internationalen TV-Hierarchie geht deprimierenderweise bis heute unaufhaltsam weiter). Aber als ich ihrem Ehemann, einem Lokalpromi mit stacheligen Haaren, den ich immer für eine eloquente Null gehalten hatte, die unvermeidliche *K&F*-Frage stellte, zuckte dieser nur lässig die Schultern und sagte: »Das ist der beste Roman aller Zeiten.« Seither mag ich ihn.

Aber zurück nach Jamaika. Am Spätnachmittag trottete ich immer vom Strand nach Hause, gut drei Kilometer, und schlief eine Weile in meinem kleinen weißen Brutkasten. Im Hof dösten die Hunde im Schatten. Wenn ich wieder aufwachte, war die Sonne dann schon untergegangen, aber der Raum kochte noch. Ich taumelte mit meinem Buch auf den Patio, knipste das Licht an und machte es mir in einem Liegestuhl bequem. Ein runder Mond stieg am Himmel auf, als Fürst Andrej Bolkonskij in einer sternklaren Nacht melancholisch die Fensterläden öffnete (bei der Szene bekomme ich schon eine Gänsehaut, wenn ich nur an sie denke) und die bezaubernde Stimme eines jungen Mädchens hörte. Es ist Natascha, die im Stockwerk unter ihm auf den Balkon tritt.

»Sieh doch nur, wie entzückend! Ach, wie wonnig! So wach doch nur auf, Sonja«, sagte sie fast mit Tränen. »Eine so entzückende Nacht ist noch nie, niemals gewesen.«

So ging es immer weiter, eine Leseerfahrung von solcher Magie, solcher Zärtlichkeit (Tolstois Zuneigung zu seinen Figuren ist sehr ausgeprägt, wie bei einer Mutter, die mit ihrem Kind leidet), dass die Worte stundenlang die Finsternis erhellten und das Gefühl unendlicher Verlassenheit vertrieben, das einen Gast in einem karibischen Ferienort außerhalb der Saison überfällt. Tolstoi gehört zu den Schriftstellern, die ihre Leser belohnen. Wenn man sich einen Roman als eine Abfolge von Akkorden vorstellt (na ja, wir wollen nicht zu hochtrabend daherschwafeln), sagen wir mal, als C-Dur, a-Moll, F-Dur, dann wusste Tolstoi besser als jeder andere Schriftsteller, den ich kenne, welchen Akkord der Leser als nächsten hören *muss* – das unvermeidliche G-Dur, der perfekte Abschluss der Sequenz. Deshalb schafft es Tolstoi, seine Leser so wahnsinnig glücklich zu machen. (Anders als Tschechow, der, wie Charlie Parker, eine Serie unvorhersagbarer Akkorde aneinanderreiht, wordurch seine Kurzgeschichten atonal und gleichzeitig absolut lebensecht werden.)

Als er *Krieg und Frieden* schrieb, war Tolstoi in einer glücklichen Phase seines Lebens. Das merkt man der Prosa an, die bei manchen der 125 Szenen des Buchs eine unbeschreibliche Leichtigkeit hat. Tolstoi war schon eine Art Literaturstar, als er 1862 den Roman begann. Die Erzählungen *Kindheit* (1852), *Knabenalter* (1854), *Jünglingsjahre* (1857) und *Die Kosaken* (1863) waren bereits in Literaturzeitschriften erschienen und hatten für ziemlichen Wirbel gesorgt. Und anders als sein Zeitgenosse Fjodor Michailowitsch Dostojewskij hatte Graf Leo Nikolajewitsch Tolstoi (im Russischen wird die zweite Silbe betont) keine Geldsorgen. Er war ein wohlhabender Aristokrat, der auf seinem geerbten Landgut (viertausend Acres) lebte, mit seiner Frau Sofja, die ihn, zu der Zeit jedenfalls, anbetete und seine schriftstellerische Begabung glühend bewunderte. In ihr Tagebuch notierte Sofja: »Gibt es ein einigeres und glücklicheres Ehepaar als wir es sind? Manchmal, wenn ich allein in meinem Zimmer bin, fange ich an zu lachen und bekreuzige mich.« Und an anderer Stelle: »Nichts beeinflusst mich so stark wie seine Ideen und sein Talent.« Außerdem schrieb sie das 1400-seitige Manuskript mindestens siebenmal ab – was einem heute fast unmöglich vorkommt. »Habe ich mich verändert – oder ist das Buch wirklich sehr gut?«, schrieb sie. Tolstoi war nie wieder so fröhlich und ausgeglichen und hat – soweit ich das beurteilen kann – auch nie wieder so gut geschrieben.

Eines Morgens kam ich in das Hotelrestaurant getrabt und sah einen unglaublich gutaussehenden jungen Mann an einem der Tische sitzen und Kaffee trinken. Ich hatte gerade die nächtliche Szene gelesen, als Rostow mit dem Schlitten zu der jungen Sonja fährt – der Mond steht hoch am Himmel, die Schlittenglocken bimmeln. Die Schilderung hatte mich euphorisiert, hatte meinen Glauben an die Liebe neu belebt und überhaupt in mir das Gefühl geweckt, dass auch für mich noch alles möglich war. Ich konnte nicht mehr stillsitzen und weiterlesen, sondern musste aus dem Zimmer rennen, weil ich dringend Bewegung brauchte. Und jetzt – sieh da, ein Mensch! Braungebrannt, römisches Profil, perfekte Zähne. Er sah aus wie ein Filmstar. Als er meine Begrüßung erwiderte, entdeckte ich in seiner Aussprache einen australischen Akzent. Sofort überfiel ich ihn mit Fragen. Er sei Musiker und mache Urlaub. Wie schön. Und ist Ihre Band erfolgreich? Ja, schon ziemlich. Treten Sie bei Partys und solchen Sachen auf? Nein, wir spielen in Stadien. In Stadien? »Ja, ich bin bei *Midnight Oil*«, antwortete er, fast schüchtern.

Er blieb drei Tage. Wir frühstückten immer zusammen, und am letzten Morgen las ich ihm die Passage mit Natascha in der Mondnacht vor. Ich habe ihn nie wiedergesehen, aber seine frische, charmante Erscheinung, sein geduldiges Interesse an Tolstoi werde ich nie vergessen. Viele Jahre später interviewte ich den Frontmann von *Midnight Oil*, den Typ mit der Glatze, ich weiß nicht mehr, wie er heißt. Ich erkundigte mich nach dem jungen Mann, dem Bassisten, den ich in Jamaika kennengelernt hatte, und da erfuhr ich, dass er schon ein, zwei Jahre später aus der Band ausgestiegen war, weil ihm dieser Lebensstil nicht gefiel. Er hatte stattdessen irgendwo an der Queensland Coast einen Surfshop aufgemacht – wodurch er mir noch sympathischer wurde.

An einem Nachmittag saß ich matt und schwitzend in meinem Liegestuhl am Stand, keine fünfzehn Meter von den Italienerinnen entfernt (»*Ciao! Mia, Ciao!*«), da fingen zwei großzähnige kalifornische Mädels eine Unterhaltung mit mir an (sie wohnten in einem *All inclusive*-Hotel, ein paar Kilometer strandabwärts). Als sie sahen, dass ich Tolstoi las, fragte die eine: »Was machen Sie so?«

»Ich bin Model«, antwortete ich, und sie blieben da, den ganzen Nachmittag, und beim Abschied schlugen sie vor, wir könnten uns doch abends noch mal treffen. Wie spannend! Gesellschaft! Gespräche! (Ich aß jetzt mein Mittagessen immer vor dem Spiegel.) Aber als ich dann später am Abend in dem Restaurant an den Klippen auftauchte, mit frisch geföhnten Haaren und ein bisschen aufgedreht, sah ich, wie die Mädchen über die Veranda flohen. Die eine, die vorausging, sah mich und fasste sich schuldbewusst ans Ohrläppchen, eine Übersprunghandlung, über die Tolstoi garantiert gejubelt hätte. Sie sagte zu mir – man glaubt es nicht –, sie hätten schon gegessen. *Schon gegessen?* Ich verkündete: »Ich gehe jetzt etwas trinken«, begab mich sofort in die leere Bar und kippte mehrere Red Stripes in mich hinein, so schnell, dass mir die Augen brannten. Ich hatte das Gefühl, ich müsse ein Feuer löschen.

Als ich an dem Abend nach Hause ging, schien der Mond besonders schön. Im Erdgeschoss des Hotels, hinter einem Eisengitter und Vorhängen, sah ich das blaue Licht eines Fernsehers. Der Besitzer, dieser kräftige Exbulle, schaute sich *Scarface* mit Al Pacino an. Ich hustete diskret, einmal, zweimal, in der Hoffnung, er könnte mich fragen, ob ich mit ihm fernsehen will – seine Frau unterrichtete an einer Schule in Kingston –, aber ohne Erfolg. Ich hörte Gemurmel, vertrautes Lachen. Das Mädchen, das die Zimmer machte, war bei ihm.

Später am Abend gab mir Tolstoi den Rest. (Man sollte sich nie zu sehr auf russische Schriftsteller verlassen.) Natascha – meine Natascha – wird von einem nichtsnutzigen Playboy in der Oper verführt.

»Sobald sie ihn nicht ansah, fühlte sie, wie sein Blick über ihre Schultern glitt, und dann suchte sie unwillkürlich, seinen Blick einzufangen, damit er ihr lieber in die Augen sehe. Wenn sie aber einander in die Augen schauten, fühlte sie zu ihrem Entsetzen, dass zwischen ihm und ihr jene Schranke der Schamhaftigkeit gar nicht vorhanden war, die sie zwischen sich und anderen Männern immer wahrgenommen hatte. Ohne selber zu wissen, wie es kam, fühlte sie sich diesem Menschen bereits nach fünf Minuten schrecklich nahe.«

Das erfährt ihr Verlobter, Fürst Andrej, und die Hochzeit wird abgesagt.

Ich knipste die Nachttischlampe aus. Eine doppelte Katastrophe im Paradies.

Springen wir ins Jahr 2004. Fast zwanzig Jahre nach dieser Nacht in Jamaika. An einem Herbstabend saß ich mit meinem neunzehnjährigen Sohn auf unserer Veranda in Kensington Market in Toronto. Sein junges Gesicht hatte diesen Ausdruck kontrollierten Leidens, und ich wagte es kaum, ihn anzusehen. Eine Sommerliebe, leidenschaftlich, war vor ein paar Wochen unerwartet zu Ende gegangen. Zuerst die bösen Vorahnungen, dann panikerfüllte Ferngespräche (sie studierte in einer anderen Stadt). Ein Anruf erreichte die junge Frau in einer Bar, und auf die Frage: »Machst du Schluss mit mir?« (wie mutig, diese schutzlose Direktheit!), antwortete sie ganz platt mit »Ja«.

Da saßen wir also nebeneinander, er und ich, und starrten auf die regennasse Straße. »Du weißt doch – das, wovor ich am meisten Angst hatte?«

Ich bekam kaum Luft. »Ja.«

»Es ist passiert.« Jemand hatte ihn angerufen und es ihm erzählt: Seine Freundin war mit einem alten Liebhaber ins Bett gegangen. Mein Sohn konnte nicht aufhören zu rauchen, und er konnte nicht aufhören, sich die Sachen vorzustellen, die man sich nie vorstellen sollte, die man aber trotzdem immer vor sich sieht. Man konnte es von seinem bleichen kindlichen Gesicht ablesen: *Sie macht das mit ihm, er macht das mit ihr*. Wir kennen das alle, aber man würde sich vor ein Auto werfen, wenn man es dadurch dem eigenen Sohn ersparen könnte.

»Ich finde, sie macht einen großen Fehler«, sagte ich ratlos. Es folgte langes Schweigen (qualm, qualm), und ich dachte an Natascha und dass sie Fürst Andrej betrogen hatte.

»Ich will sie nicht zurückhaben«, verkündete mein Sohn.

Dann geschah ein Wunder (eine Überraschung war es allerdings nicht): Ein paar Monate später, gleich nach Weihnachten, schien seine Freundin es sich noch einmal anders überlegt zu haben. Es begann mit einer Botin, die ihm hinterbrachte, die Freundin vermisse ihn ganz irrsinnig, dann folgte ein unerwartetes Zusammentreffen bei einer Party (»Wenn du mich noch länger so ansiehst, muss ich dich leider küssen.«) Wo hatte sie es gelernt, so zu reden? Hatte sie etwa *Krieg und Frieden* gelesen?

Und nun saßen wir wieder da, in unsere Mäntel eingewickelt; Schneeflocken, manche groß, manche klein, ließen sich unentschlossen auf dem Rasen vor dem Haus nieder. Ich wusste, was mein Sohn dachte. Vorwürfe und quälende Verhöre lagen vor den beiden. »Was ist, wenn sie's wieder tut?«, fragte er.

»Du weißt, was Tolstoi sagt.«

»Was?«

»Er sagt, eine Frau kann dich nicht zweimal auf die gleiche Weise verletzen.«

»Glaubst du, das stimmt, Dad?«

»Ja«, sagte ich nach einer Weile. »Ich glaube, das stimmt.«

»Mit einer raschen, vorsichtigen Bewegung kam ihm Natascha auf den Knien näher, ergriff behutsam seine Hand, beugte ihr Gesicht darüber und küsste sie, wobei sie sie kaum mit den Lippen berührte.«

»Verzeihen Sie!«, sagte sie flüsternd, hob den Kopf und sah ihn an. »Verzeihen Sie mir!«

»Ich liebe Sie«, erwiderte Fürst Andrej.

Schriftsteller schlafen besser, wenn sie sich einreden, die großen Meisterwerke der Literatur seien alle in Altenheimen verfasst worden – mit anderen Worten: von Menschen, die in Ehren ergraut sind. Kazuo Ishiguro (*Was vom Tage übrig blieb*) gestand einmal einem Journalisten, er habe sich einen Nachmittag (und vielleicht sein ganzes Leben) dadurch ruiniert, dass er, unvorsichtigerweise, eines Tages nachrechnete, wie alt seine Lieblingsautoren waren, als sie ihre *Chef d'œuvres* schrieben. Vor einer Weile habe ich das ebenfalls getan und war genauso schockiert wie Ishiguro: Virginia Woolf war erst zweiundvierzig, als sie *Mrs Dalloway* schrieb, F. Scott Fitzgerald war unverzeihliche neunundzwanzig bei *Der große Gatsby*. Joyce bei *Ulysses* (sträflich langweilig, aber trotzdem) neununddreißig. Leo Nikolajewitsch Tolstoi schloss mit einundvierzig Jahren *Krieg und Frieden* ab, den vielleicht bedeutendsten Roman, der je geschrieben wurde. Aber statt anschließend Urlaub in der Karibik zu machen, studierte er wie besessen Altgriechisch und lernte dann Fahrradfahren. (Russ Meyer war übrigens genauso alt, als er *Faster, Pussycat, Kill, Kill* drehte.)

Als ich *Krieg und Frieden* ausgelesen hatte, war ich wieder unglaublich braungebrannt und wollte (eine der schlechten Angewohnheiten, die ich schon mein ganzes Leben mit mir herumschleppe) immer so weitermachen. Zurück in Toronto, kaufte ich mir als Erstes eine solide Hardcover-Ausgabe von *Anna Karenina*. Aber diesmal funktionierte der Zauber nicht. Irgendetwas war anders; ich konnte mich nicht richtig darauf einlassen; der Roman konnte die tausend Sorgen, die an meiner Konzentrationsfähigkeit nagten, nicht ausblenden. Ich schob es auf das Buch. Es war, als hätte Tolstoi – und ich denke immer noch, dass ich vielleicht recht habe – für *Krieg und Frieden* alle seine Lieblingsfiguren verwendet und würde jetzt die »B«-Liste abarbeiten. Nach ungefähr hundert Seiten legte ich den Roman weg. Und da lag er sieben Jahre lang, bis 1992.

Ich war grauer und runder und durchlebte gerade, mit wachsendem Entsetzen, den Tod einer Beziehung. Wieder einmal. (Die Liebe, das habe ich inzwischen begriffen, ist ein lebendiges Wesen, und wenn sie stirbt – wie ein Tier, das zu schwach ist, um sich darum zu kümmern, wer es füttert –, sind die Zeichen unübersehbar.) Molly Wentworth und ich redeten übertrieben vorsichtig miteinander, wie Leute, die ihre natürliche Selbstverständlichkeit verloren haben, als würden sie beide ihre Muttersprache irgendwie nicht mehr beherrschen.

Es gibt natürlich Methoden, die Leiche mit Lippenstift aufzupeppen, damit sie aufsteht und tanzt, egal, wie grotesk. Heiraten, Hauskauf, Kind – das ist es, was manche Paare versuchen. Aber es gibt noch eine vierte, weniger bindende Möglichkeit: ein gemeinsamer Urlaub. Für diese Möglichkeit haben wir uns entschieden. Um 5:30 Uhr, an einem dunklen, stürmischen Morgen in Toronto holte uns, mich und Molly und meine alte Hardcover-Ausgabe von *Anna Karenina,* ein Taxi ab und kutschierte uns ins Land des Vergessens.

Als wir zu dem Hotel in Bangkok kamen, fühlte ich mich, als hätte ich zwei altmodische LSD-Trips eingeworfen. Die Welt schimmerte – so viele Stunden im Flugzeug. (Molly hatte geschlafen wie ein Kind. Ihre wunderschönen Wimpern zuckten die ganze Zeit. Wovon träumte sie? Und ich saß neben ihr, wie der Troll unter der Brücke, und zog mir sechs Filme rein, einen nach dem anderen.)

Es war ein sehr hübsches Hotel. Unter unserem Fenster wälzte sich träge der Fluss. Abends sah man lange Boote auf dem Wasser. Aber nichts konnte uns retten, weder Sex noch Gin noch Santa Claus.

»Hast du was?«

»Nein. Du?«

»Nein. Alles bestens.«

Uff.

(*Anna Karenina*, in vier Zeilen.)

Ich blieb im Hotelzimmer. Die Stadt draußen war ein diffuser, uninteressanter Nebel. Also nahm ich noch einmal Anlauf mit *Anna K.* Molly lief durch die Straßen und schaute sich die Universität an – keine Ahnung, was sonst noch. Wenn man reist, liest man anders, das Lesen an sich ist schon eine Form des Unterwegsseins. Die Konzentration ist rein, unverstellt. Zu Hause liest man nie so.

Inzwischen sind wieder mehrere Jahre vergangen, samt etwa einem Dutzend Reisen. Ich denke manchmal, vielleicht ist das Lesen der beste Grund, sich auf den Weg zu machen. Diesmal war ich so fasziniert von *Anna Karenina*, von der Geschichte einer untreuen Frau, die, in unendlicher Schönheit, von Tolstoi seziert wird, dass die Ereignisse im Roman mir realer und wichtiger vorkamen als die modrige Luft Bangkoks und die undurchdringliche Traurigkeit meiner Freundin. Und sogar als die Bar oben im Hotel, wo ich eines Abends einen alten Freund von der Universität traf, einen professionellen Reisenden, der, wie viele professionelle Reisende, auf nichts mehr neugierig war und nur von sich selbst redete, mit fast autistischer Sturheit.

Ich rannte wieder hinunter in mein Zimmer – zurück zu Tolstoi, zurück zu Lewin und den Qualen, die er in den Händen der jungen Dolly erleidet. Tolstoi war sehr enthusiastisch, wenn es um die romantische Liebe ging (jedenfalls eine Zeitlang). Bei seinen wunderbaren Liebesszenen hört man ihn förmlich schnurren. Er genoss das Auf und Ab, den demokratischen Würgegriff der Liebe. Man kann nie zu reich, zu schön, zu dumm, zu pleite, zu irgendwas sein, um ihrem lockenden Finger zu entkommen. Anders als Tschechow, dessen unglückliche Figuren tendentiell unglücklich bleiben, glaubte Tolstoi (auch hier gilt: eine Zeitlang), dass romantische, sexuelle Liebe die Macht hat, die Menschen zu transformieren, sie glücklich zu machen. Sie lockt Fürst Andrej aus den Abgründen der Selbstverlorenheit, sie macht aus Pierre Besuchow einen erwachsenen Mann, versetzt Anna Karenina das erste Mal im Leben in Wallungen. Letztlich hilft sie auch Lewin, als Mensch in seiner Vielfalt zu reifen.

Eines Morgens frühstückten Molly und ich oben in der

Bar. Ich löffelte gierig und unbeherrscht meinen Honigjoghurt.

»Ich will dich ja nicht beleidigen«, sagte Molly mit einem verkrampften Lächeln. »Aber du machst ziemlich viele Geräusche beim Essen.«

Für alle, die es nicht wissen – das ist der typische Satz einer Frau, die dich nicht mehr will. Er erinnerte mich – so krass, als hätte jemand mit dem Hammer auf den Tisch geschlagen – an eine Szene, die ich ein paar Tage vorher gelesen hatte, als Anna voller Abscheu die Ohren ihres Mannes betrachtet (sie stehen ab).

Dann, wieder ein paar Tage später. Hinter dem Fluss ging die Sonne unter. Eine sagenhaft melancholische Tageszeit. Die Boote mit ihren kleinen Buglaternen, die wie Glühwürmchen mit der Strömung flussabwärts trieben. Ich steckte gerade in der Szene, als Anna, die ihre Familie verlassen hat, sich in ihr ehemaliges Haus schleicht, um ihren neunjährigen Sohn zu sehen. Ihr Mann schläft im Untergeschoss. Sie besticht den Gehilfen des Portiers und eilt die Treppe hinauf –

Ich wusste, das ist ein einmaliger Moment in der Literatur, und ich würde die folgende Szene nie wieder lesen können, *ohne das Ergebnis zu kennen.* Würde Anna es schaffen, den kleinen Jungen zu sehen, oder nicht? Die Stimmung war so bedrohlich wie bei einer Krise in meinem eigenen Leben, und ich hatte Angst, richtig Angst, dass Molly, mit ihren blonden Haaren, den scharfen Gesichtszügen und den wunderschönen Augenwimpern, genau jetzt ins Zimmer kommen und alles kaputtmachen könnte. Da sprang ich vom Bett auf und schloss die Tür ab.

Das Ende einer Liebe manifestiert sich auf viele unterschiedliche Weisen. Bei Molly war es der Anblick, wie ich meinen Joghurt löffelte (als wollte ihn mir jemand wegessen), für mich war es der Moment, als ich beschloss, sie aus dem Zimmer auszusperren und sie von meinem Leben fernzuhalten.

Zurück in Toronto, schlenderte ich an einem Spätnachmittag über das Unigelände. Ich ging in den Lesesaal im ersten Stock der Bibliothek. Dort war ich seit dem Anfang meiner Studienzeit nicht mehr gewesen. Dunkles Holz, Licht wie in einem Aquarium, Bleiglasfenster – ein wunderschöner Raum, ein Ort klösterlicher Stille. (Ich versuche, ihn geheim zu halten.)

Ich studierte die Regale, nahm immer wieder ein Buch heraus, nichts interessierte mich, bis ich schließlich auf ein altes, schon etwas zerlesenes Exemplar von *Krieg und Frieden* stieß. Ich las den handschriftlichen Eintrag auf der Titelseite. Das Buch war seit 1952 hier. Damals war ich drei Jahre alt.

Ich setzte mich hin und fing an zu lesen, irgendwo, aber nicht einmal der große Tolstoi konnte mich fesseln. Und dann tat ich etwas, was ich noch nie gemacht hatte. Ich nahm einen Stift und einen kleinen Zettel und notierte in winzigen Buchstaben alles Wichtige, eine Art Minitagebuch: wie schlecht es mir ging, dass das Ende meiner Beziehung zu Molly absehbar war, aber dass wir beide – wie zwei Gäste, die zu müde sind, um aufzustehen und ihre Mäntel anzuziehen – nicht die Energie aufbrachten, um zu gehen. Man kann jemanden lieben, und es kann trotzdem aus sein, beides gleichzeitig.

Ich schrieb das Datum auf den Zettel und legte ihn in den Roman. Dort war er in Sicherheit.

Daraus entwickelte sich ein Ritual. Wenn etwas Gutes in meinem Leben passierte oder wenn etwas total schiefging, stapfte ich in den Lesesaal, holte *Krieg und Frieden* aus dem Regal und schrieb alles auf, immer nur ein paar Worte, immer in winzigen Buchstaben, immer auf denselben Zettel: Meine Tochter schließt die Highschool ab. Die ärztliche Diagnose (Fettleber) macht mir Angst. Ein Jugendfreund ist gestorben. Im Lauf der Jahre tröstete mich dieser Vorgang immer wieder ganz enorm. Ich ging in den Saal, betrachtete mein kleines Tagebuch und dachte: Siehst du, das habe ich alles überlebt, da werde ich das hier auch noch schaffen.

Aber eines Abends erwartete mich eine Überraschung. Jemand hatte ganz unten auf dem Zettel eine Mitteilung hinterlassen. Ich fand das weder angenehm noch spannend, nein, für mich war das eine Invasion, ein Übergriff – wie wenn du nach Hause kommst und feststellst, jemand hat in deinem Bett geschlafen. Ich konnte nichts schreiben. Ich stellte das Buch zurück und ging. Aus verschiedenen Gründen – Reisen, neue Gewohnheiten – kehrte ich lange nicht in die Bibliothek zurück.

Ich glaube, es war letzten Herbst. (Wie schnell jetzt die Zeit vergeht.) Ich fuhr mit dem Fahrrad nach Hause. Unter einem großen runden Herbstmond radelte ich über den Campus. Vielleicht war es die frische Luft (immer verheißungsvoll, immer ein Neuanfang) oder vielleicht auch das Ende eines angenehmen Tages – plötzlich wollte ich jedenfalls unbedingt noch einmal zurück zu *Krieg und Frieden*, zu meinem kleinen Zettel. Auch wenn jemand seine Telefonnummer darauf geschrieben und ihn dadurch entweiht hatte.

Ich schloss mein Fahrrad ab und ging die Steintreppe hinauf. Ein rothaariges Mädchen schlief auf dem Polstersofa, ohne Schuhe, mit angezogenen Knien. Ich ging an den Regalen entlang. Ah, da stand es, das dicke Buch. Ich schlug es auf. Aber der Zettel war nicht mehr da. Ich drehte den Band sogar um und schüttelte ihn ein bisschen, doch nichts flatterte heraus. Keine Ahnung, warum. Vielleicht hatte mein mysteriöser Freund das Minitagebuch geklaut, weil er sauer war, dass ich nie angerufen hatte. Vielleicht war es auch nur einer jener Zufälle, wie sie im Leben so häufig vorkommen: der jährliche Großputz, eine hastige Umräumaktion. Ich werde es nie erfahren. Aber ich weiß gar nicht, ob ich den Zettel überhaupt vermisse. Seit jemand etwas darauf geschrieben hatte, war sowieso alles anders.

Aber warten Sie noch einen Moment. Ich möchte nicht

in dieser wehmütigen Stimmung enden. Noch eine letzte Rückkehr. Havanna, 2009. Nicht ganz das Ende meines Lebens mit Tolstoi, aber doch nicht weit entfernt von den Schlusskapiteln. Ich hatte ihn nicht mitgenommen auf diese Reise, aber Tolstoi lässt man nie ganz zu Hause. Wenn man sich einmal infiziert hat, wird man nicht mehr geheilt. Und so ähnlich wie Proust verändert Tolstoi nicht nur den Blick auf die Welt, sondern manchmal auch, wie man sie erlebt. Es kommt vor, dass ich mich sogar zu sehr an ihn anlehne, ihn bei zu vielen Anlässen in meinem eigenen Leben wiederfinde (*Ja! Genau wie diese Szene in –*), ihn zu oft zitiere (wie die Beatles, wenn ich versuche, die gelegentlich nachlassenden musikalischen Ambitionen meines Sohnes anzukurbeln). Ich weiß noch, als ich fürs Fernsehen arbeitete, blickte eine Produzentin verärgert von meinem Manuskript über einen Geiger aus Manitoba hoch und zischte: »Schluss mit Tolstoi, okay?«

Also – ein sonniger Tag in Havanna, es windet so heftig, dass die Überlandleitungen draußen vor meinem Hotelfenster schwanken. Der Ozean ist blauer als gestern, aber immer noch turbulent, die Wellen haben weiße Schaumkronen. Seit Bangkok sind viele Jahre vergangen. Ich habe wieder geheiratet, aber bei dieser Reise habe ich Tina, meine Frau, zu Hause gelassen, ich mache Ferien nur mit mir, etwas, was ich schon lange nicht mehr getan habe.

Eines Nachmittags ging ich die Strandmauer entlang. Ein Hochzeitszug rauschte vorbei. Es war fast wie eine Szene aus *Der Pate, Teil II*, wenn Michael Corleone nach

Kuba reist. Später trank ich auf der Terrasse des Hotel Inglaterra in der Altstadt einen Kaffee. (Ich weiß gar nicht mehr, was man mit so viel freier Zeit anfängt.) Noch eine Hochzeitsgesellschaft, Wagen aus den fünfziger Jahren, mit Bändern geschmückt, eine weiße Braut und ein schwarzer Bräutigam sitzen auf der Rückbank eines Cabrios. Der Franzose am Nachbartisch sagt, Havanna ist eine Stadt, in der die Leute sehr gern in aller Öffentlichkeit Hochzeit feiern.

Ich muss an meine eigene Hochzeit vor ein paar Jahren denken. Wir heirateten im Wohnzimmer unseres neuen Hauses in Kensington Market. Meine zweite Exfrau, Margaret, stand neben Jesse, unserem Sohn, beide schlaksig und schön. Was für ein Glück ich doch habe, dachte ich, als ich die beiden betrachtete, dass sie immer noch hier sind, immer noch Teil meines Lebens. Wenn man nach einem gewissen Alter Menschen verliert, ist das so ähnlich, wie wenn einem Zähne gezogen werden: Sie wachsen nicht mehr nach. Und da ist Anne, meine erste Exfrau – die mir damals, vor vielen Jahren, Tolstoi geschenkt hat. Sie arrangiert die Speisen und kommandiert die Helfer herum. (Den Esstisch will sie an der Wand haben, »nicht so blöd mitten im Raum!«). Unsere Tochter, jetzt richtig erwachsen, groß und blond und immer irgendwie extravagant, bittet um Ruhe. Heute Abend spielt sie den Conférencier. Sie will etwas vorlesen, unterbricht sich aber mitten im Satz. »Hoffentlich schaffe ich das, ohne dass mir die Tränen kommen«, sagt sie. Alle verstummen. Sie liest weiter:

»Fürst Andrej tanzte sehr gern … und er hatte Natascha deswegen gewählt, weil Pierre sie ihm gezeigt hatte und sie das erste hübsche weibliche Wesen war, das ihm unter die Augen kam. Doch kaum hatte er diesen schlanken, biegsamen Körper umfasst, der sich so dicht neben ihm bewegte und ihm aus so nächster Nähe zulächelte, als ihm ihre Reize wie feuriger Wein zu Kopf stiegen, und als er sie losließ, um Atem zu schöpfen, und stehenblieb und den Tanzenden zuschaute, fühlte er sich verjüngt und wie neu geboren.«

Ich schaue meine Tochter an und dann Tina, meine Frau, mit der ich erst seit ein paar Minuten verheiratet bin (so hübsch in ihrem schwarzen Kleid), und ich fühle eine Welle fast unerträglichen Glücks und denke: Ja, das stimmt, ich habe es immer gewusst – die Liebe ist letztlich das Einzige, worauf's ankommt. Und auf der Höhe seines Schaffens hat Tolstoi genau das auch gewusst.

Kapitel 5

DAS HAUS MIT DEM KAPUTTEN RÜCKEN

Wenn ich an mich als jungen Mann denke, dann sehe ich einen großen, zerzausten Vogel vor mir, einen Vogel, der ins Haus fliegt, Lampen umwirft, die Leute beim Essen stört und dann, nach ein paar chaotischen Flugrunden durchs Zimmer, wieder zum Fenster hinausschießt. Natürlich bin ich mir damals nicht so vorgekommen. Damals hatte ich die Idee (die ich nicht unbedingt immer für mich behielt), dass mein Leben ein Roman war, dass »die Leute« meine Flugbahn mit kopfschüttelnder Bewunderung verfolgten. *Was hat er als Nächstes vor?* Ich werde ganz rot, während ich das schreibe, denn in Wirklichkeit beachtete mich niemand, sie merkten nur, dass ich grundsätzlich existierte.

Komischerweise finde ich nach all den Jahren, dass das Leben selbst, nicht ich, einem Roman gleicht. Personen kommen und gehen, tauchen später in anderem Zusammenhang wieder auf, und das oft auf eine Art, die jede Fiktion übertrifft. Als *Krieg und Frieden* 1868 erschien, war Tolstois Schwester empört, weil sie in dem Werk wörtliche Wiedergaben von Tischgesprächen fand. Tolstois Reaktion: ein Achselzucken: Wenn du nichts über dich lesen willst, iss nicht mit einem Schriftsteller zu Abend.

Apropos *Krieg und Frieden* – erinnern Sie sich an Justin Strawbridge, den Jungen, der mich mitnahm ins Place Pigalle, an dem Tag, als ich von Clarissa Bentley hingerichtet wurde? Ja? Also, jetzt kommt die Überraschung. Für mich war es jedenfalls eine Riesenüberraschung.

Fast ein Jahr nach dem Besuch in meinem ehemaligen Internat beschlossen meine Frau Tina und ich, gemeinsam Urlaub zu machen. Wir hatten uns seit ein, zwei Wochen immer wieder angegiftet. Und dieser Urlaub sollte mir, wie sich herausstellte, völlig ungeplant Gelegenheit zu einer weiteren »Rückkehr« geben.

Wir wollten nicht allzu weit fahren. Nur weit genug, um bestimmte Muster zu durchbrechen und um die Spinnweben abzuschütteln, die jedes verheiratete Paar ansetzt, wenn es nicht aufpasst. Also buchten wir ein schickes, viel zu teures Zimmer in einem Landhotel, eine Stunde nördlich von Toronto. Wir konnten uns diesen Luxus eigentlich nicht leisten – es war ein teurer Sommer gewesen: neues Dach, Wasserrohrbruch, arbeitslose Kinder –, aber wir konnten uns auch keine neuen Ehepartner leisten. Insofern war es eine einfache Entscheidung. Und sie funktionierte. Wir machten lange Spaziergänge im dunklen Wald, mieteten ein Kanu für den Nachmittag, spielten Billard im Gastzimmer, aßen ein phantastisches Abendessen, tranken eine zweite Flasche Wein in unserem Zimmer, tummelten uns in unseren Schlafanzügen – und schliefen dann wie die Murmeltiere, während unter unserem Fenster der Fluss rauschte. Nach drei Tagen wussten wir wieder, warum wir einander so gern hatten. Und als wir nach Hause kamen, schien die ganze Stadt in neuem Glanz zu erstrahlen, selbst nach so kurzer Zeit.

Aber ich greife schon wieder vor. Als wir aus der Stadt fuhren, hinaus in die grüne Landschaft, fielen mir verschiedene Sachen auf: eine rote Scheune, eine verlassene Kreuzung, ein Silo, ein abschüssiges Feld – alles kam mir irgendwie bekannt vor, wenn auch nur ganz vage. Dann kamen wir an einem Straßenschild vorbei – Sweet Cherry Lane – und plötzlich wusste ich es: Ja, ich war schon einmal hier.

Man schließt nie wieder so intensive Freundschaften wie als junger Mensch. Später im Leben, wenn, aus dem einen oder anderen Grund, diese Freundschaften zerbröckeln oder verblassen, ist das, wie wenn man einen Zahn verliert: Man kann sie nicht ersetzen. Die große Freundschaft in meinem Leben – und die größte Enttäuschung – war Justin Strawbridge.

Man kann nicht erklären, warum man jemanden liebt, warum der beste Freund der beste Freund ist. Die Erklärungen klingen immer abgegriffen, nie so richtig überzeugend. Da hält man sich lieber an Michel de Montaigne, den französischen Philosophen des sechzehnten Jahrhunderts. Er sagt es in einem einzigen, einfachen, herzzerbrechenden Satz: »*Si l'on me presse de dire pourquoi je l'aimais, je sens que cela ne peut s'exprimer qu'en répondant: parce que c'était lui, parce que c'était moi.*« (Wenn ich erklären sollte, warum ich ihn liebte, könnte ich nicht viel mehr sagen als dass er er war und ich ich.)

Mit Anfang zwanzig waren Justin und ich hinter demselben polnischen Mädchen her (sexy auf so eine schwindsüchtige Art). Sie spielte uns gegeneinander aus, und wir sahen einander jahrelang nicht mehr. Was für eine Zeitverschwendung. Und dann, eines Abends, über ein Jahrzehnt später, saß ich leicht beschwipst und nostalgisch in einer Bar und rief ihn an. Es dauerte nur Sekunden, seine Nummer zu wählen, und als sein Telefon klingelte, kam es mir komisch vor, dass eine so minimale Geste – das Wählen einer Nummer – zwei alte Freunde so lange voneinander ferngehalten hatte.

Ein paar Tage später trafen wir uns in einem finsteren Striplokal in der Innenstadt. (Sein Vorschlag.) Die Jahre hatten ihn härter gemacht. Er wirkte dünn und ungepflegt, wie er da saß und, über den Resopaltisch gebeugt, mit einer viel zu kleinen Plastikgabel irgendeinen Salat in sich hineinschaufelte. Er habe ein Zimmer im ersten Stock, direkt über der Bar, erzählte er mir. Zwei Männer gingen an unserem Tisch vorbei, in dreiviertellangen braunen Ledermänteln. Kleingangster. Justin nickte ihnen zu. Sie setzten sich in eine Ecke und beobachteten uns. Der eine sagte etwas, der andere lachte, und ich fühlte mich unwohl. Die Bedienung kam, Dollarscheine zwischen den Fingern mit den rotlackierten Nägeln. Ich bestellte ein Bier. Justin warf der Kellnerin einen Blick zu, als würde es ihn nerven, dass ich eine Bestellung aufgab.

»Und du, Bobby?«, sagte sie zu ihm. Zu Justin.

»Ich brauche nichts«, sagte er. Die Kellnerin ging und stellte sich an die Bar.

»*Bobby*?«, fragte ich.

»So nennen sie mich hier unten. Bobby Blue.« Er sagte das fast aggressiv und mit einer Spur von Stolz, als wäre es eine Leistung, eine *Errungenschaft*, wenn man »hier unten« mit einem coolen Namen angeredet wurde, egal, wie absurd das war für einen reichen Jungen. Ganz abgesehen davon, dass es mich grundsätzlich nervös macht, wenn Leute ihren Namen ändern: Da stimmt immer irgendetwas nicht, ein Minengraben zieht sich mitten durch ihre Persönlichkeit. Aber ich schob den Gedanken beiseite. Ich wollte nicht darüber nachdenken.

Wir redeten über alles Mögliche, aber Justin erschien mir wie erstarrt und irgendwie sehr förmlich. Fast so, als wäre nach meinem Anruf eine Videoaufnahme von dem »Zwischenfall« mit dem polnischen Mädchen in seinem Kopf abgespielt worden (ein Besuch, betrunken, spät in der Nacht) – und als hätte sein Gehirn auf unversöhnlich geschaltet. Nach einer Weile (ich nickte immer zustimmend, führte seine Sätze zu Ende, lachte etwas zu herzlich) fiel mein Blick auf einen Mann am Tresen, der in unsere Richtung schaute. Er war mir schon beim Hereinkommen aufgefallen. Eine Figur wie ein Gewichtheber. Schwarzer Rollkragenpullover. Baskenmütze.

Justin legte die kleine Plastikgabel weg und griff nach seinem Mantel, der hinter ihm auf dem Stuhl lag.

»Willst du schon *gehen*?«, fragte ich.

Das war extrem unhöflich, und er wusste es. Kurz geriet er ins Schleudern. »Ich treffe mich mit meiner Mutter«, sagte er dann. Da war es wieder, dieses verlogene, elternfreundliche Stirnrunzeln, dem ich schon als Junge nicht getraut hatte. (Es signalisierte immer, dass Verrat drohte.) Aus dem Augenwinkel sah ich noch, wie er, in seinem langen Cowboymantel, zu dem Mann am Tresen ging. Dann verschwand Justin Strawbridge im hellen Licht des Eingangs, und der Gorilla mit der Baskenmütze folgte ihm.

Was für ein absurder Mantel, dachte ich, welche komische Rolle spielt Justin für sich und andere?

Aber manchmal ist es einfach zu anstrengend, auf einen alten Freund sauer zu sein, und ich nehme an, so war das auch zwischen uns. Hier lässt mich mein Gedächtnis im Stich – ich weiß nicht mehr, wer wen angerufen hat, aber ich habe das Gefühl, dass Justin die Initiative ergriff. Warum? Keine Ahnung. Vielleicht ein letzter Versuch, das Rettungsboot noch zu erwischen.

Sechs Monate später, es war inzwischen Frühling, fuhr ich mit dem Motorrad eine Landstraße entlang, eben diese Sweet Cherry Lane, die ich später mit meiner Frau vom Auto aus sehen sollte. Es roch nach warmem Gras. Farmhäuser am Horizont. Die ganze Welt, so schien es, schwamm in üppigem Grün. In meiner Reisetasche hatte ich eine Flasche Scotch und eine zerlesene, backsteingroße Taschenbuchausgabe von *Krieg und Frieden*. Ich wollte meinem alten Freund den besten Roman aller Zeiten näherbringen und ihm gleichzeitig auch zeigen, wie ich jetzt war, was mir gefiel, was mich ergriff, was mich freute. Ich stellte mir vor, dass ich spät abends, nach ein paar Gläsern, Justin etwas vorlesen würde: Vielleicht die Stelle, als Nikolaj Rostow vor den französischen Truppen flieht, oder Prinzessin Marja Bolonskajas Monolog darüber, dass sie nie der Liebe begegnet – eine so herzzerbrechende Passage, dass ich es noch nie gewagt hatte, sie laut vorzulesen, aus Angst, dass es mir vor Ergriffenheit die Kehle zuschnüren würde und ich nicht weiterlesen könnte.

Als ich in die gekieste Zufahrt einbog, sah ich Justin Strawbridge in der Ferne stehen. Hinter ihm ein Haus mit krummem Rücken. Krähen hockten auf den Stromleitungen. Schwarze Schmetterlinge segelten zwischen den Löwenzahnblüten hin und her. Justin winkte mir kurz zu und verschwand dann schnell wieder im Haus. So fing es an.

Wir hatten viel Spaß an diesem Abend. Die typischen Rituale alter Freunde, die einander jahrelang nicht richtig gesehen haben. Man erzählt sich Geschichten, die beide kennen und von denen beide wissen, dass der andere sie kennt, man redete über früher: über Besäufnisse und Frauen und peinliche Situationen. Die Vergangenheit war in extreme Farben getaucht und zugleich unbeschwert. Wir kamen auch kurz auf den Zwischenfall mit dem polnischen Mädchen zu sprechen, und ich hatte den Eindruck, dass Justin mich etwas zu lange anschaute. Aber sonst verlief der Abend ohne Spannungen. Wir spielten Songs von Alben, die kein Mensch mehr hörte.

»Soll ich dir was sagen?«, fragte Justin nach den ersten Tönen von »All My Loving« von den Beatles. »So richtig hat mir dieser Song nie gefallen. Im Grund ist er doch total langweilig.«

»Stimmt. Wie ein Apfel. So langweilig, wie wenn man einen Apfel isst.«

»Guter Vergleich.«

»Er verspricht viel und hält nichts.«

»Und es gibt keinen echten Refrain. Die besten Beatles-Lieder haben alle einen erstklassigen Refrain.«

»›I Saw Her Standing There‹.«

»›When I Get Home‹.«

»Kann es eine bessere Hookline geben als die in ›When I Get Home‹? Die Beatles à la Wilson Picket. ›*I'll love her more/Till I walk out that door/Again.*‹«

»Unfassbar.«

»Total unfassbar.«

»›This Boy‹.«

»Stimmt, der Song ist noch eine Steigerung. Der Refrain von ›This Boy‹ ist besser als alles davor. Wie kann jemand nur einen so rasanten Refrain schreiben?«

Und wir lachten beide begeistert.

Bevor er in der Küche noch etwas zu trinken holte, sagte Justin: »Wenn ich dich bitten würde, meine Mutter umzubringen – würdest du mir helfen?«

Pause. »Wie bitte?«

»Sie konnte die Beatles nicht leiden.«

»Du willst deine Mutter umbringen, weil sie die Beatles nicht leiden konnte?«

»Nein. Ich will meine Mutter umbringen, weil sie eine miese Ratte ist.«

Von dem Moment an kann ich mich nur noch bruchstückhaft an den Ablauf der Ereignisse erinnern. Die Bilder sind wie ein Avantgardefilm. (Es muss daran liegen, dass wir zu Brandy übergingen.) Wir redeten über Walt Whitman (sein Idol). Vor dem Bücherregal (eine beeindruckend edle Sammlung gebundener Bucher) stehend, rezitierte Justin die letzten Strophen von *Song to Myself.* Ich hörte mit Vergnügen zu, aber nicht, weil ich Walt Whitman besonders gut finde (im Gegenteil), sondern weil es Justin Strawbridge war, der den Text vortrug, der Freund meiner Jugend, und wir fühlten uns wieder so gut miteinander, als hätten wir uns vor ein paar Wochen das letzte Mal gesehen, nicht vor mehr als zehn Jahren. Als hätte ein Teil meines Lebens, den ich für immer verloren geglaubt hatte, einfach wieder neu begonnen. Mein Gott, wie ich ihn vermisst hatte!

Er holte ein Manuskript aus einem Mahagonischreibtisch – ein paar der Möbel kamen mir bekannt vor – und las mir eine Auswahl von Gedichten vor, die er selbst geschrieben hatte, wabernde Strophen voll süßlicher Hochachtung vor der Natur, vor dem Göttlichen, das allen Lebewesen innewohnt, vor dem Kreislauf der Jahreszeiten und dem großen runden Mond. Es war von Anfang bis

Ende ein Riesenkitsch, aber ich applaudierte und verlangte eine Zugabe nach der anderen.

Dann war ich an der Reihe. »Hier ist eine Kleinigkeit, auf die ich gestoßen bin, als du weg warst.« Sein Blick ruhte wieder auf mir. Ich las ihm die Passage vor, was Fürst André denkt, Sekunden bevor bei der Schlacht von Borodino direkt vor ihm eine Granate explodiert:

»Ist das der Tod? dachte Fürst Andrej und betrachtete mit einem ganz neuen Gefühl der Missgunst das Gras, den Wermutstrauch und das Rauchwölkchen, das aus dem sich drehenden schwarzen Ball aufstieg. Ich kann, ich will nicht sterben, ich liebe das Leben, ich liebe das Gras, diese Erde, diese Luft …«

Als ich meinen Freund erwartungsvoll anschaute, merkte ich, dass er gar nicht richtig zugehört hatte, sondern ins andere Zimmer starrte.

»Moment mal«, sagte er und verschwand in der Küche. Da saß ich nun, mein Buch immer noch aufgeschlagen in der Hand. Irgendwie war mir die Situation peinlich, aber vor allem hatte ich das Gefühl, etwas Wertvolles verschleudert zu haben. Ich musste an einen unangenehmen Vorfall denken, vor ein paar Jahren in einer Bar auf der Insel Martinique: Ich war einsam und leicht angetrunken und begann ein Gespräch mit französischen Seeleuten, die Landurlaub hatten. Noch mehr Drinks, und zu vorgerückter Stunde eröffnete ich ihnen, ich sei Schriftsteller. Um es ihnen zu beweisen (als wäre ein Beweis nötig), holte ich aus meiner Schultertasche ein nagelneues Exemplar meines ersten Romans, der gerade herausgekommen war, und zeigte es herum. Einer der Seeleute riss mir das Buch aus der Hand, stellte sich auf die Zehenspitzen (es war sehr voll in der Bar) und begann aus dem ersten Kapitel vorzulesen, mit sonorer Stimme und einem starken französischen Akzent. Ich nahm ihm das Buch schnell wieder weg, aber es war zu spät, der Schaden war angerichtet, die Entweihung nicht wieder rückgängig zu machen.

Justin kam zurück, sichtlich erleichtert.

»Ich dachte schon, ich hätte es verloren«, sagte er nur.

Im Gedanken an den Abend in Martinique (man muss die kostbaren Dinge im Leben beschützen), klappte ich *Krieg und Frieden* diskret zu und legte das Buch auf den Tisch neben meinem Sessel. Justin schien es gar nicht zu merken. Es war, als hätte er vollständig vergessen, was wir gerade gemacht hatten.

Die Zeit verging, und kurz vor Mitternacht führte er mich nach oben und zeigte mir eine Maschinenpistole, die er per Post gekauft hatte. Wir traten auf den Balkon im ersten Stock. In der Ferne sah man ein einsames Scheinwerferpaar durch die Dunkelheit fahren. Ein Himmel voller stecknadelkopfgroßer Sterne. Die Luft war wärmer und schwüler als in der Stadt, erfüllt von einem erregenden Duft.

Justin trat an den Balkonrand, schulterte seine Waffe und feuerte eine ohrenbetäubende automatische Runde in den Rasen unter uns. Die Grasklumpen spritzten hoch wie aufgescheuchte Igel. Die Luft um uns verfärbte sich grau vom Rauch und stank nach Kordit.

»Diese Wichser«, murmelte Justin.

Am nächsten Morgen wachte ich in einem hellen Zimmer auf. Ich befand mich im Erdgeschoss, vor meinem Fenster war die Einfahrt. Dahinter eine Wiese mit Löwenzahn und Gänseblümchen. Die Sonne stand hoch am Himmel. Vermutlich war es bereits Mittag. Bienen summten in der Dachrinne. Es war viele Jahre her, dass ich das letzte Mal scharfe Sachen getrunken hatte, und als ich mich im Bett aufrichtete, kam es mir vor, als würde in meinem Kopf ein Tablett mit Silberbesteck nach vorn rutschen und scheppernd gegen die Innenseite meiner Stirn krachen. Kurz fragte ich mich, ob ich vielleicht einen Gehirnschaden hatte.

Justin saß in der Küche am Tisch und zerteilte graues Pulver mit einer Rasierklinge. Dazu machte er ein grimmiges Gesicht und wirkte merkwürdig entschlossen.

Ich nahm mein Exemplar von *Krieg und Frieden*, das noch auf dem Tisch lag, und wollte es in die Tasche stecken, da sagte Justin: »Noch nicht.«

Also legte ich das Buch wieder hin. Dann fragte ich: »Was ist das?«

»T. C. P.«

Ich fragte: »Was heißt T. C. P.?«

Justin ignorierte meine Frage.

»Hilft es was gegen meinen Kater?«, erkundigte ich mich grinsend.

Ein kurzes, ironisches Grinsen seinerseits. »Es macht dich dümmer, aber es lohnt sich.«

Zwanzig Minuten später lag ich in der Löwenzahnwiese hinter dem Haus. Mir war kotzelend, ich schwitzte und hatte fürchterliche Angst. Das Gefühl, mein Leben verplempert zu haben, drückte auf mein Herz.

»Kann man davon sterben?«, stöhnte ich.

Justin saß neben mir und kaute lässig an einem Grashalm. »Wie bitte?«, fragte er.

»Was ist das für ein Zeug, dieses T. C. P.?«

»Das bringt nichts, wenn ich es dir sage.«

»Ich habe wahnsinniges Herzrasen. Kriege ich womöglich einen Herzinfarkt?«

»Glaub ich nicht.«

»Soll ich lieber ins Krankenhaus?«

»Es ist ein herrlicher Tag«, sagte er. »Stell dich doch nicht so an! Du kannst nicht richtig loslassen.«

»Ich will nur eines wissen«, sagte ich. »Bitte, sag mir – muss ich mir Sorgen machen? Kann dieses Zeug tödlich sein?«

Er fixierte mich mit seinen blassblauen Augen. »Ja, du stirbst, wenn du nicht mit mir betest.« Und dann tat er etwas, womit ich nun wirklich nicht gerechnet hatte: Er zog sich aus, Hemd, Hose, Unterwäsche, und schlug ein paar obszöne Purzelbäume, wie eine bleiche Made, die sich im strahlenden Sonnenschein zwischen dem Löwenzahn wälzt. Mein Jugendfreund war eindeutig vollkommen durchgedreht.

Dann kniete er nieder, wie in der Kirche, faltete die Hände und begann zu beten: »*Vater unser, der Du bist im Himmel* …«

»Wofür steht die Abkürzung T. C. P.?«, brüllte ich.

»*Geheiligt werde Dein Name. Dein Reich komme* …«

»Justin! T. C. P.! Was bedeutet das?«

Er verstummte. Seine Augen ruhten wieder auf mir, zersplitterte Prismen in einem schweißnassen Gesicht. »Du hättest sie niemals vögeln dürfen«, murmelte er, fast mit Bedauern, als wollte er sagen: Wirklich schade, dass dir das passieren muss, aber du wolltest es ja so.

Dann ging er zurück zum Haus, splitterfasernackt, seine Klamotten über dem Arm. »Du hättest sie niemals vögeln dürfen«, wiederholte er noch einmal, ohne sich umzudrehen. Und dann war er weg. Er stieg in sein Auto und fuhr die Einfahrt hinunter, gefolgt von einer Staubwolke. Die Grillen zirpten in den goldgelben Feldern.

Ich taumelte in das weiße Schlafzimmer. Die Zeit verging. Der Raum kühlte ab, der Himmel wurde dunkel, ich stand auf und ging ins Bad, trank drei Glas Wasser aus einem Zahnputzbecher und schaute aus dem Fenster: Auf der anderen Seite der dunklen Felder leuchtete die Stadt wie eine Kühltruhe.

Ich war gerade eingedöst, schwebte in diesem rätselhaften Bereich zwischen Schlafen und Wachen, wenn die Gedanken vergessen, wem sie gehören, und wie ein erschrecktes Rudel Rehe in alle Richtungen rennen. Ich wachte auf, weil eine Autotür knallte. Stimmen waren zu hören, die Töne eines Blasinstruments. Als ich nach draußen blickte, sah ich einen untersetzten Mann mit Baskenmütze, der Flöte spielte, während Justin in der Einfahrt tanzte, unbeholfen wie ein Bär.

Ich trat hinaus auf die Veranda.

»Ich möchte dir jemanden vorstellen«, sagte Justin.

Der Mann mit der Baskenmütze nahm die Flöte von den vollen roten Lippen. Es war der Typ, den ich neulich im Stripclub gesehen hatte. Mein Herz stockte. Bei manchen Menschen weiß man gleich, dass man ihnen nicht zu lange in die Augen schauen darf.

»Duane Hickok«, sagte Justin.

Ich gab ihm die Hand, wich aber seinem Blick aus, weil ich befürchtete, er könnte meine Angst wittern, wie ein Hund. Ich kann nicht erklären, warum er mir Angst machte, aber irgendwie ging von ihm eine Form der Gewalttätigkeit aus, die meine Erfahrung bei weitem überstieg, ja, sie überstieg sogar die Rachephantasien, die ich manchmal nachts um vier ventilierte. Ein Mann, der dir einen Tritt ins Gesicht verpassen kann, ohne dass sich sein Puls beschleunigt. Außerdem hatte ich den Verdacht – oder besser gesagt, ich hatte die Intuition, auf einer ganz elementaren Ebene –, dass man nicht antizipieren konnte, wodurch diese Gewalttätigkeit ausgelöst wurde, durch eine Bemerkung, einen Blick, eine Geste mangelnden Respekts. Man wusste es erst, wenn er über einen herfiel.

Ich ging ins Haus, winkte Justin zu mir, und in der Hoffnung, dass der andere es nicht hörte, flüsterte ich ihm zu: »Du kannst diesen Mann nicht hier reinlassen.«

Justin, blass, mit metallisch riechendem Atem, machte kugelrund staunende Augen. So wie früher, wenn er seine Eltern entwaffnen wollte. »Warum nicht?«

Ich glaube, ich habe nicht geantwortet, aber ich spürte, wie etwas in mir zusammenstürzte. Stumm ging ich wieder in mein Zimmer, holte *Krieg und Frieden* und meine Zahnbürste, ließ Justins im Selbstverlag veröffentlichten Gedichtband liegen (den ich am Abend vorher noch so hoch gelobt hatte) und fuhr gleich darauf die Einfahrt hinunter. Es wurde schon dunkel. Der Kies knirschte unter meinen Motorradreifen. Justin stand mit schuldbewusster Miene auf den Verandastufen, die Hand zum Abschied erhoben. (Woher kannte ich diese Geste? Ja, genau – aus *Der große Gatsby*.)

Bevor ich in die Straße einbog, hielt ich kurz an. Justin und Duane hatten sich ins Haus begeben, sämtliche Fenster waren hell erleuchtet, der Lichtschein fiel auf das Gras. Es war sehr still hier draußen, man hörte das Summen des Stroms, der durch die dicken Leitungen über mir rauschte. Ein, zwei Sekunden lang überlegte ich, ob ich zurückgehen sollte. Ich hatte das Gefühl, dass sich die Fremdheit zwischen Justin und mir verhärten würde wie Zement, wenn ich nicht zurückging. Aber gleichzeitig war mir sonnenklar, dass es nichts bringen würde. Irgendwie wusste ich, dass es besser war, wenn ich mit dem Motorrad in die Stadt zurückfuhr, auch wenn ich unter Drogen stand und total nervös war und trotz der Dunkelheit, alles egal – dass es weniger gefährlich für mich war, als noch eine Nacht in diesem Haus zu verbringen, mit meinem alten Freund.

Es klingt komisch, aber ich kann mich nicht daran erinnern, wo und wie ich erfahren habe, was danach passierte. War es ein Telefonanruf? Ich weiß es wirklich nicht. Ich hatte es jedenfalls schon gehört, als ich es ein paar Tage später in der Zeitung las: Kurz nach meiner Abfahrt schoss Justin mit seiner Maschinenpistole Duane in den Mund. Gehirnfetzen spritzten auf die Bücher im Regal. Mehrere Stunden später (wirklich *Stunden*) wurde die Polizei alarmiert. Als die Beamten eintrafen, stellten sie fest, dass die Leiche »bewegt« worden war; jemand hatte sie vom Wohnzimmer in die Küche und dann auf die Veranda geschleift. Das Arbeitszimmer war völlig verwüstet: zertrümmerte Möbel, umgestoßene Lampen, eine teure spanische Gitarre mit gebrochenem Hals. Ein Detail machte die Polizisten besonders stutzig: Die Stelle, an der Justin nach eigener Aussage gestanden hatte, als die Waffe losging (Notwehr, Tranchiermesser auf dem Perserteppich), passte nicht zu der verspritzten Hirnmasse an der Wand.

Eine blonde Frau mit den Augen einer schläfrigen Viper befand sich ebenfalls im Haus, als die Polizei kam: Justins Mutter. Wie sich herausstellte, wohnte sie nur ein Stück die Straße hinunter. Auch ein Anwalt war zugegen.

Am folgenden Tag um Mitternacht war Justin bereits als Patient ins Bosley Centre for Criminal Psychiatry eingeliefert worden. Man konnte das Gebäude von der Küche in meiner Wohnung sehen, es war nur ein paar Straßen entfernt – ein Detail, das fast zu literarisch erscheint, um es zu erwähnen. Ich glaube sogar, dass ich Justin in der ersten Nacht, der Nacht nach dem Schuss, am Fenster seines »Zimmers« stehen sah. Mit den Händen in den Taschen. Wusste er, dass ich ganz in der Nähe wohnte? Ich glaube nicht.

Ich habe nie mit der Polizei gesprochen. Vermutlich hat Justins Mutter alles getan, um sie von mir fernzuhalten. Ich vermute, diese Frau dachte so, wie nur böse Menschen denken, nämlich dass ich ihr und ihrem Sohn das antun würde, was sie, ohne Frage, mir angetan hätte, wäre die Situation umgekehrt gewesen. Und mehr als einmal wachte ich mitten in der Nacht auf, und mein Herz raste, weil ich befürchtete, sie könnte mich irgendwie – mit allen ihr zur Verfügung stehenden Mitteln – in diese Mordsache hineinziehen. Ich sage bewusst »Mordsache«, weil ich weiß, dass es ein Mord war. Ich habe es damals gewusst, und ich weiß es heute. Und sie wissen beide, dass ich es weiß.

In den folgenden Tagen las ich, immer mit dem Bosley Centre vor Augen, mehr über den Fall und erfuhr, dass Duane, zum Zeitpunkt seines Todes, auf Kaution frei war. Er hatte eine Prostituierte entführt und gefoltert und außerdem versucht, seine eigene Mutter mit einem Kugelhammer zu erschlagen. Was garantiert der Grund dafür war, weshalb sich mir die Nackenhaare sträubten, schon als ich ihn das erste Mal sah. Wir haben unsere Instinkte nicht für nichts, sie halten uns am Leben. Kurz gesagt – Justin

Strawbridge war in die Stadt gegangen und hatte den Teufel mitgebracht. Ich frage mich oft, ob er das absichtlich getan hat – ob er ausgezogen ist, um sein Leben zu zerstören.

Die Polizei, so stand in der Zeitung, entdeckte in dem Farmhaus ein ganzes Waffenlager, zwei .38er Revolver, eine Kettenpeitsche, eine zweite Maschinenpistole, mehrere Nunchakus, einen Wurfstern und eine »Enthauptungswaffe«. Ach, wie trivial – der reiche Junge, der Designerdrogen schnupft und Waffen sammelt, alles bezahlt vom Geld seiner Mutter.

»Genau das, was ein Mann für das Leben auf dem Land braucht«, sagte meine erste Exfrau. »Wie fand er eigentlich *Krieg und Frieden*?«

»Wir sind gar nicht dazu gekommen.«

»Jetzt hat er genug Zeit dafür, würde ich denken.« (Sie hatte eine kurze Affäre mit ihm an der Universität.)

Ich sah Justin nur noch einmal, nachdem ich seinen Schatten im Fenster der Irrenanstalt erkannt hatte. Es war bei dem Mordprozess ein Jahr später. Ich begegnete ihm in der Gerichtstoilette während der Mittagspause: Sein Gesicht war bleich und aufgedunsen, er hatte kurze Haare und trug einen teuren grauen Anzug. Man sah, dass er zugenommen hatte, und es ging immer noch dieser metallische Geruch von ihm aus. Wir standen nebeneinander am Pissoir. Er blickte sich kurz um, weil er sich versichern wollte, dass wir allein waren, dann flüsterte er: »Duane Hickok hat den ultimativen Preis dafür bezahlt, dass er meine Gitarre kaputtgemacht hat.« Und zwinkerte mir zu.

Nach dieser Begegnung ging ich nicht mehr ins Gericht. Der Prozess löste zu viele hässliche, widersprüchliche Emotionen in mir aus. Ein Teil von mir – eigentlich der größte Teil – wollte, dass Justin verurteilt wurde. Ich konnte das eklige Bild, wie er in der Löwenzahnwiese Purzelbäume schlug, nicht aus meinem Kopf vertreiben. Und ich war natürlich total entsetzt darüber, dass dieser junge Mann, den ich so gern gehabt hatte wie keinen anderen in meiner Jugend, den ich beneidet hatte, den ich sogar immer mal wieder nachzuahmen versuchte – dass dieser Justin zu einem nutzlosen, parasitären Dummschwätzer geworden war (Walt Whitman – dass ich nicht lache!), der sich einbildete, er sei ein Musiker, ein Dichter. Und der jetzt bis in alle Ewigkeit an seine Mutter gefesselt war, durch die widerlichste aller Verstrickungen (»Ich weiß, was du getan hast!«). Niemals würde er die Freiheit haben, etwas anderes zu sein als ihr gescheiterter Sohn.

Seine Mutter, so hörte ich, zahlte hundertfünfzigtausend Dollar für einen Spitzenanwalt, einen aufgeblasenen Herrn in braunem Anzug, der aussah wie ein überfütterter Seebarsch. Mrs Strawbridge wollte auf keinen Fall einen »arroganten Juden, der sich auf den Stufen des Gerichts nur selbst in Szene setzt«. Ihr Sohn brauchte optimalen Beistand. Was war mit den Gehirnfetzen an der falschen Stelle der Wand? Und wie wollte er erklären, dass er die Leiche durchs ganze Erdgeschoss geschleift hatte? Mutter und Anwalt taten alles für ihn, am liebsten hätten sie ihm wahrscheinlich noch eine Zigarre in den Mund gestopft und mit ihm getanzt.

Nach fünftägiger Beratung befanden die Geschworenen Justin des Totschlags schuldig. Kein Mord, wie die ursprüngliche Anklage gelautet hatte. Bestimmt wussten sie, diese zwölf durchschnittlichen Kanadier, dass hier etwas nicht stimmte, aber sie hatten nicht genug Indizien an der Hand, um Justin wegen Mordes zu verurteilen. Und ja – ich war enttäuscht, obwohl es ja furchtbar ist, wenn man so etwas sagt. Ich wollte wirklich, dass er litt. Er verbrachte achtzehn Monate in einem minimal gesicherten Gefängnis und zog dann in eine Kleinstadt im nördlichen Ontario, wo seine Mutter heute noch lebt.

Das alles erzählte ich meiner Frau, während wir über die Löwenzahnwiese bei dem Haus mit dem krummen Rückgrat schauten. Früher sah es aus wie das Haus in Hitchcocks *Psycho*, aber heute nicht mehr. Eine Krähe saß krächzend auf einem Zaun. In der Ferne fuhr ein Traktor über das grüngoldene Rapsfeld. Was für eine friedliche Szenerie. Das Sonnenlicht spiegelte sich in der Windschutzscheibe eines vorbeifahrenden Autos. Keine Spur von Horror, kein Schatten des Todes. Selbst das Bild meines nackten Freundes, der zwischen den Löwenzähnen Purzelbäume schlägt, hatte seine quälende Wirkung verloren. Ich hatte mehr erwartet – ein Frösteln, *irgendetwas* –, aber das Grauen war schlicht und ergreifend verschwunden.

Plötzlich kamen drei Kinder aus dem Haus gerannt. Sie hopsten die Verandastufen hinunter, und eins der Kinder, ein klapperdünnes Mädchen mit blonden Haaren und pinkfarbenen Shorts, kreischte laut. Der Wind trug den Schrei über die Wiese bis zu uns. Dann rannte sie durch das Gras, dicht gefolgt von ihren Brüdern. Sie rannte und rannte, einfach nur, um zu rennen. Nach fünfzig Metern sprang sie hoch in die Luft und zappelte wie ein Fisch, der aus dem Wasser hüpft, und dann juchzte sie wieder, aus lauter Freude darüber, dass sie draußen im Freien und am Leben war. Sie erinnerte mich an meine eigene Tochter, die längst erwachsen war – als Kind war sie ganz ähnlich, so begeisterungsfähig, so expressiv. An meine Tochter hatte ich gedacht, das fiel mir jetzt wieder ein, als ich damals in der Löwenzahnwiese lag und in meiner Brust diese scheußliche Droge tobte. Ich hatte große Angst gehabt, dass ich nicht miterleben würde, wie sie aufwuchs. Aber ich durfte dabei sein. Ich hatte Glück. Das ist die richtige Formulierung: Ich hatte Glück. Manchmal läuft alles darauf hinaus. Justin Strawbridge hatte eine Mutter wie seine; ich hatte eine Mutter wie meine.

Und beim Gedanken an Justin, wie er da stand, bleich, mit verquollenem Gesicht und mit dieser blöden Frisur, den Mund voller Lügen und die Stirn in Falten gelegt, wenn er mit dem Richter sprach – da dachte ich an den anderen Justin Strawbridge, und auch von ihm erzählte ich meiner Frau.

Ich war vierzehn. Justins Familie und meine Familie fuhren in den Weihnachtsferien gemeinsam in einen eleganten

Urlaubsort im Norden. Skifahren, Schneeballschlachten, Schlittenfahren, Mahlzeiten in gepflegter Kleidung. Ein amerikanisches Mädchen war da. Sie war ein Jahr älter als wir, dünn, mit schmalem Gesicht, dichten Haaren und Überbiss. Aus Arkansas, glaube ich. Sie redete schleppend und nasal und sah aus, als würde sie sich innerlich immer und über alles amüsieren. Sie war sexy und umgeben von einem Mysterium, aber trotzdem ging sie so locker mit uns um – und wir entsprechend mit ihr –, dass sie eine von uns hätte sein können. Aber sie war keine von uns Jungs. Und wer würde je ihren Namen vergessen? Hailey Beauregard.

Vermutlich war sie mit ihren Eltern da, aber an die kann ich mich nicht erinnern. Eine Woche lang streiften wir gemeinsam durch das Hotel, und Justin und ich, wir waren beide unsterblich in sie verliebt. Eines Abends nahm sie uns mit in ihr Zimmer und probierte für uns ein blaues Kleid an (»So, jetzt müsst ihr euch mal umdrehen!«), das sie am letzten Ferienabend tragen wollte. Ihre dünnen Arme staksten aus dem ärmellosen Kleid heraus. Sie schwitzte, das weiß ich noch, ich konnte sie riechen, und ich versuchte immer, neben ihr zu sitzen, um buchstäblich in ihrem Dunstkreis zu bleiben.

Am letzten Samstagabend gab es also im großen Saal eine Abschiedsparty. Ein lokales Orchester dudelte Melodien von Benny Goodman. Meine Eltern tanzten. Justins Eltern tanzten. Draußen schien ein heller Mond. Bäume und See waren in der kalten Luft deutlich zu sehen.

Doch dann, als Zugeständnis an die Jugend, spielte das

Orchester eine klobige Version von Chubby Checkers Hit »The Twist«, der vor ein paar Jahren herausgekommen war und einen rasanten neuen Tanzstil ins Leben gerufen hatte, bei dem sich die Leute den verlängerten Rücken mit einem imaginären Handtuch abtrockneten. So sah es jedenfalls aus, wenn man tanzte. Aber für uns war es eine unwiderstehliche Aufforderung, die Hände unter die Bluse eines schwitzenden Mädchens zu kriegen. Ich hatte das unglaubliche Glück, ausgerechnet mit Hailey zu tanzen, als das Saxophon einsetzte, mit dem der Song begann. Sofort packte mich der Rhythmus, ich wirbelte herum und glaubte, eine phantastische Figur zu machen. Der Inbegriff eines avantgardistischen jungen Mannes, der Inbegriff der Moderne – und was weiß ich noch alles. Die Leute wichen zurück. So viel Aufmerksamkeit, so viel Bewunderung auf den Gesichtern fremder Menschen! Ich tanzte immer weiter, ich war nicht mehr zu bremsen, die Glückshormone berauschten mich.

Das Stück war zu Ende, die letzten Akkorde verklangen, die Orchestermitglieder grinsten, wie gute Sportler grinsen, alle Leute applaudierten – das heißt, alle, bis auf eine kleine dunkeläugige Frau hinten im Saal. Ich verneigte mich kurz, mein Herz schlug bis zum Hals, mein Hemd war nassgeschwitzt. Ich blickte von einem Gesicht zum andern, auf der Suche nach *mehr.* Doch ganz allmählich, wie bei einem Schiff, das nach und nach mit Wasser vollläuft und sinkt, dämmerte mir, dass die Blicke nicht *mir* galten.

Genau in dem Moment spürte ich eine Hand auf der

Schulter, als hätte jemand meine Gedanken gelesen. Es war Justin Strawbridge, und der leichte Druck seiner Finger, der fast mütterliche Ausdruck auf seinem Gesicht sagte mir alles, was ich wissen musste: dass all die strahlenden Gesichter im Saal der Gestalt neben mir zugewandt waren: dem dünnen Mädchen in dem ärmellosen blauen Kleid.

Ich schaute Justin an. Ein weniger großherziger Junge wäre in der Menge untergetaucht, hätte nichts mit mir zu tun haben wollen. (Es kam mir so vor, als hätten alle Leute meine Selbsttäuschung längst registriert.) Aber er ließ mich in meiner öffentlichen Demütigung nicht allein, und seine Hand auf meiner Schulter sagte: Ich gehöre zu ihm.

Zu so etwas braucht man viel Mumm. Vor allem, wenn man noch jung ist.

Selbst als sich unsere Wege längst getrennt hatten, als der Vorfall in der Löwenzahnwiese uns für immer voneinander entfernt hatte und nichts mehr gut werden konnte, habe ich diesen Augenblick auf der Tanzfläche in mir bewahrt und ihn vor dem ganzen Schmutz, der folgte, beschützt. Die Seelengröße, die Justin da an den Tag legte, kam tief aus seinem Inneren. In dem Moment war er all das, was ich an dem Tag, als ich ihn das erste Mal im Türrahmen unseres Klassenzimmers stehen sah, in ihm erkennen konnte, in dem neuen Mitschüler aus dem Norden. Damals hatte ich spontan gedacht: »Der wird bestimmt mal Premierminister!«

Kapitel 6

LADIES AND GENTLEMEN – DIE BEATLES!

Während ich zehntausend Meter hoch über dem Atlantik durch die Dunkelheit schoss, starrte ich hinaus ins All, schwer wie ein Mann, der zu seiner Hinrichtung gebracht wird. Es war 1987, George Harrison hatte gerade sein neuestes Album herausgebracht, *Cloud Nine*, und ich flog nach London, um ihn zu interviewen. Man stelle sich vor. Ich würde einen Beatle treffen. Das Bild von John, Paul und George, wie sie 1964 bei der Ed Sullivan Show zu dritt in ein Mikrophon »This Boy« singen, lähmte mich regelrecht. Ich kippte zwei Drinks, um mich zu beruhigen, aber sie perlten wirkungslos an meiner Aufregung ab.

Eine Liste mit Tabus: Frag ihn nicht, ob er viele Freundinnen gehabt hat. Und ob es ihm je unangenehm war, dass sie Pete Best aus der Band geworfen haben. Er braucht auch nicht zu erfahren, dass du mal in Kansas eine Freundin hattest, die ganz dünn war und immer vor dem Spiegel »If I Fell in Love with You« sang. Erzähl ihm auch nicht von Raissa und wie ihr damals in einem Pariser Café »Don't Let Me Down« gehört habt und du fast gestorben bist vor Verlangen. Erzähl ihm nicht, dass dein Verleger in einer

Band war, die immer Coverversionen von Beatles-Songs gespielt hat. Und unter gar keinen Umständen darfst du ihm die eine Frage stellen, die niemand auf der Welt beantworten kann, außer den vier jungen Männern in der Limousine: Wie war es, die Beatles zu sein?

Als Einstimmung auf das Interview verbrachte ich einen grauen Vormittag damit, gemeinsam mit Nancy Rutledge, einer nicht mehr ganz jungen Immobilienmaklerin, durch Liverpool zu fahren. Nancy war ein paar Monate lang Georges Freundin gewesen, als sie beide sechzehn waren, aber mit der für die Nordengländer so typischen Nüchternheit meinte sie, das sei doch nun wirklich keine große Sache.

Sie kutschierte mich zum Cavern Club beziehungsweise zu dem Gebäude, das jetzt an der Stelle steht. 1973 hatten die Stadtväter, wenig hellsichtig wie sie waren, das Original abgerissen, weil die U-Bahn gebaut wurde. In dem berühmten Backsteingewölbe hatten die Jungs ihren Durchbruch, sie traten 292-mal auf, nachmittags und abends, von 1961 bis 1963. Der letzte Auftritt war etwa einen Monat nach der Aufnahme von »She Loves You«. Hier war es auch, dass ein schwuler junger Plattenladenbesitzer, Brian Epstein, sich auf den ersten Blick in sie verliebte (die schwarzen Lederjacken trugen das Ihre dazu bei) und sich anbot, ihnen einen Schallplattenvertrag zu beschaffen. Was er auch tat.

Während Nancy vor einer Konditorei hielt, weil sie für einen Klienten eine Geburtstagstorte abholen musste, sprang ich aus dem Auto, rannte los und rief von einer Telefonzelle aus einen Freund in Toronto an, der ebenfalls ein leidenschaftlicher Beatles-Fan war.

»Rat mal, wo ich gerade bin«, sagte ich atemlos.

»Wo?«

»Ich stehe vor dem Cavern Club.«

Aber er reagierte ganz anders, als ich gehofft hatte.

»Den Cavern Club gibt's doch gar nicht mehr – den haben sie vor tausend Jahren abgerissen«, sagte er kühl.

»Ja, ich weiß, aber …« Ich begann zu erklären, aber der Zauber des Augenblicks war verflogen, und als ich die rote Telefonzelle verließ (Nancy wartete in einem Restaurant auf mich), grübelte ich über die abweisende Reaktion meines Freundes. Warum wollte er unbedingt meine Begeisterung dämpfen? Man muss wirklich aufpassen, wem man seine guten Nachrichten anvertraut. Die Welt und sogar die eigenen Freunde, manchmal *ganz besonders* die Freunde, gönnen einem nicht immer alles. Das wusste ich zwar schon länger, aber es machte mir trotzdem viel aus, und während der nächsten Tage ließ es mich nicht los.

Wir schauten uns noch andere Gedenkstätten an: das Haus, in dem George als Kind gewohnt hatte, den Friseursalon, in dem Ringos Frau Maureen gearbeitet hatte, das Waisenhaus Strawberry Fields und den Casbah Coffee Club von Pete Bests Mutter. »Pete geht es gut«, berichtete Nancy fröhlich. »Eine Zeitlang war es natürlich hart für ihn, das kann man sich ja vorstellen, aber inzwischen ist er selbst ziemlich berühmt und sogar einigermaßen wohlhabend.«

Nancy hatte um vierzehn Uhr einen Termin, es ging um ein Haus mit drei Wohneinheiten in einer Stadt in der Nähe. Sie fragte mich, ob ich einverstanden sei, wenn sie sich jetzt verabschiede. Das war ihre charmante Art, mir mitzuteilen, dass sie nicht viel mehr über George zu sagen habe. Sie setzte mich vor meinem Hotel ab. »Sie können ihn fragen, ob er sich an mein kleines blaues Auto erinnert«, rief sie noch, warf einen raschen Blick über die Schulter und fädelte sich dann in den leichten Liverpooler Verkehr ein – ohne noch viel länger über mich oder George oder die Beatles nachzudenken, wette ich.

Zwei Tage später folgte ich in London einer höflichen, normal aussehenden jungen Frau die Treppe hinauf in den dritten Stock, wo sich George Harrisons Büro, *Handmade Films*, befand. Sehr sympathisch eingerichtet. Das Kamerateam traf ein. Wenn ich es richtig verstanden habe, kamen sie gerade aus Moskau zurück, von einem Interview mit Michail Gorbatschow, aber das hier war offenbar die größere Aktion. Sie plapperten wie die Elstern. Genau wie der Pharmavertreter, der auf dem Weg hierher neben mir gesessen hatte, wussten sie mehr über die Beatles, als ein erwachsener Mensch wissen sollte, mehr als *irgendjemand* über sie wissen sollte: Welche Strophe von »Help« bei dem New Yorker Auftritt in der Ed Sullivan Show vergessen wurde, dass George ein blaues Auge davontrug, als ein betrunkener Fan von Pete Best ihm vor dem Klo im Cavern Club eine donnerte. Und dass Paul McCartneys Vater, nachdem er den soeben komponierten Song »She Loves You« gehört hatte

(Akustikgitarren, im Wohnzimmer), eine kleine Textveränderung vorschlug: »She loves you, yes, yes, yes.«

Zwei Kameramänner, zwei Tontechniker, zwei Produktionsassistenten und ein Beleuchter. Ob sie nervös waren oder sich nur freuten, konnte ich nicht sagen, aber sie quasselten jedenfalls ohne Pause. Mir ging es auch nicht besser – ich war maßlos aufgeregt. Wie ein Mann, der demnächst erschossen werden soll, stand ich am Fenster und schaute hinaus auf die kahlen Bäume und in das blasse Sonnenlicht. Eine ahnungslose Frau, die ihren Hund ausführte. Februar in London. Alles so trist, so hoffnungslos. Ich hatte Angst, und diese Angst verkleidete sich als Melancholie. Andere Leute bekommen Hunger, wenn sie Angst haben; ich werde traurig. Das wusste ich, aber es half mir auch nicht weiter. Überhaupt nicht.

In dem Moment hörte ich eine Stimme hinter mir. »Ich hatte ja keine Ahnung, dass es fürs Fernsehen ist. Da muss ich mir aber noch kurz die Haare kämmen.« Dieser singende Liverpooler Akzent! Ich drehte mich um. Ein unprätentiöser Mann in zerknittertem Hemd und verwaschenen Jeans stand im Türrahmen und lächelte freundlich. Sein Gesicht wirkte älter, die Falten waren tiefer, als ich erwartet hatte. Er streckte einem korpulenten Briten die Hand hin, und dieser glotzte ihn an, als hätte er soeben eine aufgerichtete Kobra erblickt.

»Ich bin George Harrison.«

Ich war dreizehn, als ich »She Loves You« hörte, und irgendwie war ich enttäuscht von der ungewöhnlichen Akkordfolge G-Dur zu h-Moll (Folksong-Akkorde). Der Song ging *fast* dahin, wo man ihn haben wollte – was für ein phantastischer Anfang! –, aber dann löste er sein Versprechen doch nicht ein. Und bei dem antiklimaktischen Gitarrenriff kurz vor der zweiten Strophe fragte ich mich, was der ganze Aufstand eigentlich sollte.

Aber dann hörte ich »I Saw Her Standing There«. Kein Song, kein Musikstück hat mich je so aufgewühlt, weder vorher noch nachher. Die unruhige Basslinie (Ton für Ton von Chuck Berry geklaut, von »›Talkin‹ About You«), eine Snare drum, die immer für den Bruchteil einer Sekunde hinter dem Schlag her zu hinken schien, und dann Pauls unnachahmlicher Kreischer (versuchen Sie's mal!), kurz vor dem Gitarrensolo – all das zusammen löste in mir den Impuls aus, etwas zu werfen, zu fluchen, zum Fenster hinaus zu brüllen. Es war, als könnte mein junger Körper die tausend Empfindungen, die alle gleichzeitig durch ihn hindurchjagten, gar nicht aushalten. Und das Einzählen vorher, das elektrisierendste Einzählen in der ganzen Rockmusik. *One-two-three-four!*

Weil er in der zweiten Zeile mit McCartneys süßlicher Formulierung von der »beauty queen« nicht einverstanden war, änderte John Lennon den Text in letzter Minute zu dem anzüglichen »You know what I mean«. Ich finde schon immer, dass in dieser Anekdote irgendwie der Schlüssel zur Zusammenarbeit der Beatles liegt, warum sie funktionierte und warum die vier, jeder für sich, danach nie mehr diese Strahlkraft, dieses unerklärbare gewisse Etwas erreichten.

Für mich begann es also mit »I Saw Her Standing There«. Mein Vater, dessen Interessen nicht über Golf, Scotch und Sex mit den Freundinnen meiner Mutter hinausgingen, schimpfte eines Nachmittags im Auto mit mir, weil ich mein ganzes Taschengeld für Beatles-Zeitschriften ausgab. Ich studierte diese Hochglanzbroschüren mit der Akribie eines Rechtsmediziners. Ich suchte irgendetwas, eine Erklärung, welche die Spannung in meinem Körper lösen könnte. Fast vierzig Jahre später entdeckte ich in einer Erzählung von Tschechow eine Stelle, durch die mir plötzlich etwas klarwurde – nicht, was ich in den Fotos der vier jungen Männer im Blitzlichtgewitter gesucht hatte, sondern was ich *empfunden hatte*, während ich sie anschaute. In Tschechows Geschichte von 1888, *Die zwei Schönheiten*, beobachtet der jugendliche Erzähler ein wunderschönes junges Bauernmädchen bei ihrer Arbeit in der russischen Provinz. Tschechow schreibt:

»Ob ich sie um ihre Schönheit beneidete oder ob ich es bedauerte, dass das Mädchen nicht mein war und auch nie sein würde und dass ich ihr fremd war … oder ob meine Trauer vielleicht dieses eigenartige Gefühl war, das einen beim Anblick wahrer Schönheit überkommt, das weiß nur Gott.«

Melancholie, das weiß ich heute, ist eine gar nicht seltene Reaktion auf große Kunst, die sich nicht recht erklären lässt. Ich war traurig, wenn ich diese Beatles-Zeitschriften durchblätterte, genauso wie später, als ich bei Scott Fitzgerald in *Der große Gatsby* die Beschreibung einer Party las:

»Die Sommernächte hindurch drang Musik aus dem Haus meines Nachbarn. In seinen blauen Gärten schwirrten Männer und junge Mädchen wie Falter zwischen dem Geflüster und dem Champagner und den Sternen umher.«

Diese Traurigkeit ist eine Reaktion auf etwas, das man nicht besitzen kann, das man nie ganz zu greifen bekommt, egal, wie sehr man sich bemüht.

Es war wegen Ringo Starr, wie er dasaß hinter seinem perlgrauen Ludwig-Drumset. Und weil ich keine Gitarre stimmen und schon gar nicht die Akkorde eines Songs ableiten konnte wie Justin Strawbridge. Jedenfalls entschied ich mich, Schlagzeuger zu werden. Wenn meine Eltern aus dem Haus gingen, rannte ich hoch ins Zimmer meiner Mutter und legte »It Won't Be Long« auf. *Tapp, tapp, tapp* machten die kleinen Messerklingen auf Moms gläsernen Toilettentisch. Manchmal streckte Dean den Kopf zur Tür herein. Er war damals nicht wütend, nur distanziert und irgendwie toll. Er schaute herein, beobachtete mich eine Weile (das gefiel mir), schloss dann leise wieder die Tür und ging zurück in sein Zimmer, um wieder mal im Radio ein Baseballspiel zu hören.

Der Schnee schmolz vor meinem Fenster, Eiszapfen plumpsten von der Regenrinne, und die Beatles brachten »I Want to Hold Your Hand« heraus. Gibt es einen hinreißenderen Anblick, als wenn die drei ans Mikro treten und mehrstimmig singen: »And when I touch you I feel happy, inside ...«

Ich übte inzwischen im Untergeschoss mit Trommelstöcken auf Schulbüchern. Ich trommelte nach der Schule, nach dem Essen, ich trommelte die ganze Zeit. Aber den Trommelwirbel am Ende der Zeile »I want to hold your haa-aa-aaand«, den kriegte ich nicht hin. Jeder kennt ihn. Wurde er auf einer Trommel gespielt, indem man mit beiden Händen abwechselnd die Drumsticks ganz schnell springen lässt? Oder war es eine Abfolge von Staccato-Beats, auf absteigenden Trommeln? Snare, Hänge-Tom, Stand-Tom? Ich kam einfach nicht dahinter. Erst neulich habe ich mir das Schwarzweißvideo angeschaut und genau aufgepasst, wie Ringo in der Ed Sullivan Show die Stelle spielt. In Nahaufnahme. Ich ließ die Aufnahme dreimal laufen, kapiert habe ich es aber trotzdem nicht.

Ich war schon vorher öfter mal wegen irgendetwas frustriert, weil es mir nicht leichtfiel – Schlittschuh laufen nach links, einen Baum zeichnen, Töne genau treffen –, aber dieses Problem mit dem Trommelwirbel demonstrierte mir überdeutlich, dass man für gewisse Dinge einfach Talent braucht. Was so viel heißt wie – um meine Exfrau Anne zu zitieren: »Manchmal bist du angeschissen, einfach weil du du bist.«

Ich wüsste allerdings gern, ob Pete Best den Wirbel schafft. Falls ich ihm je begegnen sollte, hätte ich hunderttausend Fragen an ihn, aber eine der Ersten wäre: »Können Sie den Trommelwirbel in ›I Want to Hold Your Hand‹?« Ich wette, er kann ihn nicht. Ich wette, wenn er ihn gekonnt hätte … Ja, klar, solche Spekulationen sind sinnlos.

Es war eine peinliche Episode, und ich bringe sie leider immer in Verbindung mit dem einzigen Mal, als ich die Beatles live erlebt habe. Ich war vierzehn, und ich hatte eine Freundin, die »von der falschen Seite der Bahngleise« stammte, wie meine Mutter sich auszudrücken beliebte. Sie hieß Angie Deitch. Klein, mit toupierten Haaren und mit tollen Brüsten, die sie immer unter irgendwelchen ärmellosen, verwaschenen Pullis versteckte. Es ging jedenfalls ein unwiderstehlicher erotischer Reiz von ihr aus. Eines Sonntagmorgens tauchte sie plötzlich aus dem Nichts in der Kirchengruppe auf, der alle hübschen Mädchen in Forest Hill angehörten. Niemand kannte Angie.

Und dann ging's los. Auf der kleinen Party anschließend, bei irgendjemandem zu Hause. Tanzen, Zigaretten paffen, knutschen. Deshalb ging man in die Kirche.

»Was will so ein Mädchen eigentlich in unserem Viertel?«, fragte meine Mutter. »Sie hat irgendwas vor, das weiß ich!« Damit meinte sie, dass Mädchen wie Angie sich absichtlich von reichen Jungs schwängern ließen und dass es viel Geld kostete, sie wieder loszuwerden. Typisch meine Mutter, eine eigenwillige Mischung aus linkem Freidenkertum und gnadenlosem Snobismus.

Ich ignorierte ihre Warnungen, versteht sich. Kein Mädchen hatte bisher mit mir gemacht, was Angie mit mir machte. Ich kam abends sehr spät nach Hause, mein Pullover über und über mit Laub bedeckt, meine Augen so hell, dass sie die Farbe von den Wänden abschälen konnten.

Aber dann kamen die Sommerferien, und meine Familie fuhr mit dem vollgepackten Auto ins weiße Haus auf dem Lande. Wie eine chinesische Wasserfolter zerfraß die giftige Missbilligung meiner Mutter meine Zuneigung zu Angie. Bis ich ihr schließlich erlaubte, mir einen Brief an Angie Deitch zu diktieren, der alles beenden sollte. Unterwürfiger geht's nicht. Ich tat es, weil ich dafür die Erlaubnis bekam, nach Toronto zu fahren, zu dem Beatles-Konzert in Maple Leaf Gardens. Ich hatte eine Karte. Angie hatte sie für mich gekauft.

Starr vor Verlegenheit hockte ich da und schämte mich fürchterlich – es war einen Monat, nachdem ich den Brief abgeschickt hatte –, als ich dann zwischen ihr und einer Freundin saß, unter 20 000 Jugendlichen, die alle kreischten. Sie schrien schon los, als Ringos Drumset ausgepackt wurde, ein Kreischen für den Hi-Hat, ein noch lauteres

Kreischen für die Snare drum und schließlich ein einziges Kreischkonzert, begleitet von einem Blitzlichtgewitter, als die Ludwig-Bassdrum mit dem Beatles-Erkennungszeichen – dem langen »T« – aus ihrem runden Behälter geholt wurde.

Ich starrte geradeaus, spürte aber genau, wie Angie mich musterte. Und dann sagte sie einen Satz, der für mich bis heute nichts von seiner Durchschlagskraft eingebüßt hat: »Du könntest mich wenigstens anschauen.«

Ich weiß, dass die Beatles an dem Tag »Long Tall Sally« spielten; ich weiß, dass Angie mich fragte, ob sie mal mein Fernglas haben könne (ich sagte ja); ich weiß, dass John Lennon auf der Bühne herumhampelte wie ein Frankensteinmonster; ich weiß, dass die Zuhörer fast die Decke sprengten mit ihrem schrillen Geschrei. Aber dieses »Du könntest mich wenigstens anschauen« ist in all diese Bilder geritzt.

Fünf Jahre später. Ich bin mit Justin Strawbridge in Paris. Es ist meine erste Europareise, und ich erlebe, wie unglücklich und wackelig man sich fühlt, wenn man in einem fremden Land im Dunkeln aufwacht (Jetlag) und wenn nichts so läuft, wie es soll und wie man es sich erhofft hat.

Fünf Uhr in der Frühe. Ich trank ein Glas Rotwein – schmeckte scheußlich –, und in der Jukebox kam »Don't Let Me Down«. Das ist ein Beatles-Geheimtipp und so absolut lässig in der Durchführung, dass man an den schlendernden Gang eines jungen Farmers erinnert wird, der morgens zum Angeln geht. 1969 konnten die vier einander nicht mehr besonders gut leiden, aber anscheinend waren mit den Eröffnungsakkorden sämtliche Streitigkeiten vergessen, und sie kehrten zu einer Art Muttersprache zurück, die nicht einmal Yoko Ono mit ihrer unerbittlich toxischen Anwesenheit stören konnte.

In jenen Morgenstunden in Paris kam es mir so vor, als hätte ich den Song noch nie richtig gehört. Eigentlich war er eine Mini-Symphonie mit abgeschlossenen Einzelsätzen. Nur dass ich ihn lieber mochte als alle Symphonien, weil er mich viel tiefer berührte als Beethoven oder Mozart. Er hatte eben dieses gewisse Etwas, wie alle guten Beatles-Lieder. Wie alle große Kunst. Die Abfolge der Akkorde könnte gar nicht anders sein, sie ist zwingend, und sie braucht genau diesen Text. Wenn man die ersten paar Takte gehabt hätte, dann hätte man den Song selbst schreiben können.

Und während Justin mit einer Prostituierten verhandelte, die in einem Hauseingang stand, begriff ich, dass ich Raissa an einen anderen Mann verlieren würde, ja, dass ich schon dabei war, sie zu verlieren, und dass ich nichts dagegen tun konnte. Als die Zeile kam »*And from the first time that she really done me, oooh, she done me, she done me good …*«, dachte ich an Raissas Zärtlichkeit, an ihre süße Anwesenheit in meinem Bett, und der Gedanke, dass ich ihren nackten Körper nie wieder berühren würde, löste in mir eine abgrundtiefe Verzweiflung aus. Ich war wie ein Gefangener, der den Satz hört: »Zum Tode verurteilt.«

Und dann diese unverhüllte Laszivität in Lennons Stimme, ganz dicht zum Mikrophon vorgebeugt, um noch zu unterstreichen, wie obszön das ist, was er da singt, »... *I guess nobody ever really done me, ooo she done me, she done me good* ...«. Bei dieser Zeile stürzte mein ganzer Körper ab, im freien Fall stürzte er ins Nichts, isoliert von der Welt, ohne Verständigungsmöglichkeit. Warum war ich nach Frankreich gefahren, nach Paris, in diese graue Stadt, wenn doch mein Leben anderswo war? Und dann diese traurig verhallende Stimme ganz am Schluss. Wie ein Mädchen, das man nie wiederfinden wird.

In den siebziger Jahren war ich in Casablanca, vertrödelte die Zeit und wartete darauf, dass mein Leben endlich anfing. An einem Nachmittag lernte ich einen jungen Iraner namens Hanif Kushmeni kennen. Wir saßen in einem Café im französischen Viertel, alle fürchterlich bekifft. Raissa war längst aus meinem Leben verschwunden. Da begann Hanif zu erzählen, wie es war, als Junge am Kaspischen Meer die Beatles zu hören.

Am Kaspischen Meer?

Aber damit nicht genug. Da sprach ein Beatles-Experte. Mit persischem Akzent. (Der vorübergehend eine junge Chinesin ablöste, die mit jamakanischem Akzent redete.) Hanif wusste, dass bei der Album-Version von »Love Me

Do« Ringo am Schlagzeug hockte, bei der 45er hingegen ein Studiomusiker. Dass George Harrison bei »She Said She Said« Bassgitarre spielte, weil Lennon und McCartney sich gestritten hatten und Paul aus dem Studio gestürmt war (die Geschichte hatte ich noch nie gehört). Dass in »It's Only Love« die Zeile über die »butterflies« Lennon so kitschig vorkam (obwohl er sie selbst geschrieben hatte), dass der Song damit für ihn erledigt war. Dass der Beatles-Produzent George Martin den Cello-Part in »Eleanor Rigby« aus dem Soundtrack von Hitchcocks *Psycho* geklaut hatte. Und in einem Punkt waren Hanif und ich uns absolut einig: Wenn man wissen wollte, warum Ringo den Job bekam, musste man nur in »Anna« auf das Schlagzeug achten. Eine typisch verschleppende Snare drum, die wie in Zeitlupe die Treppe hinunterfällt. Und so weiter und so fort.

In einer Kleinstadt am Kaspischen Meer?

Bis zu dem Tag hatte ich angenommen, die Beatles gehörten mir. Ich dachte, ich hätte eine ganz besondere, einmalige Beziehung zu ihnen. Andere Leute fanden sie natürlich auch klasse, klar, verstanden sie aber nicht richtig. Jedenfalls nicht so wie ich. Doch während ich diesem jungen Iraner zuhörte (»Ich habe mir immer die Haare in die Stirn gekämmt«, sagte Hanif und trank einen Schluck Pfefferminztee), kam mir der Verdacht, dass das nicht stimmte. Irgendwie tröstete mich die Erkenntnis, auch wenn sie mich verwirrte. Vielleicht war ich dadurch auch nicht so allein mit diesem komischen Gefühl der Sehnsucht, der Trauer, der Unvollkommenheit, das mich immer überkam, wenn ich die Musik der Beatles hörte oder auch nur ihre Fotos anschaute.

All das ging mir durch den Kopf, während ich darauf wartete, dass der Kameramann aufhörte, mit den Scheinwerfern herumzufummeln. George Harrison saß mir bereits gegenüber und wartete geduldig, dass es endlich losging. Aus Gründen, die zu banal sind, um darauf hier näher einzugehen, hatte ich beschlossen, das Interview ohne Notizen zu führen – wahrscheinlich wollte ich vor allem eins: Mr Harrison beeindrucken.

»Wir sind so weit«, sagte der Produzent.

Harrison trommelte mit den Fingern auf die Armlehnen seines Sessels und schaute mich freundlich an.

»Also, George«, begann ich – und auf einmal war mein Kopf so leer wie eine Tafel am Ende des Schultags. »Wie war es, einer der Beatles zu sein?«

Der Raum versank. Alle erstarrten. Auch der Produzent schien vor lauter Schreck wie gelähmt. Die Kameraleute, trainiert wie gute Jagdhunde, zuckten zusammen. Harrison schwieg. Er blickte kurz weg und überlegte.

»Ach, wissen Sie – für einen ersten Job war's gar nicht so übel.«

Sofort entspannten sich alle. Mit so einem Typ kann nichts schiefgehen.

Meine Erinnerung daran, was danach geredet wurde, ist

nur ganz bruchstückhaft. Zum Glück habe ich das ungeschnittene Filmmaterial aufbewahrt, und wenn ich es mir heute anschaue, sehe ich einen netten, nachdenklichen Harrison, der charmant und lustig antwortet, während im Off meine Stimme übertrieben komplizierte Fragen formuliert, immer wieder unterbrochen von unmotivierten Lachanfällen. Wir redeten über alles Mögliche. Zum Beispiel über Tennessee Williams. Waren seine letzten Stücke wirklich schlecht, oder hatten sich nur die Kritiker gegen ihn verschworen, fragte Harrison. Vielleicht war das seine Art, schon im Voraus sehr elegant sein neues Album zu verteidigen und die Feindseligkeiten abzuwehren, die es ohne Zweifel bei jungen Rezensenten auslösen würde, weil diese unbedingt beweisen mussten, dass sie selbständig dachten und sich nicht einschüchtern ließen.

Ich erwähnte *Shanghai Express*, diesen bescheuerten Film mit Madonna und Sean Penn, den Harrison produziert hatte. »Falsche Besetzung, falsches Drehbuch, falscher Regisseur. Haben wir irgendetwas richtig gemacht?«, fragte er mit einem breiten Grinsen (große, gesunde Zähne). Man merkte, dass er Madonna als Person nicht ausstehen konnte, aber zu souverän war, um es vor der Kamera beim Gespräch mit einem Fremden deutlich auszusprechen. Doch ich spürte, dass ich ihn nur ein bisschen anschubsen müsste, dann würde er loslegen. Wir redeten über seinen zehnjährigen Sohn Dhani. Als Dhani das neue Album hörte, fragte er seinen Vater, warum er nicht einen »echt guten Song« geschrieben habe, wie »Blue Suede

Shoes« oder so. Mit einem fast verlegenen Lächeln fügte Harrison hinzu: »Irgendwie hat er ja recht.« Wir redeten darüber, warum Paul McCartney gerade schmollte (auch hier reagierte George außerordentlich diplomatisch). Und natürlich über John Lennon. Auf meine Frage, ob er, George, jetzt auch Angst habe um sein Leben, verzog er das Gesicht, und man sah ihm an, dass seine Bescheidenheit nicht gespielt war, als er antwortete: »Nein. Ehrlich gesagt – ich bin nicht wichtig genug.« Daran musste ich denken, als zehn Jahre später mitten in der Nacht ein durchgedrehter Fan in sein Haus einbrach und mit einem Messer auf ihn losging. Mrs Harrison überwältigte den Eindringling, indem sie ihm mit einem massiven Lampenfuß einen kräftigen Schlag auf den Hinterkopf verpasste.

Unser Interview war zu Ende. Harrison blieb noch sitzen, plauderte mit dem Team und dem Produzenten, erhob sich dann, um nach unten zu gehen, blieb aber im Türrahmen kurz stehen und sagte, er gehe jetzt essen, »mit Eric und Ringo«. Bei dem Essen wäre ich für mein Leben gern dabei gewesen.

Die anderen drei Beatles habe ich nie persönlich kennengelernt. Einmal sah ich einen bärtigen Ringo Starr in der Lobby eines New Yorker Hotels. Er las die Zeitung, und ich ließ ihn in Ruhe. Wenn jemand die Zeitung liest, soll man ihn nicht stören. Und dann gab es noch ein paar mittelbare Begegnungen: Ich interviewte Yoko Ono, als sie mit einem grässlich jaulenden Album nach Toronto kam. Sie war genau so, wie man sie mir als Vorwarnung beschrieben hatte: eine misstrauische, kontrollsüchtige Frau, die das Interview zweimal unterbrach und sagte: »Würden Sie Bruce Springsteen auch diese Frage stellen?« (Nein, aber der Boss schreibt auch keine Songs, die so klingen, als wäre irgendein armes Tier mit dem Fuß in eine Falle geraten.)

Niemand weiß je so richtig, was zwischen einem Mann und einer Frau abläuft, und ich kann nur hoffen, dass Yoko mit John Lennon mehr Spaß hatte als an dem Tag mit mir. »*And from the first time that she done me, oooo she done me, she done me good.*« Vielleicht ist das die Antwort. Die sexuelle Chemie kennt keine Grenzen.

Ich interviewte Albert Goldman in Rom, wohin er geflüchtet war, nachdem er 1988 eine gehässige Biographie über John Lennon veröffentlicht hatte. Die ganze Sache stank nach einem Publicity-Coup, vor allem der bewaffnete Aufpasser, der mit grimmig gelangweilter Miene in der Ecke der Hotelsuite hockte.

Aber ich mochte Goldman sehr. Er war ein sprudelnder New Yorker, ein begabter Wortkünstler und ein wunderbarer Unterhalter, der sich eine kapitale Fehleinschätzung geleistet hatte – ihm war nicht klar gewesen, dass sich ein Beatles-Buch nur verkauft, wenn die Beatles-Fans es gut finden. Zum Zeitpunkt unseres Treffens in Rom war sein Buch noch die Nummer zwei in der *New York Times*-Bestsellerliste, aber es rauschte bereits abwärts und drohte so schnell zu versinken wie ein Klumpen Blei. Goldman fürchtete, dass ihm etwas Unangenehmes bevorstand, und versuchte seine Unruhe zu dämpfen, indem er sich schon vor dem Mittagessen ein riesiges Glas Rotwein genehmigte. Aber es half alles nichts. Das Buch ruinierte seine Karriere, und wenig später starb er. Im Flugzeug, während des Flugs.

Am Ende unseres römischen Gesprächs, als er mich mit wackeligen Beinen zum Aufzug geleitete, erwähnte ich noch, dass er fünf Jahre gebraucht habe, um die Lennon-Biographie zu schreiben – genauso lange wie Flaubert für *Madame Bovary*. Ob sich das Thema für ihn gelohnt habe, wollte ich wissen, zumal man ja als Schriftsteller diese Jahre nicht wieder zurückbekomme. Keine Ahnung, erwiderte Goldman.

Ein paar Monate vor Goldmans Tod rief mich eines Abends ein Kollege an: Er habe eine Nachricht von Albert für mich, sagte er. Er hatte ihn gerade interviewt, und sie waren auch auf mich zu sprechen gekommen. Es gehe um die Flaubert-Frage – und die Antwort laute: Nein. Ich würde schon wissen, was damit gemeint sei.

Neulich habe ich abends auf meinem acht Jahre alten Computer einen Suchbefehl eingegeben und festgestellt, dass ich über 250 verschiedene Dokumente habe, in denen die Beatles erwähnt werden. Buchkritiken, ein Drehbuch (nicht produziert), einen Roman, einen Zeitschriftenartikel über Tolstoi, Tagebücher, Briefe, sogar eine Weinkritik. Sie sind mir zweifellos wichtig, die vier Jungs.

Und als ich begonnen habe, dieses Buch zu schreiben, war mir klar, dass ich sie erwähnen muss. Denn wenn man so alt ist wie ich und je im Namen der Liebe gelitten hat, sind die Chancen groß, dass die Beatles die Hintergrundmusik dazu geliefert haben. Ich hörte mir ein paar Songs an, aber ich merkte, dass ich immer ziemlich schnell weghörte oder dass ich im Auto den Sender wechselte und nur kurz dachte: Ja, toller Song.

Ich kaufte mir die Taschenbuchausgabe von Bob Spitz' Beatles-Biographie, die 2007 erschienen ist. An die 500 Bücher wurden schon über die vier geschrieben. Man muss sich das mal überlegen – eine Gruppe von vier jungen Männern, die sich vor vierzig Jahren getrennt haben und die insgesamt etwa zehn Stunden Musik aufgenommen haben. Nur *zehn Stunden und achtundzwanzig Minuten*, genauer gesagt. Man würde denken, es ist viel, viel mehr.

Als Spitz' Buch herauskam, habe ich es einem alten Freund gegenüber erwähnt – er arbeitet bei der Provinzregierung im Fischerei-Department. Seine Reaktion überraschte mich. »Ich bin eigentlich ausgebeatelt.« Ein neues Verb, ausgebeatelt. Etwas so zu lieben, wie man vermutlich nie wieder etwas lieben wird – aber dann fürs ganze Leben genug davon zu haben. Bei mir war es ähnlich, als ich angefangen habe, das Buch zu lesen. Es ist phantastisch, neunhundert Seiten – Mr Spitz hat sechs Jahre damit verbracht, er ist für sechs Monate nach Liverpool gezogen und hat sich im Lauf des Schreibens von seiner Frau getrennt. Ich las etwa hundert Seiten, dann hörte ich auf. Ich wusste alles, oder es interessierte mich einfach nicht mehr so wie früher. Ich merkte, dass auch ich offenbar ausgebeatelt war.

Als ich das Buch weglegte, dachte ich, meine Zeit mit »den vier Jungs« sei vorbei. Komisch. Es stimmt *nicht*, dass man sich nur einmal im Leben verliebt. Aber auf eine bestimmte Art, mit einer bestimmten Absolutheit verliebt man sich nur ein einziges Mal. Und ich hatte gedacht, das sei hier der Fall.

Doch vor ein paar Monaten ging ich in einen Secondhand-Buchladen, einen etwas versifften Kellershop in meinem Viertel. Ich blätterte gerade in *The Alexandria Quartet* – das mich immer an meine Mutter erinnern wird –, da hörte ich aus dem Lautsprecher über mir die letzten Takte von »When I Get Home«, einen Song von der Platte *A Hard Day's Night.* Und als John Lennon zur Hookline kam, überlief mich eine Gänsehaut, und ich empfand wieder diese Mischung aus Euphorie und Traurigkeit, dieses Gefühl, ganz nah an etwas dran zu sein, was schrecklich, schrecklich wichtig ist, und es trotzdem nicht fassen zu können.

When I'm getting home tonight,
I'm gonna hold her tight.
I'm gonna love her till the cows come home,
I bet I love her more
Till I walk out that door
Again.

Sprachlich nicht gerade eine Offenbarung, aber man muss sich das *anhören*! Mein Gott. Die vier Jungs aus Liverpool. Diese *verdammten* Beatles!

Kapitel 7

NOCH EIN TAG IM PARADIES ODER WIE VIELE OXYCONTINS HABE ICH NOCH?

Ich hatte seit Jahren nicht mehr an sie gedacht. Nessa Cornbloom, die Tochter des Rabbis. Dann, eines Tages, dieser Brief aus einer Kleinstadt im Staat New York. Ich zeigte ihn Tina, meiner Frau. (Regel Nummer eins, wie man eine Ehe *nicht* kaputtmacht: Wenn man das Gefühl hat, man sollte etwas lieber für sich behalten, ist man vermutlich gerade kurz davor, einen Fehler zu machen.)

»Sie will irgendwas«, sagte Tina.

Es war ungefähr 1980, als ich Nessa kennenlernte. Sie arbeitete im Rose Heights, einem exklusiven Club für ältere jüdische Damen, und servierte dort am späten Nachmittag den *High Tea*. Selbstverständlich hasste sie ihren Job. Nessa kam sprachlich immer besonders in Fahrt, wenn sie Dinge total beschissen fand. Sie wurde dann so reglos wie eine Schlange, während ihr Gehirn vor erfindungsreichen Grausamkeiten nur so brodelte. Das fliehende Kinn von Soundso, Soundso mit ihrem Hängebusen und so weiter. Und wenn sie die tödliche Formulierung fand, die alles vernichtete, dann wusste sie genau, dass sie ins Schwarze getroffen hatte, und ihre ägyptischen Gesichtszüge hellten sich zu einem hinreißenden Lächeln auf. Mit anderen Worten: Sie war ein richtiges Biest. Aber sie sah sagenhaft gut aus. Karamellbraune Haut, ein mandelförmiges Gesicht mit einer wunderschönen langen Nase. Man kann über den Hintern einer Frau reden, über ihren Geruch, ihre Brüste, ihre Finger – Nessa hatte alles, aber das Meisterstück, das erotische *Chef d'œuvre*, das war ihre Nase.

Ich war mit ein paar Leuten in der Queen Street. Mit Justin Strawbridge, dem Hochstapler Dexter Alexander, einem Medizinstudenten, dessen Namen ich vergessen habe, einem Zahnarzt, einem Computerprogrammierer, einem Schauspieler, mit irgendjemands jüngerem Bruder, der Alkoholiker war und momentan eine Ausbildung als Hubschrauberpilot absolvierte, sowie mit einem Tänzer von der Danny Grossman Troop. Nessa Cornbloom war auch da: Sie saß mit zwei jungen Frauen am Nebentisch und schaute dauernd zu uns rüber. Anscheinend wartete sie auf eine Möglichkeit, sich einzumischen, auf einen Blick, den sie erwidern konnte, einen Witz, bei dem sie einhaken konnte – kurz, sie suchte einen Vorwand, um ihre Begleiterinnen loszuwerden (»Ich bin gleich wieder da«) und sich an uns zu hängen. Was sie auch tat.

Ich fühlte mich nicht besonders zu ihr hingezogen, jedenfalls nicht am Anfang. Nessa spürte das, und es faszinierte sie, vor allem wegen des Altersunterschieds – sie war erst neunzehn.

Ich weiß nicht, wer die Isla Lamar ins Gespräch brachte.

Vielleicht war es der Mediziner, oder es wurde irgendein Musikstück gespielt. Jedenfalls blies Dexter eine Lunge voll Rauch zur Decke und schrie plötzlich: »Da gehen wir hin! Wir *gehen* einfach!«

Der Mediziner sagte, er könne nicht, der Zahnarzt hatte ebenfalls keine Zeit, aber Justin Strawbridge, der Junge mit der Mutter, lehnte sich auf seinem Stuhl zurück und machte ein Gesicht wie ein Mann, dem gerade etwas eingefallen ist. »Mann, verdammte Scheiße!«, rief er begeistert und klatschte in die Hände.

Auf dem Heimweg teilte ich mir ein Taxi mit Nessa. Wir kamen zuerst zu mir. »Hast du was zu trinken im Haus?«, fragte sie.

Das war das erste Mal, und es war nichts Besonderes, ehrlich gesagt. Ein Hauch von Theatralik auf ihrer Seite. Ich habe nichts gegen Geschrei und Gezappel und obszönes Gerede, aber ich weiß heute, dass es vor allem darauf ankommt, einfach da sein zu wollen, wo man ist. Das macht den guten Liebhaber aus, nicht Gymnastik mit der Höchstnote.

Während Nessa noch unter dem Laken lag, goss ich mir einen Wodka ein, ließ einen Eiswürfel hineinplumpsen und begann über Scott Fitzgerald zu reden. Die Plauderlaune nach dem Sex. »Dass einem *Der große Gatsby* viel länger vorkommt, als er tatsächlich ist (hier machte ich eine wirkungsvolle Pause), liegt daran, dass alle Figuren sich schon kennen, wenn die Geschichte losgeht. Es sind also ungefähr dreißig verschiedene Beziehungen, die alle gleichzeitig laufen. Während man sich auf eine konzentriert, gehen die anderen Beziehungen sozusagen jenseits der Bühne weiter.« Noch ein Schluck, ein grübelnder Blick aus dem Fenster. (Ich sagte das alles nicht zum ersten Mal.) »Das gibt dem Roman seine unglaubliche Dichte, und deshalb kommt es einem so vor, als hätte er mindestens fünfhundert Seiten.«

»Wie würdest du es finden, wenn ich mitkomme auf die Isla Lamar?«, fragte Nessa, auf den Ellbogen gestützt. Eine wunderhübsche Brust, fast entblößt.

»In welcher Funktion?«

»Ich wäre einfach gern mit dabei. Aber ich merke schon, es passt dir nicht. Du hast Angst, dass du dich um mich kümmern musst. Dass ich an dir hänge wie eine Klette. Oder wie ein Neunauge.«

»Wusstest du, dass die Neunaugen fast die gesamte Lachs- und Forellenpopulation in den Großen Seen vernichtet haben?«

»Nein, hab ich nicht gewusst.« Sie richtete sich im Bett auf, das Laken fiel von ihrer Brust, und sie zündete sich eine Zigarette an.

»Und dann hat ein Kanadier ein Spezialgift erfunden, das die Neunaugenlarven in den Flussbetten tötet.«

Qualm, qualm.

»Kannst du dir vorstellen, wie genial das ist, eine Formel zu erfinden, die nur eine Art von Larven tötet und alles andere unangetastet lässt?«

»Hmm.«

»Ausgerechnet ein Kanadier.«

»Das hast du schon erwähnt. Aber was sagst du zu meiner Frage?«

Und ich sagte: »Ich kann mich dort aber nicht um dich kümmern. Solange das klar ist – okay.«

Wenn ich an das Gespräch denke, verstehe ich nicht, warum ich mir damals nicht größere Sorgen um meine Zukunft gemacht habe und wieso ich nicht begriff, dass ich gefährlich nah dran war, einer von »diesen Typen« zu werden, mit denen man gern in der Uni-Cafeteria herumhängt, aber wenn man sie fünfzehn Jahre später wiedersieht, hocken sie in einem 24-Stunden-Donutshop und tun immer noch das Gleiche wie früher: Sie schwingen große Reden, entwickeln Theorien hierzu, Theorien dazu. Aber es ist drei Uhr nachts, und es hören ihnen andere Leute zu. Wenn sie zuhören.

Wir fuhren auf die Isla Lamar, in den kleinen ehemaligen Fischerort San Agatha. Tagsüber schnorchelten Justin, Dexter, Nessa und ich im grünen Wasser. Abends tranken wir an der Hotelbar Overproof Rum und hielten uns selbst für totale Genies. Manchmal kam Nessa in mein Zimmer und kletterte wortlos zu mir ins Bett. Hinter dem Hotel wucherten alle möglichen Büsche und verströmten einen dumpfen Modergeruch, und man hörte gelegentlich, wie sich dort irgendwelche Dinge bewegten.

Dann, eines Abends, kam Nessa nicht zu mir.

Als ich am nächsten Morgen in die Hotelbar schlenderte, saß sie allein beim Frühstück. Von der Sonne war ihre Haut dunkel geworden, und in ihrem ärmellosen schwarzen Top sah sie so rasend schön aus, dass ich richtig Angst vor ihr bekam.

Ich sagte: »Und – wo warst du gestern Abend, junge Dame?«

Junge Dame. Man merkte, was ich vorhatte – ich wollte zurück auf die Ebene, auf der ich mich wochenlang bewegt hatte, seit der Nacht in der Queen Street, ohne Probleme. Aber jetzt ging das auf einmal nicht mehr. Und warum klang meine Stimme so komisch und unecht? Nessa muss das gehört haben, muss verstanden haben, was es bedeutete.

»Ich bin spät heimgekommen. Da wollte ich dich nicht wecken, David.« Selbst mein Name erschien mir fremd.

»Hast du mit ihm geschlafen?«

»Ja«, sagte sie und widmete sich wieder ihrem Omelette.

»Wer war's?«

»So ein Franzose.«

»Ist es der Kerl mit dem tätowierten Arm?«

»Stimmt.« Sie entspannte sich, als könnten wir jetzt wieder zum Alltag übergehen. Vor einer Woche hätte das noch geklappt.

»Sieht gut aus, der Typ«, sagte ich.

»Ja, schon.«

Ich hörte, wie eine Stimme in meinem Kopf fragte: Und – findest du, dass *ich* gut aussehe?

Ich stand auf. »Okay.«

»Pass gut auf dich auf heute«, sagte sie noch. Drei Mädchen von der University of Southern Mississippi kamen in die Bar. Eine hatte ein knallrotes Gesicht. Sie war garantiert in der Sonne eingeschlafen. Kinder spielten draußen auf der Terrasse, während ihre Eltern frühstückten und besorgt die Stirn runzelten. Es war ein Familienhotel.

»Was soll das heißen?«, fragte ich.

Nessa blickte hoch und runzelte ebenfalls besorgt die Stirn, sagte aber nichts. Es wurde schlimmer. Das Seil rutschte mir durch die Hände, ich bekam es nicht zu fassen.

Ich ging hinauf zu Justins Zimmer im ersten Stock, neben meinem. Die Tür stand offen. Justin saß barfuß auf dem Bett und spielte Gitarre. Die Gitarre hatte eine Farbe wie der Sonnenuntergang. Justin notierte den Text des Songs und die Akkordfolge. Kurz schaute er auf, dann wieder in sein Notizbuch. Schließlich sah er mich richtig an und sagte: »Ich kann nur hoffen, du hast dich nicht in sie verliebt.«

»Nein, nein.«

»Das könnte dich Jahre kosten.«

»Was?«

»Wenn du dich in sie verliebst. Erst richtig reinkommen, dann wieder rauskommen, dann damit fertig werden. Zwei Jahre – mindestens.«

Ich sagte: »Ich dachte, wir gehen heute an den Strand.«

Er sagte: »Wir können doch auch zu Pamela gehen und

ein bisschen Speed kaufen.« Beim Gedanken an diese Abwechslung packte er blitzschnell die Gitarre in den Kasten, als hätte er soeben einen Entschluss gefasst und würde befürchten, wenn er ihn nicht augenblicklich in die Tat umsetzte, würde sich alles wieder in Luft auflösen.

Ich sagte: »Tolle Gitarre.«

Er sagte: »Komm, wir gehen.«

Also begaben wir uns zu Pamela, kauften drei oder vier schwarze Dexedrin-Kapseln und kippten lauwarmes Bier hinterher. Bei Pamela war das Bier nie kalt.

Wenig später kam Dexter herein, in abgeschnittenen Jeans und mit einem T-Shirt auf dem Kopf. Seine Schultern waren voller Akne-Narben. Ich fragte ihn nach Nessa.

»Schläft mit ihrem Franzosen.« Dexter gehörte zu der Art von Freunden, die man nur hat, wenn man jung ist.

In unserem Dexedrin-Rausch gingen wir die Straße hinunter. Die Insel war in goldenes Grün getaucht. Ich schaute meine Freunde an. Vor uns lagen ein Tag und eine Nacht voller Abenteuer. Ich dachte: Ja, ich lebe richtig, und der Beweis dafür ist dieser Augenblick.

Ich sah Nessa weder in San Agatha noch in irgendeiner Bar oder beim Salsa am Strand. Auch nicht bei dem Reggae-Konzert abends am Strand. Das war okay – bis die Wirkung des Speed nachließ und mein Leben samt seinen minimalen Errungenschaften zerfiel wie nasses Küchenpapier.

Als ich, begleitet vom gedämpften Rauschen des Ozeans, gegen Mitternacht ins Hotel zurückkehrte, sah ich

Nessa die Straße entlangkommen. Sie war allein, und als sie zu uns kam, glaubte ich, dass ich etwas auf ihrer wunderbaren Haut riechen konnte, unter dem Kokosnussöl, unter dem tropischen Schweiß des Tages. Ich wollte mit ihr reden, aber mitten im Satz überfiel mich eine schreckliche Befangenheit, und ich war wie gelähmt. Justin muss es bemerkt haben, denn er warf mir einen irritierten Blick zu. Wo wird sie heute Nacht schlafen, fragte ich mich. Kommt sie zu mir?

Zwanzig Minuten später saßen wir in den Liegestühlen auf dem Balkon vor meinem Zimmer. Dexter hockte mit den Mississippi-Mädels unten in der Bar. Sie tanzten zu alten amerikanischen Popsongs, die mit Reggae-Backbeat unterlegt worden waren. Dadurch wurde selbst ein Kitschsong wie »Duke of Earl« richtig fetzig, fast subversiv. Ich wollte das sagen, aber dann dachte ich: *Subversiv?* Was für ein Mist ist das denn? Ich musste an den Filmkritiker in Toronto denken, den Typ mit dem Affengesicht, der bei seinen Filmbesprechungen gern den Begriff »subversiv« verwendete und sich einbildete, dadurch sei er den normalen Kinogängern himmelweit überlegen und zeige seine souveräne Weltgewandtheit.

Die Musik verstummte. Wir saßen in der schwülen Luft und schwiegen. Aus dem Gebüsch hinter dem Hotel ertönte ein Schrei, irgendein Lebewesen hatte ein anderes an der Kehle, wahrscheinlich ein Kaninchen. Aber es klang, als würde ein kleines Kind umgebracht. Mit der Zeit bekam ich immer mehr das Gefühl, dass die beiden, Nessa und Justin, mich loswerden wollten, um allein zu sein. Ich beschloss, das Schicksal herauszufordern, auch wenn es bedeuten konnte, dass ich endete wie die Kreatur da unten im Gebüsch. Tapfer verkündete ich: »Ich hol mir ein Bier.« Justin sagte: »Bringst du mir auch eins mit?« Und Nessa: »Mir bitte auch.«

»Dann brauche ich aber drei Hände.« Was so viel hieß wie: Jemand muss mitkommen.

»Ach, egal – ich will gar kein Bier«, sagte Justin. Aha, dachte ich, das ist der Beweis. Mir blieb keine Wahl: Ich musste allein gehen und die beiden sich selbst überlassen.

Ich ging hinunter und bestellte bei dem langhalsigen Barkeeper zwei Bier. Eins für mich und eins für Nessa. Wie lange kann so was dauern? Man beugt sich vor, man öffnet den Kühlschrank, man holt zwei Red Stripes heraus, man macht sie auf, und dann drückt man sie mir in die Hand. Aber es dauerte ewig – genauso gut hätte der Barkeeper einen Mann auf den Mond schicken können. Dexter und die Mädchen bogen sich vor Lachen, und irgendjemand rief immer wieder: »Mein Gott. Mein *Gott*!«

Ich ging nach oben. Die Hunde im Hof bellten mich an. Sie ahnten, dass etwas nicht stimmte. Und als ich oben ankam, saß Nessa auf Justins Schoß. Sie beugte sich gerade vor, um zum Mond zu schauen, aber eigentlich wollte sie, dass ihre Brüste Justins Lippen streiften. Es schien mir unfassbar – aber gleichzeitig absolut logisch –, dass mir so etwas Entsetzliches zustoßen musste.

Doch dann sagte Justin: »Steh auf, Nessa.« Er redete mit

ihr wie mit einer Diebin, die schon wieder ihre Hand in seine Tasche steckte. Mechanisch, aber mit Nachdruck. Ich musste daran denken, wie er mir bei dem Silvestertanz in jenem winterlichen Hotel die Hand auf die Schulter gelegt hatte und der ganze Raum mich anstarrte. Und ich dachte: Wie nett von ihm.

Ein paar Tage später reisten wir ab. Justin musste in seine Anwaltskanzlei, ich zu meinem Aushilfslehrerjob. Dexter blieb bei einer älteren schwedischen Witwe, die ein Haus am Strand besaß. Nessa sah ich gar nicht mehr, aber ich erfuhr später, dass sie sich mit einem Deutschen zusammengetan hatte, dem Kaiser's Café gehörte, bis ein Hurrikan das Café ins Meer pustete, samt dem Deutschen – aber zu dem Zeitpunkt war Nessa längst wieder weg, nahm Schauspielunterricht in New York und lebte mit dem Regisseur einer Seifenoper.

Viele Monate später rief sie mich an, aus heiterem Himmel. Aber schon nach ein, zwei Minuten hörte ich an ihrer Stimme, an der latenten Ungeduld, dass die Magie verschwunden war, der Bann gebrochen. Gerade als mir das klarwurde, kam ein Messerschleifer mit einer kleinen Karre meine Straße entlang, das weiß ich noch. Er läutete mit seiner Glocke und rief: »Bringt die Messer! Bringt die Messer!«

Das Leben nahm seinen Lauf, es geschahen tausend verschiedene Dinge, liebevolle Ehefrauen kamen und gingen, zwei Kinder wurden geboren, die für mich beide bis heute so große Wunder sind, dass ich sie nicht am Sofa vorbeigehen lassen kann, ohne sie zu schnappen und zu küssen oder wenigstens an ihnen zu schnuppern.

Und dann, eines Tages, fast fünfundzwanzig Jahre nach dem Abend auf dem Balkon, dieser Brief von Nessa: Neulich abends habe sie an die Isla Lamar gedacht und wie viel Spaß wir damals hatten und – ach übrigens, in ein paar Wochen komme sie nach Toronto, der Rabbi sei krank, und ob ich sie vielleicht auf einen Drink treffen wolle?

Ich schrieb nicht zurück. Ich schrieb aber auch nicht *nicht* zurück. Ich kam einfach nicht auf die Idee, mich damit zu beschäftigen, weder so noch so. Und dann, eines Morgens, wachte ich zu früh auf. Es war Ende Februar in Toronto, Schnee wehte über die Veranda, der Himmel farblos, verschwommen, Müll im Rinnstein, ein räudiger Hund, der sein Hinterteil auf dem gefrorenen Gehweg rieb. Und aus Gründen, die ich bis heute nicht verstehe (über die ich mich aber nicht wundere), schlüpfte ich leise aus dem Bett in unserem Haus in Kensington Market (meine Frau schläft tief, wie ein Kind) und ging zur Kellertreppe. Ich schloss die Tür auf, machte Licht an. Es roch komisch. Wonach, konnte ich gar nicht sagen, aber es gefiel mir nicht, es machte mir Angst. Einmal hatte ich da unten eine Ratte gesehen, und jetzt, als ich diesen muffigen Geruch einatmete, dieses Ichweißnichtwas, musste ich wieder an die Ratte denken, wie sie hinter einem alten Ölgemälde hervorgehuscht war. Daran kann man übrigens eine

Ratte von einer großen Maus unterscheiden: an dem langen Schwanz.

In unserem Keller befanden sich Kartons mit alten Terminkalendern, mit Briefen, die man nie wieder lesen wird, mit verwaschenen Pullovern, Stromrechnungen, Gummistiefeln, eine Angel, Einkommensteuererklärungen, ein kaputter Hammer. So Zeug eben. Aber da war noch etwas anderes: eine Packung Oxycontin-Tabletten. Ein Schmerzmittel, das so gut wie niemand gegen *Schmerzen* nimmt. Ich weiß nicht mehr genau, wie die Tabletten ins Haus gekommen sind. Besonders schlau war es nicht, sie hier zu bunkern, aber ich hatte sie eben. Was soll ich sagen?

Immerhin war es eine gute vorbeugende Maßnahme gewesen, sie an einem Ort zu verstauen, wo es unangenehm roch und ich automatisch an Ratten denken musste. Wer ging schon freiwillig in diesen Keller? Noch dazu mitten in der Nacht, in den Stunden, wenn im Leben die furchtbarsten Dinge passierten? Und dass Tina den Keller durchwühlen würde, war auch extrem unwahrscheinlich. Und falls doch – falls ich zum Beispiel bei einem Banküberfall durch einen Querschläger getötet würde oder so –, dann sah sie ja das Datum auf der Packung, blablabla. Ich wollte, dass sie mich gut in Erinnerung behielt nach meinem Tod. (Sie hatte für unsere Ehe zwei Bedingungen gestellt: keine Frauen, keine Pillen. Wer würde dagegen verstoßen?)

Und es funktionierte. Die längste Zeit jedenfalls. So gut, dass ich vergessen hatte, wo die Pillen waren. Doch dann fielen sie mir plötzlich wieder ein, an einem Wintermorgen. Ich wurde angelockt von ihrem Sirenengesang und ging nach unten, klatschte laut in die Hände (Rattenwarnung), kickte kräftig gegen die Schuhschachtel (Rattenwarnung). Was ich suchte, fand ich vorne in einem braunen Lederschuh. Ich zerbrach die Tablette und steckte die eine Hälfte gleich in den Mund, um sie hingebungsvoll zu zerkauen. Es dauerte nicht lange, und die Luft war erfüllt von einer angenehmen, literarischen Melancholie, wie der Anfang von *Moby Dick*. Und wie der Typ in *Moby Dick* brach ich in der Tat zu einem Abenteuer auf. Wobei in meinem Fall der Wal selbstverständlich dasselbe Wesen war wie der Mann, der ihn verfolgte.

Es begann zu hageln. Harte kleine Eiskügelchen trommelten an die Fensterscheiben. Zwei Indianer, mit pockennarbigen Gesichtern und knolligen Nasen, gingen an meinem Fenster vorbei und knufften sich immer wieder freundschaftlich. Einer von ihnen hatte eine Flasche Sherry oder Wein dabei. Sie hatten die Flasche bestimmt gerade gekauft, weil sie auf ihrem Weg nach oben waren. Am Abend, bei Einbruch der Nacht ... wer weiß? Wir gingen alle der Nacht entgegen.

Das Oxycontin trat in die nächste Wirkungsphase ein. Ich kramte in meinem Schreibtisch, um irgendwie aufzuräumen, da fiel mir Nessas Brief in die Hände. Ich las ihn noch einmal. Jetzt fand ich ihn wesentlich interessanter und dachte: Du bist zu dem Haus mit dem kaputten Rücken zurückgegangen, du warst in deinem alten Internat, du warst im Büro des Filmfestivals – warum willst du nicht auch dahin zurück, zur Isla Lamar? Dort kannst du über den ganzen Schwachsinn nachdenken, den man im Lauf des Lebens begeht, und über vergangene Leidenschaften. Romeo und Julia auf einem karibischen Balkon. Genial! Es könnte das Schlusskapitel werden, die Abrechnung. Der Schnee am Schluss von Joyces Erzählung *Die Toten*. Perfekt. Inspiriert. Oxycontin!

Ich rief eine Luftfahrtgesellschaft an. Wenn sie einen Flug haben, sagte ich mir, dann nehme ich ihn. Ich sah die Insel vor mir, in Sonnenlicht getaucht. Die Lagune, dahinter hohe Klippen. Ein Segelboot, das sich sanft am Anker wiegte. Leute, die in den Höhlenzugängen schnorchelten. Ja, das mache ich. Ich fliege auf die Insel und gehe jeden Tag zwei Stunden schwimmen, ich werde braungebrannt sein, ich nehme ab, ich gehe zurück zum Balkon des hübschen weißen Hotels in den Klippen. In der Bar werden süße Mädchen von der University of Southern Mississippi stehen, auf dem Rasen rennen Familien mit kleinen Kindern herum, außerdem französisch-kanadische Paare mit entsprechenden Tattoos auf den Oberarmen (irre Typen). Und vielleicht sogar ein paar junge Männer am Tresen, so wie Justin und ich, die zu viel trinken und ziemlichen Lärm machen. Vielleicht werde ich beschwichtigend auf sie einreden. Sie warnen. Ich würde zu ihnen sagen … ja, was würde ich sagen … na, egal, zu gegebener Zeit würde mir schon was einfallen.

Ich stellte mir vor, wie sich der Hotelbesitzer freute, wenn er mich sah. Seine Frau würde aus dem kühlen Schatten ihrer Wohnung treten und liebevoll den Kopf schütteln. Was hatte ich in der Zwischenzeit alles angestellt? Wie viele Jahre war es her? Fünfzehn, zwanzig, seit der Reise mit Tolstoi? (Wie tolstoiisch mir das alles erschien!). Der ewige Kreislauf der Menschen, der Jahreszeiten, der Orte ... und so weiter.

Tina begrüßte die Neuigkeit ohne jeden Enthusiasmus. (»Warst du in letzter Zeit mal beim Arzt?«) und schlief im Gästezimmer im zweiten Stock.

Fünf Uhr morgens. Der Wecker klingelt, auf dem Nachttisch liegt mein Flugticket. Ich habe das alles nicht geträumt. Wie ein zittriges Gespenst (mein Gott, dieses Oxycontin hinterlässt einen teuflischen Kater) tapere ich durchs Haus und hinunter in den Keller. Ich klatsche in die Hände. Hat sich hinter dem Pseudorembrandt etwas bewegt? Ich betrachte das Bild im grellen Licht. Tina hat recht: Deprimierend ist es, deprimierend und dilettantisch. Es mag ja gut und gern vierhundert Jahre alt sein, aber auch damals gab es schon schlechte Maler. Ich klatsche wieder in die Hände. Hinter der Bücherkiste hat sich etwas bewegt.

Ich schüttle eine Tablette aus dem Fläschchen und zerkaue sie. Ist es nur Einbildung, oder setzt die Wirkung tatsächlich sofort ein? Der Horror weicht zurück, wie die Flut, wenn die Ebbe kommt. Ich bin hier unten im Keller, ja, es stinkt, aber, *voyons, mon vieux*, das gehört sich so in einem Keller. Was soll das Getue? Welcher Horror, welche Ratte? Und das Gemälde? Es besitzt doch eine gewisse pastose Schönheit.

Eine pastose Schönheit.

Ich gehe wieder nach oben, die Pillenpackung in der Hand. Es gibt noch viel zu tun: Zuerst muss ich packen: Flossen, Schnorchel, Sauerstoffmaske. Am besten ziehe ich für die Fahrt zum Flughafen gleich Shorts und Sandalen an. Pfadfindermaxime: Reise mit leichtem Gepäck. Schon heute Nachmittag wird mir die heiße karibische Sonne auf den Rücken brennen. Ich kann Cesaria Evora hören, das muntere Geplapper der Touristen in einer Klippen-Bar. Ich stecke das Oxycontin in die Innentasche meines Handgepäcks, aber dann überlege ich es mir intuitiv anders, als hätte jemand im Theater das Licht gedämpft. Manche Risiken soll man nicht eingehen. Was, wenn meine Tasche an der Grenze verlorengeht? Was, wenn sie durchleuchtet wird und man die Tabletten findet? Nein, das ist mir zu heikel. Ich stecke sie in meine Brusttasche und tätschle sie beruhigend mit der Hand.

Das Taxi kommt, ich setze mich auf die Rückbank. Es geht los. Der *Balkon.* Ich gehe zurück zu dem Balkon. Links von mir erscheint Lake Ontario. Ein verlassener Spielplatz. Ein einsamer Jogger. Der Ärmste, er kommt nicht mit zur Isla Lamar. Ich hole mein Notizbuch heraus. Ich muss alles aufschreiben! Die nächsten Tage sind vielleicht die wichtigsten in meinem ganzen Leben. Kritzel, kritzel. Ich sehe mich selbst als eine Art Marcel Proust auf

Oxycontin. Ein Chronist der minutiösen Details des Lebens. *Marcel et moi.*

Das Flugzeug hat kaum seine normale Flughöhe erreicht, da bestelle ich mir schon eine Bloody Mary. »Ich trinke gern, wenn ich fliege«, teile ich dem netten jungen Pärchen neben mir mit. Ich mache mir Notizen, ich renne fünfzehnmal aufs Klo, ich rede mit den Flugbegleiterinnen, ich will mir einen Film ansehen, ah, viel zu langsam, ich gehe zurück zur Toilette, dort stehen immer ein paar Leute rum, mit denen man sich unterhalten kann …

Nach drei Stunden spüre ich ein leichtes Absacken. Was ist los? Auf der Toilette studiere ich mein Gesicht. Meine Pupillen sind winzig wie Stecknadelköpfe. Aber ich sehe aus, als hätte ich schon abgenommen. Super! Wenn ich heimkomme, werden meine Klamotten an mir *schlottern.*

Aber es ist doch alles längst nicht mehr so schwerelos, nicht mehr ganz so spannend wie vor einer Stunde. Ist irgendetwas passiert? Diese Frau vorhin hat unser Gespräch vor der Toilette auffallend schnell beendet. Na ja, das ist nicht das erste Mal: ältere Damen – ich bin nicht so ganz ihr Fall, es ist, als ob – ja, das muss es gewesen sein!

Ich fasse in meine Tasche und finde noch eine Viertelstablette Oxycontin (bevor ich los bin, habe ich sie alle mit der Rasierklinge zerteilt). Ich kaue, krrm, krrm, und bald darauf unterhalte ich mich wieder angeregt mit dem Pärchen neben mir: wie lange sie schon zusammen sind, wie sie sich kennengelernt haben, wie ihre Familien »das alles« finden. Die beiden sind erstaunt, dass sich jemand so ausführlich für ihre Geschichte interessiert. Ich habe hunderttausend Fragen – das Leben auf einer kleinen Farm, zweihundert Meilen außerhalb von Calgary – total faszinierend!

Es war am späten Nachmittag, als der Minivan durch San Agatha fuhr. Die Nordküste der Isla Lamar. Dutzende von jungen schwarzen Männern standen auf dem zentralen Platz herum und hielten gelangweilt Ausschau nach Touristen, die sie ausnehmen konnten. Wir folgten der Küstenstraße bis zum West End. Überall lagen Papierbecher, Flaschen, Schokoriegelpapier herum. Die Bars, Cafés und auch die Straße – alles merkwürdig menschenleer.

»Wo sind die Leute?«, erkundigte ich mich. Der Fahrer musterte mich im Rückspiegel, irgendwie bedrohlich, aber gleichzeitig wirkte sein Ausdruck einstudiert – kurz davor, aber noch nicht ganz richtig.

»Sie kommen nicht mehr bis hierher«, sagte er. Sein Blick ließ mich nicht los. Ich kannte diesen Gesichtsausdruck, diese WaskannichdiesemTypabknöpfen-Miene.

Ich lehnte die Stirn an das warme Glas. Meine Schläfen schmerzten. Eine fette schwarze Frau saß auf der Stufe vor einer Hütte. In dem Fenster hinter ihr hingen T-Shirts und Strickmützen. Es war Pamela, die auf eine Busladung Touristen wartete, um ihnen auf dem Weg zum Sonnenuntergang im Café Havana ihre Haschischkekse anzubieten. Ich brauchte nur an sie und die anderen und an den mickrigen

Sonnenuntergang zu denken, da wurde ich schon sterbensmüde. Der Fahrer stellte das Radio an. Scheußlich scheppernder Reggae. Eine Kunstform ohne Zukunft. Niemand mehr, seit Bob Marley.

Aber was war eigentlich los mit mir? Warum kippte die Stimmung so drastisch? Zeit für das nächste Oxycontin! Die Vorräte schwinden, fast nichts mehr da. Kurz machte ich mir deswegen Sorgen. Aber nicht lange. Krrm, krrm, krrm. Pause. Krrrm, krrm. Und schon kehrte die Farbe zurück, Ozean, Palmen, die kleinen Hütten an der Straße, alles herrlich bunt. Die Musik flott und eingängig. Genauso und nicht anders muss es sein, dachte ich. Wenn ich nur in dieser Stimmung bleiben könnte, den ganzen Tag, jeden Tag – dann wäre ich für den Rest meines Lebens nichts als glücklich.

Und da dachte ich plötzlich an Nessa, an ihr wunderschönes junges Gesicht. Sie hatte aus dem Wagenfenster geschaut, als wir vor ein paar Jahrzehnten diese Strecke fuhren, die letzten goldenen Sonnenstrahlen schimmerten auf ihren Wangen, und ich war dabei, mich in sie zu verlieben, ohne es zu wissen. Wie sieht sie jetzt aus?, fragte ich mich. Gott, war sie schön!

Ich bat den Fahrer, mich ein Stück vor dem Hotel abzusetzen. Ich wollte die Rückkehr auskosten. Er fuhr an den Straßenrand. »Zehn Dollar«, sagte er.

»Ich habe schon bezahlt.«

»Nein, nein, das ist eine Benzinsteuer. Die muss jeder zahlen.«

Genervt verkündete ich: »Ich zahle sie nicht.« Er schaute zu, wie ich meine Tasche hinten aus dem Wagen holte, und spielte schließlich seine Trumpfkarte aus: »Sie können Schwarze nicht leiden, stimmt's?«

»Ja, stimmt – nicht besonders«, erwiderte ich trotzig. »Ich wette, das hören Sie nicht allzu häufig, oder?«

Langsam die Straße entlang. Noch fünfzig Meter, zwanzig, zehn – die Markise mit den meergrünen Buchstaben: HOTEL LAMAR. BESITZER MR HARRIS SAMUELS. Ich schritt die Eingangstreppe hinauf und schaute in die Bar, wo Dexter mit den Mädchen aus Mississippi getanzt hatte. Ein schwarzes Gitter mit einem grotesk großen Vorhängeschloss verbarrikadierte den Zugang. Ich spähte durch die Stäbe. Alte Kleider, Hemden, Hosen und Schuhe lagen auf den Tischen gestapelt, dort, wo Nessa gefrühstückt hatte, wo sie damals zu mir gesagt hatte: »Du drehst dich im Kreis, das ist doch alles komplett unlogisch.« (Aber wie kann man sich *nicht* im Kreis drehen, wenn man einer jungen Frau, die einen nicht haben will, zu erklären versucht, warum sie doch wollen sollte?) Jetzt befand sich hier offenbar eine Art Lagerraum. Ich blickte mich um. Wo waren sie, die lustigen Mädchen aus Mississippi?

Ein Licht flackerte im Inneren des Hotels. Ich ging darauf zu. Harris Samuels, jetzt mit grauen Haaren, saß in einem kleinen, fensterlosen Büro, direkt vor einem Fernseher, nur dass die Röhre nicht mehr richtig funktionierte, weshalb das Bild grünstichig flimmerte und ein kränkliches Licht auf ihn warf. Hinter seinem Kopf war an der

Wand eine runde Verfärbung. Ein Fettfleck von seinem Hinterkopf.

»Harris?«, sagte ich. Er war eingedöst. »Harris?«

Er schlug die Augen auf. Wie groß sein schwarzes Gesicht war.

»Es hätte aus dem Eiswagen fallen können!«, brummelte er im Halbschlaf.

»Ich bin's. David.«

Er rieb sich das Gesicht und schaute mich genauer an, hörbar durch die Nase atmend.

»Wie geht es Ihnen, Harris?«, fragte ich.

Nach kurzem Zögern antwortete er: »Ich bin noch hier.«

»Stimmt.«

Sein Blick wanderte wieder zum Bildschirm. Ein Fußballspiel.

»Wer spielt?«

»Keine Ahnung.«

Eine Weile saßen wir da und schauten beide den Gestalten zu, die über die Bildfläche rannten. Harris griff zum Telefon und wählte eine Nummer. Er erwähnte meinen Namen. Sonst verstand ich nichts – er redete Patois. Dann wiederholte er meinen Namen mit mehr Nachdruck.

»Ist es Ihre Frau, Elaine?«

»Kommt gleich.«

Gut, dachte ich. Seine Frau hatte immer ein Faible für mich gehabt.

Ich erkundigte mich nach dem Kellner, der hier gearbeitet hatte. Er war in die USA gegangen. Ich fragte nach seiner Geliebten, mit der er immer herummachte, wenn seine Frau ein paar Inseln weiter in Port-au-Prince unterrichtete.

»Immer noch gut.«

Ich stellte ihm noch mehr Fragen, er antwortete und wartete. Der Ball kam nie übers Netz zurück zu mir: Harris fragte nicht, woher ich komme, wie lange ich hier sein wolle, nicht einmal, ob ich vorhabe, in seinem Hotel zu übernachten. Im Hotel Lamar. Dem berühmten Hotel Lamar. Ich erwähnte, wie wir damals ans südlichste Ende der Insel gefahren waren, um einen Kühlschrank abzuholen, ich erinnerte ihn daran, wie wir den armen Jungen aus Kansas in sein Zimmer tragen mussten (er war dehydriert). Ich wollte wissen, ob er in seinem Safe immer noch ein Gewehr aufbewahre.

»Können wir den Fernseher kurz ausmachen?«, fragte ich zwischendurch.

Ich erwähnte Justin Strawbridge und erzählte von Duane Hickok, von dem Prozess. Harris riss die Augen auf. Die Geschichte gefiel ihm.

»Ich würde gern ein paar Nächte hier bleiben, Harris. Kann ich mein altes Zimmer haben, das mit dem Balkon zur Straße?«

»Das hat jetzt eine Klimaanlage.«

»Es ist kühl heute Abend. Ich brauche sie nicht.«

»Die Klimaanlage kostet fünfundzwanzig US-Dollar extra.«

»Okay.« Ich schaute weg, damit er nicht sehen konnte, wie peinlich mir das war. Er steckte das Geld in die Tasche seiner fleckigen Hose. Ein dünner Mann erschien in der Tür. Er trug Jeans, die ihm ein paar Nummern zu groß waren und von einem Ledergürtel zusammengehalten wurden, der zu lang war und wie eine Schlange vorne herunterhing. Der dünne Mann hieß Lee und er trug meine Tasche hinaus in die Dunkelheit. Ich hörte seine Schritte, als er die Treppe hinaufging, zu dem Zimmer über uns. Zu dem Zimmer mit dem Balkon.

Ich wollte mich von Harris verabschieden. »Ach – da fällt mir noch etwas ein. Erinnern Sie sich an Nessa Cornbloom? An das Mädchen mit der schönen Nase?«

»Nessa …?«, wiederholte er und legte den Kopf schief.

»Ist sie irgendwann wieder hierhergekommen?«

Er überlegte. »Ja«, sagte er dann. »Vor fünf oder sechs Jahren.«

»Hat sie hier gewohnt?

»Nur eine Nacht. Sie hat jemanden gesucht.«

»Wen?«

Er setzte sich anders hin. »Weiß ich nicht.«

Ich horchte in die Stille. »Wo sind die Hunde?«, fragte ich.

»Jemand hat sie vergiftet.«

»Und Sie haben sich keine neuen angeschafft?«

»Nein. Keine Hunde mehr.«

Ich ging zur Vorderseite des Hotels und setzte mich auf die Stufen. Was war gerade passiert? Wer war dieser Mann in dem fensterlosen Büro? Mein »guter Freund« Harris? Ach, du meine Güte. Wie konnte ich je so naiv gewesen sein? Oder war er einfach nur alt geworden? Ein alter Mann mit einem sterbenden Hotel, den nichts mehr interessierte, auch nicht seine Frau. Er hatte mit ihr am Telefon mit tonloser, kalter Stimme gesprochen, so wie die Einheimischen mit ihren Dienstboten reden. Da erst wurde mir bewusst, dass sie gar nicht gekommen war, um mich zu begrüßen.

Eine Hand berührte meine Schulter. Ich zuckte zusammen – es war Lee. »Möchten Sie, dass ich Ihnen ein Mädchen aufs Zimmer schicke?«, fragte er. Er hatte rote Augen und war eingehüllt in eine Marihuanarauchwolke.

»Ein Mädchen?«

Er nickte.

»Wo wollen Sie ein Mädchen herholen, Lee?«

Er zeigte zum anderen Ende des Hotels – ein hässlicher, zweistöckiger Anbau aus Beton, der aussah wie ein Motel in Florida. Davor eine Wäscheleine, an der ein paar gespenstische Hemden flatterten.

»Heißt das, die Mädchen sind hier auf dem Gelände?«

Er nickte.

»Seit wann?«, fragte ich.

»Seit wann was?«

»Seit wann lässt Harris Nutten im Hotel wohnen?«

Ich hörte, wie über meinem Kopf ein Fernseher anging.

»Das ist Larry«, erklärte Lee. »Aus Texas.«

»Wo sind die anderen Gäste?«

»Hier sind keine anderen Gäste.«

»Nur ich und die Mädchen und dieser Larry da oben?«

»Yeah Sir.« Das sagte er so automatisch, als würde er etwas wiederholen, was längst jeder wusste. Dann schaute er wieder auf mich herunter. Mit seinen roten Augen. »Also – soll ich Ihnen für heute Abend eine Lady beschaffen?«

Ich ging in mein Zimmer und wollte mich in den Liegestuhl auf dem Balkon legen, um an Nessa und Justin und an jene mondhelle Nacht zu denken. Wie es sich für mich angefühlt hatte, als Nessa bei Justin auf dem Schoß saß. Die schlimmsten Ängste waren Wirklichkeit geworden … Aber der Liegestuhl war dreckig. Ich musste zurück ins Zimmer, ein Handtuch holen und ihn abwischen. Niemand putzte mehr im Hotel Lamar.

Ich hatte es mir gerade wieder bequem gemacht, da hörte ich Flip-flop-Schritte die Treppe herunterkommen. Es war Larry aus Texas. Ein durchschnittlich aussehender Mann, Mitte vierzig, rote Haare, mit einem Plastikschutz auf der Nase. Er kam offenbar gerade vom Strand oder aus der Stadt. Wir unterhielten uns eine Weile. Ich fand seine Südstaatenlässigkeit sympathisch. Vielleicht können wir ja mal zusammen was trinken gehen, schlug ich vor.

»Würde ich gern machen«, sagte er, rückte seine Baseballmütze zurecht und blickte mit zusammengekniffenen Augen die Straße hinunter. »Aber ich fahre morgen nach Hause.« Er nahm die Sonnenbrille ab, und ich sah seine stechend blauen Augen. »Ich möchte nicht, dass der nächste Sommer wird wie der letzte Sommer.«

»Wie bitte?«

Er antwortete nicht, sondern schaute wieder die Straße

hinunter. Vielleicht hoffte er, dass jemand um die Ecke bog, in unsere Richtung – wusste aber gleichzeitig, dass das nicht passieren würde. Seine Bemerkung ließ mich lange nicht los. »Ich möchte nicht, dass der nächste Sommer wird wie der letzte Sommer.« Der Satz hatte etwas Düsteres, Gefährliches, etwas, das mir ins Ohr flüsterte: Pass auf! Aber worauf sollte ich aufpassen?

Es war dunkel, als ich mich auf den Weg machte. Ich ging auf der Kaimauer, mit ausgebreiteten Armen. Wie früher. (Ich war damals nur viel dünner.) Es wehte ein leichter Wind, die Wellen krachten gegen die Mauer, und ein paar Minuten lang war ich glücklich. Ich freute mich, dass ich hier war. Aber dann spürte ich irgendetwas im Rücken. Eine dunkle, schwere Wolke, der ich nur mit Mühe entkam. Aus dem Augenwinkel sah ich eine Ratte vorbeihuschen und in der Dunkelheit Schutz suchen.

Ich nahm noch eine Oxycontin, und nach und nach wurde die Nacht klarer, die Sterne heller, die Luft verheißungsvoller. Ich blieb vor einer leeren Diskothek stehen: Rote und grüne Lichter wirbelten über die Tanzfläche, wie ein Wahnsinniger mit einer Axt.

In jener Nacht zog ich durch den ganzen Ort. Ich fand alles belebend, stimulierend (auf dem Weg nach oben), angenehm traurig (auf dem Weg nach unten), auf amüsante Weise irritierend (noch weiter unten), auf unamüsante Art irritierend (abwärts, abwärts), ein überzeugendes Argument für die Todesstrafe (ein Drink muss her), voll Verständnis für die Situation in der Dritten Welt (der Alkohol tut seine Wirkung), zu Hause bei den Bettlern, Schmarotzern und Dealern (noch ein Oxy, gut zerkaut), leben und leben lassen (flüchtiger Blick).

Ich nahm ein Taxi zum Ende des Strandes; ich nahm ein Taxi weit hinauf in die Klippen. Ich lief und lief und lief. Wie ich mich selbst und wie ich mein Leben sah, hing weitgehend davon ab, in welcher Drogenphase ich war. Jemand erzählte mir, am Morgen hätten sie Hochwasser gehabt, und ein junges Mädchen aus Kalifornien sei über die Klippen getragen worden, hinaus ins Meer. Jemand anderes sagte, sie müsse irgendetwas getan haben, dass ihr so etwas Schlimmes zugestoßen sei.

Gegen vier Uhr morgens überquerte ich den Innenhof und ging zur Treppe, die zu meinem Zimmer führte. Da sah ich hinten auf dem Gelände ein schwarzes Mädchen aus einer der Türen treten. Sie musste dort gewartet haben. Dünn wie eine Schlange in einem lila T-Shirt und Jeans, kam sie über den Rasen auf mich zugeschwebt. »Wie wär's mit einer Rückenmassage?«, fragte sie. Und ich dachte: Wenn ich mein Leben ruinieren will, dann brauche ich jetzt nur zu nicken und ihr zu erlauben, hinter mir die Treppe hinaufzugehen, an Nessas Balkon vorbei, in mein Zimmer. Und wie ein Mann, der genau sieht, wie die U-Bahn aus dem Tunnel auf ihn zudonnert, dachte ich: Das könnte ich tun. Ich könnte vom Bahnsteig aufs Gleis hinunterklettern, dem Zug entgegen, und niemand würde je erfahren, dass ich es nur getan habe, weil ich es tun *konnte*, weil es so offensichtlich das Falsche war.

Als ich in mein Zimmer kam, wühlte ich in meiner Tasche, nahm eine Schlaftablette, ging wieder hinaus auf den Balkon und setzte mich in den Liegestuhl. Nach einer Weile schmeckte ich das Mandelaroma im Mund und wusste, die Tablette wirkte. Bald würde sie mich zudecken, mich langsam und freundlich untergehen lassen. Und mein letzter Gedanke war: Was für ein frivoler junger Mann ich doch war.

Ich schlief – ich weiß nicht, wie lange. Eine Autotür wurde zugeknallt, davon wachte ich auf. Direkt unter meinem Fenster rief eine Frau meinen Namen, ein plötzlicher Windstoß fegte durchs Zimmer, die billigen Vorhänge bauschten sich, wie Geister auf der Flucht. Ich bog die Lamellen der Jalousie auseinander und schaute zum anderen Ende des Grundstücks. Jemand hatte die Wäscheleine abgenommen, die Hemden lagen ausgebreitet auf dem Rasen. Ein Scheinwerferpaar blendete auf, ein roter Wagen fuhr langsam in die Einfahrt. Musik von innen. Als er unter meinem Fenster vorbeikam, sah ich den Fahrer, einen Mann mit Dreadlocken. Neben ihm ein Mädchen in Lila. Sie schaute zu meinen Zimmer hoch. Ich trat vom Fenster zurück. Der Wagen verschwand aus meinem Blickfeld, dann hörte ich, wie er in die Hauptstraße Richtung Stadt einbog und beschleunigte.

Ich ging auf die Veranda. Von dort sah ich die blinkenden Lichter der Grandhotels auf der anderen Seite der Bucht. Schlafende Paare. Schlafende Familien, sicher und geborgen in ihren Betten, beieinander. Das beruhigende

Summen der Klimaanlage im Hintergrund. Die Wirkung der Tabletten war vorbei, und ich spürte, wie ich in eine ängstliche Traurigkeit rutschte. Innerlich stimmte ich ein Klagelied an, ich beklagte die Zeit, die ich hier als junger Mann vergeudet hatte. Die schrecklichen Kater, die sinnlosen Liebesgeschichten, die maßlose Ichbezogenheit, die ich als künstlerische Selbsterforschung ausgab. Und dass ich geglaubt hatte, sich an der Bar im Hotel Lamar zu betrinken und über Rimbaud zu reden, sei schon eine Leistung.

Und wo war meine kleine Tochter Maggie während dieser albernen Eskapaden gewesen? Bei ihrer Mutter. Ihre Mutter, Anne, hatte mir wie üblich den Rücken freigehalten. Wirklich, sehr frivol.

Ein kühler Lufthauch. Ich rieb mir die Arme, verschränkte sie vor der Brust. Es wurde gerade hell. Die ersten Lichtspuren des anbrechenden Tages auf der anderen Seite der Bucht. Aus dem Augenwinkel sah ich, dass sich über mir etwas bewegte. Es sah aus, als hätte jemand in der Nacht einen riesigen Kokon gewebt, einen Kokon, der an einem Strick hing. Welches Tier brachte so etwas zustande? Aber es war kein Kokon, sondern ein Mann, der an einer Wäscheleine hing. Seine Schulter drehte sich langsam zu mir. Es war Larry. Larry, der sich langsam drehte, in der morgendlichen Brise. Ein Hahn krähte. Und dann erwachten die Hunde in der Nachbarschaft.

Die Polizisten waren noch da, als mein Taxi kam. Sie waren oben in Harris' Wohnung. Hörte ich sie lachen?

Ich hatte vergessen, dass Harris Samuels früher Polizist in Kingston war.

Ich verabschiedete mich nicht. Als wir losfuhren, war das Letzte, was ich vom Hotel Lamar sah, die Nutte in Lila, das Mädchen von gestern Abend. Sie stand auf dem gegenüberliegenden Balkon vor meinem Zimmer, auf Nessas Balkon, und sie trug Larrys Nasenschutz auf der Nase und dazu eine rosarote, herzförmige Sonnenbrille.

Das Taxi hoppelte die Straße hinunter, vorbei an Pamela, die auf ihrem Hocker saß, vorbei an einer Gruppe fetter weißer Männer in Harley Davidson-Muscleshirts, die sich nach ihren jugendlichen Körpern sehnten, vorbei an den traurigen kleinen Muschelständen am Straßenrand, vorbei an einem Golfplatz, vorbei an einem bandagierten Spinner, der heftig gestikulierend auf der Brücke über den Green River stand. Ein Schild auf der linken Seite verkündete: »Sie verlassen jetzt San Agatha.«

Ich möchte nicht, dass der nächste Sommer so wird wie der letzte Sommer.

Kapitel 8

DIE TAUBE

Aus Gründen, die ich selbst nicht ganz verstehe, war ich schon immer fasziniert von Pete Best. Best ist der Typ, der aussah wie ein Filmstar und der zwei Jahre lang bei den Beatles Schlagzeug spielte, bevor die anderen ihn rausgeschmissen und durch Ringo Starr ersetzt haben. »Ich habe schlechte Nachrichten für dich, Pete«, sagte Brian Epstein, der Manager, am 16. August 1962 zu ihm. »Die Jungs wollen, dass du gehst und dass Ringo kommt.« Kann man sich einen schlimmeren Satz vorstellen? Und das ein paar Wochen, bevor sie ihre erste große Plattenaufnahme machten, nämlich »Love Me Do«. Ein langweiliger, trister Song, aber der Beginn von etwas ganz Großem. Pete redete nie wieder mit den anderen. Mit keinem von ihnen.

Er spielte in anderen Bands, aber die waren alle nicht besonders erfolgreich. Eine Weile arbeitete er als Bäcker, dann als Verwaltungsbeamter. Er unternahm einen Selbstmordversuch, was man irgendwie nachvollziehen kann. Man stelle sich vor – da gehört man zu den Beatles und wird gefeuert! Man stelle sich vor – man ist Pete Best und macht irgendwann ab 1964 oder so das Radio an, und höchstwahrscheinlich hört man, wie die ehemaligen Bandmitglieder sich durch »Long Tall Sally« rocken und kreischen, einen Song, den man früher immer mit ihnen gespielt hat, als sie alle noch kleine Punks waren, mit Elvis-Frisuren und Lederjacken. Eine Weile besetzten die Beatles in den Charts die fünf ersten Plätze. So was hatte es meines Wissens vorher noch nie gegeben. Und ein wohlmeinender Freund informiert einen darüber …

Aber was geht mich Pete Best an? Auf den frühen Decca-Audition-Aufnahmen kann man hören, dass er ein Steinzeit-Trommler ist, unflexibel und unbegabt, ohne jede Spur dieses elastischen Zaubers, den Ringo (und manche Leute haben das immer noch nicht begriffen) in die Band einbrachte. Man muss sich nur »A Day in the Life« anhören. Ringo ist ein großer Schlagzeuger, der erst allmählich die Anerkennung bekommt, die ihm gebührt.

Nachdem wir das klargestellt haben – ich bin ein begeisterter und immer etwas verwunderter Beobachter von Pete Bests Nach-Beatles-Karriere. 1982 habe ich ihn in der David Letterman Show gesehen. »Eifersucht« sei der Grund gewesen, weshalb man ihn rausgeworfen hat, sagte er. Ich habe einmal versucht, eine ziemlich seriöse kanadische Zeitschrift dazu zu bringen, mich nach Liverpool zu schicken, damit ich der Geschichte von Pete Best nachgehen konnte. Den Text wollte ich »Der größte Pechvogel der Welt« nennen. Aber die Zeitschrift biss nicht an. Man wollte lieber, dass ich über Tolstoi schreibe. So sind die Leute da. Auch gut.

Letztes Jahr habe ich schließlich, mit neunundfünfzig, beschlossen, Mitglied von Pete Bests Online-Fanclub zu werden. Man bekommt regelmäßig einen Newsletter zugeschickt, in dem man erfährt, was Pete zur Zeit so macht – zum Beispiel eine kleine Tour in den Staaten oder in Großbritannien, mit seiner neuen Band. Oder dass er vor einer Weile in Toronto war und in einem Pizza-Haus in den Suburbs aufgetreten ist. Leider hatte ich das nicht rechtzeitig gelesen. Sonst wäre ich nämlich hingegangen, um ihn kennenzulernen. Oder um wenigstens den größten Pechvogel der Welt zu sehen. Dazu hat man ja nicht jeden Tag die Gelegenheit – auch wenn es kein besonders edles Motiv ist.

Lassen Sie mich ein wenig weiter ausholen. Mal abgesehen von Geld und Ruhm – da sind ja auch noch die ganzen Mädchen, die er nicht haben konnte! Das hätte mich umgebracht. Apropos umgebracht – ich habe mich oft gefragt, ob Best je daran gedacht hat, den Jungs, als sie einmal die berühmteste Band der Welt waren, irgendwo aufzulauern und wenigstens einen von ihnen umzulegen. John oder Paul. Ich will auf keinen Fall, keine Sekunde lang, nahelegen (und das muss ich ganz dick unterstreichen), dass das eine gute Idee gewesen wäre – aber ich finde schon, es wäre *verständlich* gewesen. Einfach mit einer .38er an der Hotelzimmertür klopfen und losballern. Klar, es hätte eine hohe Strafe gegeben, sicher zwei- bis dreimal lebenslänglich. Und wenn der Richter den Angeklagten gefragt hätte, ob die Tat das wert war – was hätte

Best geantwortet? Er hatte ja schon sehr bald eine Vorahnung davon, was in den nächsten vierzig Jahren auf ihn zukommen würde. Täglich irgendwelche gnadenlosen Hinweise auf das Paradies, das er um Haaresbreite verpasst hatte. Ich glaube, Best hätte auf die richterliche Frage hin kurz überlegt (die Mädchen!) und dann mit klarer Stimme geantwortet: »Ja, Euer Ehren, das war es wert.« Und ich hätte ihn verstanden.

Aber er war ein Junge aus Liverpool, und nach allem, was ich weiß, sind die bekannt für ihren gesunden Menschenverstand, was die wunderbare Folge hatte, dass ich mit »Can't Buy Me Love« aufwachsen konnte. Und dass Mr Best auch heute noch frei herumläuft, älter als ich, dass er Autogramme gibt und vermutlich inzwischen ganz zufrieden ist mit sich selbst und der Welt. Zumal er zwei seiner Folterer überlebt hat. Ich glaube, worauf ich eigentlich hinauswill, ist Folgendes: Manchmal, aber wirklich nur *manchmal,* kann Gewalt ein nachvollziehbares – und verblüffend befriedigendes – Mittel sein, um jedenfalls kurzfristig Dinge aus der Vergangenheit zu klären und richtigzustellen.

Eine Freundin von mir, eine sehr schöne chinesische Kanadierin, fand erst neulich heraus, dass ihr Exfreund – sie war diejenige, die Schluss gemacht hatte – die ganze Zeit, als sie mit ihm zusammen war, mit einer anderen Frau geschlafen hatte. Eine Woche lang war sie wie vor den Kopf geschlagen. Wie konnte das sein? Wie hatte er es geschafft, abends nach Hause zu kommen und zu fragen: »Was gibt's zum Abendessen?«, nachdem er nur eine Stunde vorher mit einer Studentin in ihrem Wohnheimbett gelegen hatte?

Und warum erzählte er es ihr jetzt? Wahrscheinlich, sagte ich, weil er hoffte, dadurch würde er sie so irre eifersüchtig machen, dass er sie wiederbekam. Oder als Revanche. Das konnte natürlich auch sein.

Diese Freundin nun zitierte ein altes chinesisches Sprichwort: »Wenn du dich rächen willst, musst du ein Grab für zwei schaufeln.«

Ja – und nein. (Was ich allerdings in der Situation nicht sagte.) Vor kurzem musste ich wieder daran denken: an die Sache mit Pete Best und die Geschichte meiner Freundin. Ich hatte einen Termin im C. B. C. Broadcast Centre, um zu besprechen, ob ich eine Diskussionsrunde moderieren sollte über die Frage, warum Jane Austens Romane sich so gut verfilmen lassen. Ich wartete noch auf einen Journalisten, als ich René Goblin in der Lobby sitzen sah. Er war älter geworden, die Dreadlocks waren ergraut, aber sein rosarotes Zahnfleisch leuchtete immer noch, wenn er grinste. Und er trug auch noch die Brille mit dem dicken schwarzen Gestell, mit der er aussah wie ein abgetakelter afrikanischer Diktator. (Warum sind diese Typen eigentlich immer so hässlich?)

Ich hatte ihn ganz vergessen. Seit einer ganzen Weile war René Goblin nicht mehr Buchkritiker beim *Globe & Mail*, sondern Moderator einer avantgardistischen Radiosendung nach Mitternacht. Er saß an einem Tisch mit mehreren jungen Leuten, Produzenten, vermutete ich, redete mit dieser tiefen, altväterlichen Stimme und bleckte in regelmäßigen Abständen sein ekliges Zahnfleisch.

Ich wunderte mich, dass ich so eine tiefe Befriedigung empfand, als ich ihn sah. Manchmal trifft das Sprichwort meiner chinesischen Freundin nämlich nicht zu, und Rache funktioniert. Sie kann den Kopf wieder frei machen, einen gordischen Knoten zerschlagen. Es ist keine supercharmante Geschichte, die jetzt kommt, aber sie ist wahr. Und, ehrlich gesagt, schon wenn ich daran denke, werde ich guter Laune.

Es war mein vierter Roman. Ich beschwere mich nicht, niemand hat mich gezwungen, ihn zu schreiben. Aber ich hatte mir große Mühe gegeben und das ganze Ding siebenmal umgeschrieben, von der ersten bis zur letzten Seite. Der Roman sollte demnächst erscheinen, und ich war sehr aufgeregt. Der *Globe & Mail*, Kanadas einschlägige Zeitung, hatte mich mit schlechten Kritiken dreimal nacheinander total zur Sau gemacht. René hatte einen meiner Romane besonders bösartig auseinandergenommen. Dass er sich freiwillig für die Aufgabe gemeldet hatte, machte die Sache nicht besser – dadurch bekam ich erst recht das Gefühl, dass er mich auf dem Kieker hatte und es wieder tun würde. Man darf sich da nichts vormachen – die Leute glauben, was sie in der Zeitung lesen. Schlimmer noch: Nach einer Weile fangen sie an zu denken, das seien ihre eigenen Gedanken.

Also tat ich etwas, was ich vorher noch nie getan hatte. Ich ging zu Avery Lynch, dem Kulturredakteur des *Globe*.

Lynch war Ende fünfzig, ein Mann mit rötlichem Gesicht, der sich selbst nicht nur für einen Kenner der *la grande littérature*, sondern auch für einen großen Frauenhelden hielt. Wenn man mit ihm redete, lenkte er das Gespräche unweigerlich in diese Richtung. Aber diesmal wollte ich nicht über Frauen reden. »Ich habe phantastische Kritiken bekommen«, erklärte ich (Schwachsinn) und zeigte ihm Zeitungsartikel aus New York, Vancouver und Miami (Schwachsinn). »Aber aus irgendeinem Grund werde ich von Ihrer Zeitung jedes Mal durch den Fleischwolf gedreht. In meiner Heimatstadt kann ich offenbar keine gute Besprechung bekommen.«

»Tatsächlich?« Er schaute zuerst die Artikel an, dann mich, erwähnte den Namen einer Romanschriftstellerin, die um einiges begabter war als ich, und sagte: »Die Frau haben wir auch dreimal komplett verrissen.« Dazu rollte er affektiert die Augen.

Ich sagte: »Ich denke da besonders an einen bestimmten Kritiker, an René Goblin.«

Avery nickte aufmunternd, also fuhr ich fort: »Ich fürchte, René hat in der Highschool einfach nicht genug Mädchen abgekriegt, und er hat es mir vermutlich nie verziehen, dass es bei mir anders war.« Bevor ich es laut ausgesprochen hatte, war mir dieses Argument plausibel, ja, sogar vernünftig vorgekommen.

»Tatsächlich?« Avery grinste. Machte er sich über mich lustig? Ich war mir nicht ganz sicher, deshalb versuchte ich sofort, ihm meine Sorge genauer zu erklären. Aber dann merkte ich, dass ich immer atemloser klang, und mich überkam die unangenehme Befürchtung, das, was ich sagen wollte, könnte eitel und albern wirken.

»Na gut«, sagte Avery, immer noch ein Lächeln auf dem rosigen Gesicht. »Ich rede mit René. Und wenn er wirklich ein Problem mit Ihnen hat, dann achte ich darauf, dass jemand anderes das Buch übernimmt.«

»Wer?«

»Jemand anderes.«

»Vielleicht könnten Sie es ja selbst rezensieren«, sagte ich. »Ich wäre Ihnen sehr verbunden, wenn –«

Avery unterbrach mich. »Keine Sorge, wir regeln das schon«, sagte er und begann übergangslos von einer jungen Schauspielerin zu erzählen, die wir beide kannten (sie trug immer eine schmale Goldkette um den Hals) und die er als seine »Liebste« bezeichnete. Ich nickte anerkennend, von Connoisseur zu Connoisseur sozusagen. Was für ein Knallkopf, dachte ich.

»Apropos – stimmt das?«, fragte Avery, als er sich erhob, um mir die Hand zu reichen (ärmelloses weißes Hemd mit Krawatte) und um so zu signalisieren, dass unser Gespräch zu Ende war.

»Stimmt was?«

»Dass Sie in der Schule genug Mädchen abgekriegt haben.«

Ich überlegte mir meine Antwort sehr genau. Ich wusste, was er *nicht* hören wollte. »Kann man je genug abkriegen?«, erwiderte ich.

Er lachte kurz und bellend. Man spürte die Erleichterung. Einen Moment lang hatte er sich selbst mit einem Bild gequält: ein Jugendlicher (ich), zwischen den Beinen eines jungen Mädchen, und ihre Jeans hängen am Bettpfosten.

Mein Verhalten war unorthodox – eigentlich macht man keine solchen Bittgänge, kurz bevor ein Buch erscheint –, aber als ich Averys Büro verließ und in Richtung uptown ging, war mir leichter ums Herz. Irgendwie hatte ich dadurch, dass ich meine Bedenken ausgesprochen hatte, meine Kopfschmerzen, die direkt hinter meinen Augen rumorten, abgeschüttelt.

Na, gut. Das Buch kam heraus, ein Buchladen organisierte eine Launchparty, anschließend traf man sich in meiner Wohnung. Mein Lektor kam, außerdem ein paar alte Freunde und deren Freunde sowie Molly, ihre Eltern und ihr verbitterter Bruder, der in Stanford unterrichtete, aber lieber in Harvard gewesen wäre. (Akademiker sind noch fieser gegenüber ihren Kollegen als Schriftsteller.) Ich schaute mich immer wieder in meiner Wohnung um – zwanzig oder dreißig Leute waren gekommen. Meine beiden Exfrauen – Anne, mit ihren scharfen Gesichtszügen und irgendwie chefig (sie hatte das Essen zubereitet), und Margaret, die Mutter meines Sohnes Jesse, eine schlaksige Schauspielerin, die alle Menschen liebte und deshalb von allen gemocht wurde. Es war, fand ich, ein angenehmer Abend, und jeder redete mit jedem.

Und doch, während ich von einer Gruppe zur anderen

wanderte, war ich innerlich irgendwie abwesend. Ich wartete auf etwas und konnte mich nicht richtig auf ein Gespräch einlassen, mit niemandem. Jedes bisschen Geplauder schien mich zu bremsen und an etwas Wichtigerem zu hindern.

Avery Lynch vom *Globe & Mail* war nicht da. Komisch. Normalerweise ging er zu solchen Sachen. Er zeigte sich gern mit seiner Freundin und legte dann immer demonstrativ den Arm um sie, während er sich mit anderen Gästen unterhielt. Sie war ein ganzes Stück jünger als er. Und er wollte eigentlich nur sagen: »Ich schlafe mit ihr.«

Gegen drei Uhr morgens, als die Gäste sich allmählich verabschiedeten – ein betrunkener Engländer lümmelte sich auf dem Sofa herum und ahmte theatralisch seine wohlhabende Mutter nach –, begann ich schon dezent aufzuräumen, trug die leeren Flaschen in die Küche, deckte die Käseplatte zu und so weiter. Dann holte ich ein Buch aus meinem Regal, einen besonders mittelmäßigen Roman, der vor einer Weile unglaublich wohlwollend besprochen worden war, und begann damit, die Flammen der kleinen Windlichter zu löschen, die direkt über der Couch aufgereiht standen. Aber weil ich ein paar Drinks intus hatte, verlor ich das Gleichgewicht und stieß eins der Gläser um – Kerzenwachs tröpfelte auf das Sofa. Ich bekam auch einen Spritzer auf die Hose. Komischerweise regte ich mich schrecklich auf, was der Situation überhaupt nicht entsprach – man konnte alles wieder in Ordnung bringen, aber irgendwie fühlte ich mich angegriffen, als würde das geschmolzene

Wachs mein gesamtes lebenslanges Versagen symbolisieren, die Konsequenz meines achtlosen Lebens. Eines Lebens, das *nicht richtig* (da ist es wieder, das Wort) gelebt wurde. Warum hatte ich die Couch nicht weggeschoben, bevor ich die Kerzen löschte, damit sie außer Gefahr war? War es nicht eine grässliche Geste, mit dem Roman einer unbegabten Schriftstellerin Flammen zu löschen? Wurde ich dafür bestraft? Hatte ich nicht fast genau an derselben Stelle vor ein paar Jahren schon mal eine Kerze umgestoßen?

Noch schlimmer: Das Wachs erschien mir wie ein böses Omen für meinen neuen Roman, und die Tatsache, dass Avery nicht bei meiner Party aufgetaucht war, fand ich jetzt noch beunruhigender. Die noch anwesenden Gäste, die den Zwischenfall bemerkten, ächzten teilnahmsvoll, aber niemand nahm ihn weiter ernst. Eine Schauspielerin mit verhärmtem Gesicht (sie sollte wirklich aufhören zu rauchen!) meinte, mit einem heißen Bügeleisen und einer braunen Papiertüte könne man den Schaden mühelos beheben. Ein kichernder Dramatiker mit riesigen Ohren, der schon viel zu viele Jahre damit verbracht hatte, auf Partys herumzukichern und mit Frauen, die nicht seine Ehefrau waren, zu schlafen, nannte einen Firmennamen und kicherte weiter.

Am nächsten Tag kam ich die Treppe herunter und ging ins Wohnzimmer. Ich war viel elender dran als dem Abend angemessen. Es war die Art von Kater, die man bekommt, wenn man trinkt, um einer langweiligen Party Flügel zu verleihen. Um etwas zu erzwingen. Wenn ich an unsere Einladung zurückdachte, fand ich, dass sie tatsächlich irgendwie schlecht gewesen war. Aber wieso? Mein Buch erschien zu einer ungünstigen Jahreszeit, Märzferien, viele Leute waren in Urlaub, deshalb hatten verschiedene Freunde gar nicht kommen können. Und das hatte dem Abend eine Art unbewohntes Gefühl gegeben.

Während ich das Wohnzimmer aufräumte, die Weingläser ausspülte und die fürchterliche Käseplatte entsorgte (mein Blick fiel dabei immer wieder auf die Kerzenwachsflecken auf dem Sofa – sie waren für mich der Mittelpunkt des Raums), ärgerte ich mich, dass ich den ganzen Abend kein einziges vernünftiges Gespräch geführt hatte. Immer wieder hatte ich Anlauf genommen und war durch irgendetwas unterbrochen worden. Aber was hätte ich tun sollen? Ich war zu alt, um ein Gast bei meiner eigenen Party zu sein.

Den ganzen Tag über beschäftigte mich die bevorstehende Kritik im *Globe & Mail* – sie sollte in der Samstagsausgabe erscheinen. Und warum war Avery nicht da gewesen? Zu dieser Frage kehrte ich ständig zurück, so wie man die Finger nicht von einer Brandblase lassen kann. Und natürlich dachte ich an René Goblin mit der schwarzen Brille. Ich hatte eine blöde Vorahnung. Man kennt das ja. Garantiert hatte Avery trotz meines Besuchs René gebeten, die Kritik zu schreiben. Oder gerade wegen meines Besuchs – nur um zu zeigen, was passiert, wenn ein Schriftsteller in sein Büro kommt und ihm Vorschriften machen will.

Andererseits hatte mir auf der Party jemand erzählt, dass eine junge Schriftstellerin, eine Sexbombe mit dünnen Spaghettiarmen, in die alle irgendwie verliebt waren, am selben Abend *ihren* neuen Roman gelauncht habe. *How To Be A Girl*, hieß er. Erfolgversprechend, wie man schon aus dem Titel schließen konnte. Vielleicht war Avery, der große Frauenheld, ja lieber zu ihrer Einladung gegangen. Um sie sozusagen zu beschnuppern. Was man ihm nicht verübeln konnte, ehrlich gesagt. Ich hatte die junge Frau einmal getroffen, und sie war so erotisch mit ihren Ärmchen und ihrer Kleinmädchenstimme, dass ich wochenlang die wildesten Tagträume von ihr hatte …

Aber – wo war ich stehengeblieben? Ja, genau, bei der Kritik. Ich hatte die Party gegeben, bevor das Buch besprochen wurde, und nicht hinterher, weil ich nicht wollte, dass die Leute mit langen Gesichtern vor meiner Tür erschienen, falls alles schiefging, oder dass sie so tun mussten, als hätten sie die Besprechung noch gar nicht gelesen. Oder dass sie Mitleid mit mir bekamen – das wäre das Allerschlimmste gewesen. Im Grunde war das Ganze ein einziger Albtraum, und am Nachmittag, als der Kater einfach nicht weichen wollte und der Wachsfleck auf dem Sofa mich jedes Mal, wenn ich in die Richtung schaute, vorwurfsvoll anklagte, beschloss ich, nie, nie wieder einen Roman zu schreiben. Das war zu viel für meine armen Nerven, der Stress lohnte sich nicht. Nein, ich wollte lieber

Lehrer an der Highschool werden. Zu viel trinken und mir auf der Lehrertoilette einen runterholen, mit einem Bild von italienischen Schülerinnen in nassen T-Shirts. Das war doch ein wesentlich gesünderes Leben.

Gegen elf Uhr nachts floh ich aus der Wohnung, als stünde sie in Flammen, und rannte zu meinem Lieblingszeitungskiosk. (Ich bin abergläubisch.) Die Frühausgabe für Samstag war noch nicht da. Aber Moment mal, was war das? Ein hinkender Typ in langem Mantel kam den Gehweg entlang, im Arm einen Stapel Zeitungen. Er zog durch die Kneipen. »Globe – Samstagsausgabe«, rief er im Tonfall eines Mannes, der weiß, dass ihm keiner zuhört, und der trotzdem seine Ankündigung macht.

Ich sollte die Zeitung lieber nicht bei ihm kaufen, dachte ich. Er sieht aus wie jemand, der nur Unglück bringt. Aber meine Ungeduld war stärker – wie immer –, ich kaufte die Zeitung und gab dem Mann ein fettes Trinkgeld, um die Wirkung zu neutralisieren, wie ich hoffte. Dann nahm ich ein teures Taxi und fuhr zu meiner zweiten Exfrau, zu Margaret, über die Brücke ins griechische Viertel. Mein Herz klopfte von Minute zu Minute schneller. Es war eine kalte Frühjahrsnacht, das Wasser unter der Brücke glitzerte bösartig. Ich dachte an meinen armen Cousin, der sich vor zwanzig Jahren von eben dieser Brücke gestürzt hatte, als er erfuhr, dass seine Frau eine Affäre hatte. Wie hieß er gleich? Aber warum dachte ich jetzt an ihn? Trotzdem, das war doch eine miese Art, sich umzubringen. Mitten am Tag war er gesprungen, war einfach mit dem Auto an den

Straßenrand gefahren und übers Geländer geklettert. Abwärts, abwärts. Welche Gedanken gingen ihm dabei durch den Kopf? Und seine Frau, dieses Miststück. Ich sah sie bei der Beerdigung, mit den drei Kindern. Sie nahm meine Hand und flüsterte mir ins Ohr: »Es ist okay. Für ihn ist es besser so.«

Für ihn ist es besser so?, hätte ich sie am liebsten gefragt. Woher willst du das wissen? Dann musste ich an den Theaterautor mit den großen Ohren denken, wie er bei meiner Party herumgekichert hatte. Was für ein unerfreulicher Zeitgenosse! Warum kicherte ein Mann in seinem Alter immer noch so albern herum?

Ich klopfte an die Tür und wartete. Margaret erschien hinter der Glasscheibe, mit einem liebevollen Lächeln. Dieses schöne längliche Gesicht, diese wunderbar braunen Augen. Wie eine Krankenschwester oder eine Mutter. Eine Frau, nach der die Verwundeten auf dem Schlachtfeld riefen. Ich reichte ihr den *Globe & Mail*, als wäre es keine Zeitung, sondern ein Haftbefehl.

»Möchtest du, dass ich's hier unten lese?«, fragte sie. »Oder lieber oben?«

»Oben, bitte.«

Es war ein kleines Haus. Überall Hinweise auf Margarets exzentrische Launen. Ein Klavier, auf dem sie nie spielte. Seltsame Dekostücke hier und da. Alte Puppen, Lampen mit Quasten. Ein Paar knallgelbe Gummistiefel, die sie für zwei Dollar auf einem Flohmarkt gekauft hatte. (Unser Sohn Jesse hatte sie, als er noch klein war, inständig angefleht, diese Stiefel nie anzuziehen, wenn sie ihn von der Schule abholte.) Aber es war gemütlich bei ihr, als würde ein wohltätiger Geist immer nachts durch die Räume schweben und die Gegenstände mit Feenstaub bestreuen.

Ich hörte Margarets Schritte über meinem Kopf. In ihrem Schlafzimmer am Ende des Flurs verstummten sie. Stille. Mein Herz stolperte. Stolperte noch einmal. Ich stand auf. Ich ging im Wohnzimmer auf und ab, nahm immer wieder etwas in die Hand, eine schon leicht vergilbte Luftaufnahme der Farm in Saskatchewan, auf der Margaret aufgewachsen war, einen perlenbestickten Geldbeutel, eine Joni Mitchell-CD. Ich schaute die Sachen an, ohne sie zu sehen. Warum brauchte sie so lange? Kein Ton, keine Bewegung.

Und dann, Schritte über mir. Langsam. Margarets Stimme oben an der Treppe.

»Die Kritik ist enttäuschend«, sagte sie.

»Wer hat sie geschrieben?«, rief ich.

»René Goblin.« Ich merkte, dass sie ironisch klingen wollte. Was ihr aber gründlich misslang. Für Ironie hatte sie kein Talent.

»René Goblin? Das kann doch nicht wahr sein.«

Aber natürlich konnte es wahr sein. Ein gespenstisches Klicken – und auf einmal war alles absolut logisch und konsequent: Avery, der nicht zu meiner Einladung gekommen war, meine Vorahnungen, der hinkende Typ, der die Zeitungen verkaufte, der ekelhafte Fluss unter der Brücke, der kichernde Theaterautor.

Irgendwann nach Mitternacht nahm ich wieder ein teures Taxi, diesmal von Margaret zu mir nach Hause (fünfzehn Dollar). Ich riss die Haustür auf, ging direkt hinunter in den Keller (wo ich schon damals solche Sachen vor mir selbst versteckte) und nahm eine Schlaftablette.

Man darf es nicht glauben, das alte Sprichwort, dass einem eine schlechte Kritik zwar das Frühstück verdirbt, nicht aber das Mittagessen. Eine schlechte Kritik kann viel, viel mehr verderben. Diese hier, dieses kotzblöde Stück Taubenkacke (*Ich bringe ihn um, diesen Dreckskerl*), gab mir das Gefühl, als wäre mein Roman, der erst vor ein paar Tagen herausgekommen war, schon durch einen gruseligen Fleck verhunzt, und ich wusste, dass ich jedes Mal, wenn ich ihn anschaute, nur diesen Makel sehen würde. So wie bei der Couch. Garantiert hatte schon jeder Mensch auf der Welt diese Kritik gelesen, die Leute auf der Straße, die Leute, die im Auto vorbeifuhren, die Leute, die beim Friseur aus dem Fenster schauten. Ich fühlte mich körperlich so angespannt, als säße ich in einem Horrorfilm. Egal, was ich machte – ich konnte meine Paranoia nicht abschütteln. Drei Jahre hatte ich mit diesem Roman verbracht, jeden Satz hatte ich abgewogen, und jetzt war alles für die Katz. Lange hatte das Glück nicht gedauert – meine Exfrau war nach oben gegangen, ich hatte gewartet, und dann hatte sie gesagt: »Die Kritik ist enttäuschend.«

Und alles so hässlich formuliert. (Warum las ich den Verriss eigentlich immer wieder durch?) Die Besprechung implizierte in jedem Satz, dass ich mir ein zu komplexes

Thema vorgenommen hatte (sexuelle Besessenheit) und nicht ausreichend Begabung besaß, um es zu meistern. »Er ist einfach nicht gut genug«, schrieb Goblin als abschließendes Vernichtungsurteil. Und weil sämtliche Schriftsteller, auch René, immer schon den Verdacht haben, sie könnten »einfach nicht gut genug« sein, verstärkten diese Worte nur eine ohnehin schon in mir lauernde Angst. Mein schönes Buch, ach, mein schönes Buch. Ruiniert von jemandem, der höchstens anderthalb Stunden darauf verwendet hatte, es zu lesen. Ich wurde sie nicht los, diese qualvollen elektrischen Wellen der Scham. Ich war so gekränkt, so wütend, so empört über die Ungerechtigkeit! Eigentlich war es ein erstklassiges Buch gewesen! Und schon redete ich im Plusquamperfekt. So viel hatte ich mir davon erhofft. Nur jemand, der mich nicht mochte, konnte dieses Buch nicht mögen.

Ja, ja, ich weiß – und ich habe es auch damals schon gewusst –, dass eine kreative Existenz durch eine einzige Rezension weder geschaffen noch zerstört wird. Wer kennt noch die Kritiken, mit denen *Der große Gatsby* niedergemacht wurde? (Und sie waren zahlreich!) Das hatte es alles schon öfter gegeben. Immer und immer wieder. Ich war außerdem alt genug, um zu ahnen, dass man ab einem gewissen Alter gar nicht mehr unterscheiden kann zwischen Pech und Glück (erst wenn man sieht, wohin das alles führt), aber ein Tritt in die Eier war es trotzdem. Dieses ätzende Gift, das durch meinen Körper pulsierte.

Um mich abzulenken, um den glühenden Feuerball in

meinem Magen zu kühlen, blätterte ich den Rest der Zeitung durch. Aber dort war ich auch nicht in Sicherheit. Es war ein Tag, an dem sich alles gegen mich verschworen hatte. Denn da, direkt vor meinen Augen, war die Kurzgeschichte, die dieses Jahr beim nationalen Wettbewerb gewonnen hatte. Sie begann folgendermaßen: »Man kann die Macht der Gewohnheit verantwortlich machen oder eine schon früh einsetzende Misanthropie oder einfach nur das Gesetz des Zufalls. Doch das wäre alles nicht passiert, wenn er nicht schon vor Tagesanbruch aufgestanden wäre, um dem Ferienverkehr zuvorzukommen.«

Ich hörte auf zu lesen und sagte, an niemanden gerichtet – es war nämlich keiner im Zimmer: »Und solche blöden Texte werden hierzulande mit Preisen ausgezeichnet.« Ich studierte den Abschnitt etwas genauer. »Früh einsetzende Misanthropie.« Was soll das heißen? Und weshalb will der Typ dem Ferienverkehr zuvorkommen? Dreimal darf man raten. Er hat ein Cottage. Wer hat heutzutage ein Cottage? Typisches Mittelschichtgelaber, so wie es den Leserinnen eines Buchclubs gefällt. Lieber Gott, und die waren mein Publikum. Kein Wunder, dass ich keine zwei Sätze schreiben konnte, ohne mit Dreck beschmissen zu werden.

»Wer hat ein Cottage?«, schimpfte ich. Man konnte genauso gut über Leute reden, die sich um den Wasserspender versammeln. *Es passiert nie im Leben.*

Ich markierte den Absatz mit Rotstift, aber dann fand ich das auch bekloppt und schleuderte die Zeitung auf den Fußboden.

An diesem Vormittag nervte mich überhaupt alles: Das Radio unserer Nachbarin, das widerwärtige Kratzen der Taubenkrallen vor meinem Schlafzimmerfenster, die Alarmanlage in einem Auto. »Stellen Sie endlich diesen Scheißalarm ab!«, brüllte ich aus dem Fenster.

Dann schluckte ich wieder eine Schlaftablette. Pillen sind nie eine gute Idee, schon gar nicht bei mir, aber das war mir alles egal. Ich hatte keine Lust, mich den ganzen Tag so beschissen zu fühlen. Also kramte ich wieder im Keller herum, bis ich in einem Winterstiefel das undurchsichtige Fläschchen fand. Ich schüttelte es – ein beruhigendes *Rappel, rappel.* Also warf ich eine grüne Pille ein und schluckte sie, ohne Wasser.

Lektion Nummer eins: Schlaftabletten machen nicht immer schläfrig. Manchmal haben sie genau die entgegengesetzte Wirkung. Etwa eine Stunde später saß ich an meinem Computer, die Lippen rot von dem erstklassigen Burgunder, den ich für einen besonderen Anlass aufbewahrt hatte. Ich schrieb eine unkluge Nachricht an Avery Lynch mit dem rosigen Gesicht und endete mit der befremdlichen Aufforderung, wenn er, Avery, das nächste Mal eine Party gebe, solle er vorher aufräumen und putzen. Das bezog sich auf eine Einladung bei ihm zu Hause, bei der ich vor drei Jahren gewesen war – um zehn Uhr gab es keine sauberen Gläser mehr, und überhaupt war es ein schmuddeliger Studentenhaushalt. Warnende Alarmglocken schrillten in meinem Kopf, aber als der Moment kam und ich auf »Senden« klicken musste, waren sie zu gedämpft, um sich durchzusetzen. Und schon war die Mail unterwegs.

Ich muss schließlich doch eingeschlafen sein, denn irgendwann wachte ich auf, und draußen war es dunkel. Ich machte mich auf den Weg, um René Goblin zu finden. Ein trendiges Arschloch wie René (mit dem idiotischen Zahnfleisch, das man bei jedem Grinsen sehen musste) ging an einem Samstagabend garantiert in die College Street, in eine dieser grauenvollen *Boites* mit schwarzgekleideten jungen Männern, die ihre Handys im Restaurant klingeln ließen. Lauter wichtigtuerische Schaumschläger. Ja, genau da war René Goblin jetzt anzutreffen, wo sonst, und dort erklärte er in herablassendem Tonfall (da war ich mir sicher), warum er, selbst wenn er es gewollt hätte, gar nicht anders konnte, als meinem Roman eine öffentliche Ohrfeige zu erteilen. »Letztlich ist es eine Frage der Begabung«, hörte ich René sagen. »Und er ist einfach nicht gut genug.«

In meinem Kopf lief ein wilder Rachefilm ab, während ich durch Chinatown rannte. Dann am Feuerwehrhaus links und dann die College Street entlang. »Ich werde das nicht schlucken«, sagte ich, als ich mich den hellen Lichtern näherte. Und so sah mein inneres Bild aus: Ich gehe in die Bar, entdecke René, steuere direkt auf seinen Tisch zu, er blickt auf – und ich schlage ihn mit aller Kraft ins Gesicht. Seine affige Brille fällt auf den Boden. Diese affige, absichtlich hässliche Brille, die sagt: Bin ich nicht faszinierend unattraktiv?

An diesem Abend fand ich René aber nicht. Ich suchte ihn in den dunklen Lokalen mit Kerzenlicht, die ich seit über zehn Jahren nicht mehr betreten hatte. In der Butter Bar (hirnrissiger Name) fragte ich die Barkeeperin, ob sie René Goblin kennt. Ja, klar. War er heute Abend schon da? Nein, meistens kommt er sonntags. Zum Jazz.

Zum Jazz. Das passte. Typisch René.

»Sag ihm, dass jemand ihn sucht.« Ich schrieb meinen Namen auf einen Bierdeckel und gab ihn der Frau.

Dann ging ich nach Hause. Ich kann mich nicht erinnern, dass ich mich auszog. Und als ich am nächsten Morgen aufwachte, hatte ich das Gefühl, dass etwas ganz Furchtbares passiert war. Es war noch früh, der Himmel hinter den Zweigen vor meinem Fenster leuchtete rot. Blutrot. Was habe ich gestern getan?, fragte ich mich. Dann erinnerte ich mich an die Taxifahrt zu meiner Exfrau am Abend davor, an ihren liebevollen Blick, den bedauernden Tonfall in ihrer Stimme, oben an der Treppe. Nur gut, dass ich René nicht gefunden hatte. Eine Welle der Dankbarkeit überschwemmte mich.

Im Verlauf des Vormittags kam die Übelkeit zurück. Und mit ihr die Wut. Obwohl ich wusste, dass es nichts half, redete ich mir ein, mir sei alles scheißegal, und ging wieder nach unten, um mir noch eine Schlaftablette zu holen. Und diesmal funktionierte es. Ich rollte mich unter meiner Decke zusammen und spürte gleich, dass ich jetzt schlafen konnte. Als hätte ich durch diese Pille die Erlaubnis bekommen, ein einladendes, idyllisches Tal zu betreten, in dem es keine Gefahr gab, harmonische Vegetation, pastellfarbene Vögel, einen ruhigen Fluss, der im Sonnenlicht schimmerte. Gerade, als ich in diese Welt hinüberglitt, fiel mir ein, dass ich Avery Lynch diese Mail geschrieben hatte. Er kann mich mal, flüsterte ich den geschlossenen Vorhängen zu und schlief ein. Es war kurz nach elf Uhr morgens.

Wenn ich auf das, was dann passiert ist, zurückblicke, entgleitet mir die genaue zeitliche Abfolge. Die Tage, die folgten, sind in meiner Erinnerung wie Scherben einer zerbrochenen Vase. Als ich aufwachte, muss es der frühe Nachmittag desselben Tages gewesen sein. Der Himmel war strahlend blau. Ich sah die Zeitung auf dem Boden liegen, die aggressiv rot angestrichene Passage, und ich bekam Angst, als würde ich auf einen nachtschwarzen Eisberg zutreiben. Ich musste etwas Konkretes unternehmen, um in mein Leben Ordnung zu bringen. Ich musste den Dingen eine Struktur geben, um zu verhindern, dass ich noch mehr verletzt wurde. In dem Moment sah ich einen Brief auf dem Esstisch liegen. Er lag seit Wochen dort, ein unwichtiger Scheck für einen unwichtigen Gläubiger. Das ist es, dachte ich, ich werde diesen Scheck abschicken. Doch schon fiel mein Blick auf das geschmolzene Kerzenwachs auf meinem Sofa. Und wieder bekam ich es mit der Angst zu tun. Das Wachs schien zu sagen: Du hast es zu weit getrieben.

Ich werde mich auch *darum* kümmern.

Aber zuerst war der Scheck an der Reihe. Ich steckte den Umschlag in meine Brusttasche, ging auf die Veranda und machte mein Fahrrad los. Mir fiel auf, dass meine Fingernägel schmutzig waren. Verwirrt betrachtete ich sie einen Moment lang. Dann fuhr ich meine Straße hinauf und bog in den Ascheweg ein, der durch den Park führte. Ich sah den knallroten Briefkasten zwischen den Bäumen am Rand des Parks. Ein konkretes Ziel. Der Beginn des Aufbauprozesses. Dieser Gedanke tröstete mich, genau wie das Geräusch der Asche unter meinen Fahrradreifen. Das Schlimmste war überstanden. Dann erschien wie aus dem Nichts eine Taube. Sie kam von links, mit ihrem kleinen Kopf und den rosaroten Augen, eilig trippelnd, wie ein fetter Mann, der unbedingt den Bus noch erwischen will. Mein Hinterrad ging hoch und wieder runter, als wäre es über eine kleine Bremsschwelle gefahren. Erschrocken schaute ich über die Schulter. Die Taube flatterte verzweifelt vor und zurück. Offensichtlich war ihr Flügel gebrochen. Sie versuchte trotzdem, möglichst schnell den Sandkasten drüben zu erreichen. Aber warum denn nur?, fragte ich mich. Warum will sie ausgerechnet zum Sandkasten? Ihr folgte eine Spur von Daunenfedern, zart, wie das Fell eines Kätzchens. Der Anblick dieser feinen Federn war für mich viel gruseliger als Blut.

Ich warf den Briefumschlag in den roten Briefkasten, mit meinen schmutzigen Fingernägeln. Dann radelte ich eine andere Strecke zurück.

Als ich wenig später wieder zu Hause war, schaute ich bewusst nicht aus dem Fenster, das auf den Park hinausging. »Was soll ich tun?«, fragte ich mich laut. Sollte ich Margaret Huculak anrufen und sie fragen? (Ach, Gott – wenn es nicht die Frauenprobleme sind, dann sind es verstümmelte Tauben, mit denen ich sie belästige. Was muss eine Exfrau alles über sich ergehen lassen?) Aber es war *mein* Chaos. Wahrscheinlich ging ich am besten zurück in den Park, suchte die Taube und erlöste sie von ihrem Leiden, indem ich sie mit dem Kopf gegen einen Stein knallte. »Aber das kann ich nicht!«, rief ich wieder laut. Auf einmal hatte ich einen scheußlichen Geschmack im Mund. Man kann in einem öffentlichen Park keine Taube töten! Die Leute sehen das und denken bestimmt, ich ermorde die Taube, weil ich Tauben nicht mag. Vielleicht gehen sie sogar auf mich los.

Aber diese Überlegung war nicht entscheidend. Ich hatte Angst vor der Gewalt, vor dem Blut, dem zertrümmerten Kopf. Also sagte ich zu meinem unsichtbaren Publikum: »Dafür habe ich nicht den Nerv. Ich gehöre nicht in diese Welt, in die Welt der Gewalt.« Aber noch während ich das sagte, musste ich an René Goblin denken und dass ich vorgehabt hatte, ihn ins Gesicht zu schlagen. »Ich gehöre nicht in diese Welt«, wiederholte ich. In der darauffolgenden Stille merkte ich, dass ich gerettet war. Etwas Entsetzliches war dicht an mich herangetreten und hatte sich wieder entfernt.

Ich wusch mir die Hände, reinigte meine Fingernägel

und ging zurück in den Park. Dort sah ich, dass die Taube direkt am Rahmen des Sandkastens kauerte. Es schien ihr gar nicht so schlecht zu gehen. Der Flügel war noch verdreht, ja, aber nirgends Blut. Und immerhin hatte sie ihr Ziel erreicht. Vielleicht überlebt sie ja, dachte ich. Deshalb sollte ich sie lieber nicht töten. Aber warum drängte sie sich so eng an den Kasten? Sie schmiegte sich regelrecht an das Holz. Was bedeutete das für sie? Als ich mich auf den Heimweg machte, schlich eine Katze quer über die Wiese in meine Richtung. Erst später begriff ich, warum sich die Katze so dicht am Boden vorwärtsbewegt hatte und warum die Taube sich so eng an den Kasten presste.

Ich machte mit meinem Roman eine Lesereise, aber Goblins böse Kritik schien mir überall, wo ich hinkam, schon vorausgeeilt zu sein. Ich sah es den Leuten an den Augen an. Ich merkte es an ihren Bewegungen. Sogar das Buch selbst erschien mir irgendwie elektrisch geladen.

Eine Lesung in Vancouver. Fast niemand da. Zweihundert leere Stühle. Die Kritik musste schon bis hierher durchgedrungen sein. Davon war ich überzeugt. Drei ältere Damen warteten geduldig, jede mit einem Exemplar meines Romans in der Hand. Aber ich wollte nur noch weg. Fast hätte ich es auch geschafft, einfach zu verschwinden, doch dann erschien ein Kamerateam des lokalen Fernsehsenders. Der junge Produzent fasste mich am Arm und führte mich zu den Mittachtzigerinnen.

»Ich möchte, dass Sie für diese Leute lesen«, sagte er. »Keine Sorge – ich mache Nahaufnahmen.« Als ich mir später das Filmmaterial anschaute, fand ich, dass es aussah, als würde ich in einem Altenheim eine Gute-Nacht-Geschichte vortragen.

Am nächsten Morgen war ich schon beim Aufwachen knallwütend. Demnächst würde ich den Verstand verlieren! Wollte ich es diesem Kerl, diesem Goblin, wirklich gestatten, mir mein Buch endgültig und für immer zu verderben? Und nachträglich auch jeden Moment, der mit dem Schreiben selbst zu tun hatte? Konnte ich diese Gefühle denn nicht irgendwie steuern? Wieso war ich dermaßen besessen von einer gedankenlosen Kritik? Weshalb denkt man immer, dass ein schmeichelhaftes Urteil verlogen ist, während man eine Verurteilung für die reine Wahrheit hält? In meinem Kopf wimmelte es nur so von Schlangen. Wenn du nichts dagegen unternimmst, sagte ich mir, wirst du dich bis an dein Lebensende so beschissen fühlen.

Achtzehn Monate vergingen. Eines Nachmittags ging ich vom Zahnarzt nach Hause. Ein grauer, wolkenverhangener Himmel über dem Textil-Distrikt. Auf den Gehwegen lauter Leute, die zum Lunch eilten oder gerade zurückkamen. Ich blieb stehen, um mir die Schnürsenkel zu binden, und als ich hochblickte, ging gerade René Goblin rechts an mir vorbei. Er schaute kurz zu mir herüber und ging mit beschwingten Schritten weiter, warf aber immer wieder einen Blick in die Schaufenster. Sein Verhalten hatte etwas Theatralisches, als würde er mir eine Rolle vorspielen, als wollte er sagen: Ja, klar, ich erkenne dich, aber deine Aggressionen sind mir völlig egal, sieh nur, ich nehme mir sogar die Zeit, in die Schaufenster zu schauen.

Ich tickte fast aus vor Wut. Wie wenn ich jemanden getroffen hätte, der vor Jahren eins meiner Kinder verprügelt hatte und ungestraft davongekommen war. Dieser Mann hatte so üble Sachen über mein Buch geschrieben. Fast *nebenbei* hatte er etwas abgeurteilt, das mir unglaublich wichtig war. Und jetzt glaubte er – was man schon an seinem Gang merkte –, er könnte damit durchkommen, und außerdem fand er, damals wie heute, meine Gefühle in dieser Angelegenheit nicht nur banal, sondern sogar potentiell lustig. All das goss frisches Öl in das Feuer, das bis vor ein paar Minuten nur noch ein kleines, aber beharrliches Flämmchen gewesen war. Ich vergesse Gemeinheiten nicht so schnell.

Ich wusste, wenn ich lange genug wartete, würde René einen Vorwand finden, um sich nach mir umzuschauen. Da war ich mir ganz sicher. Er überquerte eine kleine Seitenstraße. Immer noch kein Blick zurück. Doch dann blieb er vor einem großen Schaufenster stehen. Es war ein Bettengeschäft. Matratzen, Laken, Kissenbezüge. An dem Winkel, in dem er da stand, konnte ich ablesen, dass er eigentlich mein Spiegelbild in der Glasscheibe anstarrte. Diese abscheuliche schwarze Brille! Wie von einem Seil gezogen und in der festen Überzeugung, dass ich im Recht war und dass ich nie wieder richtig durchatmen konnte, wenn ich jetzt nicht handelte, trat ich zu René Goblin und schlug ihn mit der flachen Hand ins Gesicht. Die schwarze Brille fiel auf den Gehweg. Und René Goblin ebenfalls.

Dann geschah etwas Seltsames, und mir war sofort klar, dass ich es nie vergessen würde. Ohne mich anzusehen, robbte René zu einem Hauseingang. Diese Bewegung hatte etwas so kläglich Hilfloses, dass mir fast übel wurde. Ich musste an die Taube denken, die sich mit ihrem gebrochenen Flügel wie gehetzt zum Sandkasten schleppte.

Eigentlich wollte ich etwas sagen. Bevor ich ausholte, hatte ich mir eine knappe, treffende Formulierung zurechtgelegt. Aber sie war weg. Ich stand nur da und schaute auf René hinunter, auf den verängstigten, hässlichen René. Schließlich hob ich seine Brille auf und hielt sie ihm hin.

»Bitte nicht!«, stöhnte er und rutschte noch tiefer in den Hauseingang. Ich hatte etwas angerichtet, das nicht ohne weiteres korrigiert werden konnte – vielleicht nie. Behutsam legte ich die Brille auf den Gehweg.

Danach sah ich ihn lange nicht mehr. Mit der Zeit besetzten andere Dinge, andere Sorgen die Stellen in meinem Inneren, die René so hartnäckig beansprucht hatte. Als ich nun im Sender unter dem großen Oberlicht saß und ihn auf der anderen Seite des Raums sah, stellte ich verwundert fest, dass ich keine Schuldgefühle hatte. Was ich getan hatte, war mir nicht peinlich, ich bedauerte es nicht, im

Gegenteil – ich war froh. Jahrelang war ich immer zusammengezuckt, wenn ich seinen Namen in der Zeitung sah oder wenn jemand ihn im Gespräch erwähnte. Bis ich ihm die Ohrfeige verpasste. Danach war alles okay.

Kapitel 9

DER ALLIGATOR UNTER DER BRÜCKE

Es war eine kurze Phase des Wohlstands. Ich war dreiundvierzig und moderierte eine harmlose kleine Fernsehsendung über Kunst und Kultur. Gäste kamen und gingen: Schauspieler, Schriftsteller und Musiker präsentierten ihre CDs, Romane, Filme und was weiß ich noch alles. Es war wie die Provinzfiliale einer Werbeagentur, Reklame verkleidet als »Kulturjournalismus«. Aber ich verdiente gutes Geld, und außerdem befriedigte es meine Eitelkeit.

Auf Empfehlung eines Kollegen mietete ich im Sommer ein Ferienhaus auf der Insel Sanibel vor der Küste Floridas. Eine snobistische kleine Enklave, in der die einzigen Nichtweißen, die man zu sehen bekam, die Leute im Garten mit dem Rechen in der Hand waren. Zum Entzücken meiner Kinder – mein Sohn Jesse, der damals acht Jahre alt war, und seine kesse Schwester Maggie, vierzehn – bestellte ich für die Fahrt zum Flughafen eine Stretchlimousine. Sie hatte ein Sonnendach, aus dem die beiden die Köpfe streckten, während wir die Straße entlangfuhren.

Auf dem Flughafen von Miami mieteten wir einen weißen Mustang Cabrio, und damit fuhren wir quer durch

Florida, mit offenem Verdeck, die Kinder auf der Rückbank, die Klimaanlage aufgedreht à la Los Angeles, und aus der Stereoanlage wummerte der Reggae. Wir fuhren durch das Sumpfland, aßen ein amerikanisches Lunch (genug für zehn Personen!), und bretterten dann mit wehenden Haaren den Küstenhighway entlang, salzigen Meeresduft in der Nase. Kurz machten wir in St. Petersburg Halt, um ein Foto von meinem Sohn zu machen, wie er vor eben dem Erdbeer-Hotel steht, vor dem ich, fast fünfunddreißig Jahre früher, für die Kamera meiner Mutter posiert hatte, während die Möwen kreischten. (Wie seltsam das Leben oft spielt. Wenn ich diese beiden Fotos nebeneinander lege, kann ich nur staunen. Ich, mit Hühnerbrust und großen Ohren. Mein Sohn wirkt da viel frecher, seine tiefliegenden slawischen Augen blicken hellwach in die Linse.)

In Fort Meyers bogen wir falsch ab und kamen durch eine heruntergekommene Wohngegend, Gitter an den Fenstern, holperige Gehwege, die Geschäfte mit Brettern verrammelt. Meine Tochter, deren leuchtend blonde Haare in der Brise flatterten, winkte drei schwarzen Jugendlichen zu, die durch einen kleinen, vertrockneten Park schlenderten und ihr sofort den Mittelfinger zeigten.

»Halt!«, schrie Maggie da vom Rücksitz. »Ich will mit diesen Typen reden!« Wir hielten nicht an.

Drei Straßen weiter befanden wir uns – typisch USA – in einer völlig anderen Stadt. Schicke Cafés, Farn im Fenster, schwule Männer in Shorts, braungebrannt, durchtrainierte Muskeln, blendend weiße Zähne. Einer von ihnen führte ein Hundchen mit Mopsgesicht spazieren. Wir passierten einen Gemüseladen, der sich über den ganzen Block erstreckte, und überquerten dann eine wunderschöne Brücke. Jetzt roch es wieder nach Ozean, salzig und voller Rätsel, ein Geruch, bei dem ich Sehnsucht bekam nach einer Phase in meinem Leben, die ich nie erlebt hatte. Ein weißes Tiefseefischerboot lief in den Hafen ein. Im Rückspiegel konnte ich einen Blick auf meine Kinder auf dem Rücksitz werfen. Ihre Gesichter leuchteten in der Spätnachmittagssonne, und ich weiß noch genau, wie ich dachte: So glücklich werde ich nie wieder sein. (Was ich – zum Glück – öfter denke.)

Wir fuhren die Küste der kleinen Insel Sanibel entlang, bogen aber immer wieder ab, kamen durch eine kleine Stadt mit einer Videothek und schließlich zu einer Einfahrt, die von Bäumen mit schweren, tiefhängenden Ästen überschattet wurde. Dann: ein weißes Haus mit großen Fenstern, das zu meiner Überraschung tatsächlich so toll aussah wie im Katalog. Wenn man zur Hintertür hinausging, musste man gut zehn Meter heißen Sand überqueren, an einem Jakarandabusch vorbei, und gelangte dann zu einer sanft geschwungenen Holzbrücke. Unter dieser Brücke lebte ein kleiner Alligator, den man morgens sehen konnte, wie er da lag, halb unter Wasser, die Augen schmale Schlitze. Die Brücke führte direkt zum Strand. Frauen, die ihre Blusen um die Taille geknotet hatten, wanderten am Wasser entlang. Kleine, kahlköpfige Männer spazierten paarweise herum und sahen alle aus wie Picasso. Am blauen Horizont ein Frachtschiff, das sich nicht zu bewegen schien. Wie auf einer Kinderzeichnung.

Ich packte meine Taschen aus. Ich packte Tolstois *Krieg und Frieden* aus.

Nachmittags, wenn meine Kinder wie Seehunde im Pool herumplanschten oder sich mit viel Lärm und Chaos in der Küche ein Mittagessen machten, unterstrich ich lange Passagen in Tolstois Roman, machte mir Notizen und versuchte, wie er zu schreiben. (Das Ergebnis sah nie das Tageslicht.) Aber ich war glücklich. Wir waren alle glücklich.

Drei Tage später kam Molly Wentworth, meine Freundin, und Molly war nicht glücklich. Man sah es ihr schon an, als sie aus dem Taxi stieg, ein verkrampftes Lächeln auf den Lippen. (Sie ahnte etwas, aber weil sie jung war, begriff sie noch nicht, was es war.) Molly war blond, dünn wie ein Strich, mit spitzen Gesichtszügen. Sie war eine Fernsehproduzentin, in die ich mich wie verrückt verliebt hatte. In ihren weißen Jeans und ihrem weißen T-Shirt hatte sie so fröhlich und unbeschwert gewirkt, das weiß ich noch genau. So interessiert, so lebensfroh. Ein Mädchen, mit dem man Pferde stehlen konnte. Hast du Lust, ins Auto zu hüpfen und heute Abend schnell nach Buffalo zu fahren? Ja, klar! Einmal schaute ich sie von der Seite an, als wir im Kino saßen, ihre kurzen Haare, ihr klares Kinn, ihre seidigen Wimpern, und ich erschrak fast, weil ich mich dermaßen darüber freute, dass sie da war. Was für ein Glück ich doch hatte. (Ich war alt genug, um die Liebe nicht mehr als selbstverständlich hinzunehmen.)

Und sehr lange lief es wirklich phantastisch zwischen uns, doch dann verdunkelte sich ihr Gesicht immer mehr, ganz allmählich, wie ein Foto im Entwickler, nur umgekehrt. Und die Räume, durch die sie ging, wurden ebenfalls dunkler. Damals kapierte ich nicht, woran das lag. (Ich hatte keine Ahnung, was es bedeutet, wenn immer mehr Narbengewebe wuchert.) Man spürte richtig die Anspannung, die von ihrem jungen Körper ausging. Dieses gequälte Lächeln, die mechanische Heiterkeit, wie ein Kind, das lieb sein will, damit es nur ja keinen Ärger bekommt. Und wenn sie lachte – gegen Schluss –, dann war es, das habe ich inzwischen begriffen, ein Ausdruck der Erleichterung, weil das Gewitter an ihr vorbeigezogen war. Mit einem Wort: Ich machte ihr Angst. Nicht mit Schlägen oder verbalen Attacken, sondern weil sie ständig befürchtete, ich könnte sie verbessern, sie kritisieren. Das nahm ihr die Luft zum Atmen. Und nach einer Weile hörte sie auf, mich zu lieben.

»Bist du dir sicher, dass du es da hingelegt hast?«

»Ja, ganz sicher.«

»Wo ist es dann?«

Sie wurde immer nervöser, immer unsicherer – wenn ich daran denke, dann weiß ich heute: So verliert man eine

Frau. Sie muss dich gar nicht mit einer anderen im Bett erwischen. Es ist die Summe der quälenden kleinen Nadelstiche, der achtlos zugefügten Kränkungen. Und eines Tages merkt sie, auf dem Treppenabsatz oder an einer roten Ampel, dass sie nicht mehr bei dir sein möchte. Die Frau, die dich früher so angebetet hat, dass sie ihre Freundinnen belog und tagelang mit nur drei Stunden Schlaf auskam, sie will jetzt lieber – und es braucht eine Weile, bis sie die richtigen Worte findet: Sie will lieber ohne dich leben.

Einmal sah ich sie aus der Seitentür unseres Wohnblocks in Toronto kommen. Ich versteckte mich hinter einem Baum, weil ich nicht mit ihr reden wollte, ich konnte diese beklommenen Dialoge nicht mehr ertragen.

»Also dann – bis heute Abend?«

»Klingt gut.«

»Okay.«

»Ist alles okay?«

»Ja, prima.«

»*Prima …?*«

In unserem Haus auf Sanibel Island beobachtete ich sie manchmal, wie sie am Fenster stand und hinaus aufs Meer starrte, und ich hätte zu gern gewusst, was ihr durch den Kopf ging. Meine Kinder, Maggie und Jesse, tobten durchs Haus, wuschen die Wäsche, machten sich etwas zu essen, stritten sich, filmten sich gegenseitig mit der Videokamera. Und da stand Molly, mitten in diesem Trubel, und sie war ganz allein.

Eines Abends fuhren wir von einem Essen nach Hause; wir waren in einem Fischrestaurant auf der anderen Seite der Insel gewesen. Es wurde schon dunkel. Die Insel funkelte wie ein Diamant aus tausend Lichtern. Irgendwo stand ein Leuchtturm und ließ seinen Strahl durch die Nacht schweifen. Das Autoverdeck war offen, ich machte das Radio an, die Kinder schmiegten sich an die Rückenlehne, Wind und Mondlicht auf ihren Gesichtern.

Wir fuhren langsam an unserem weißen Haus vorbei.

»Kannst du mich bitte hier absetzen?«, fragte Molly.

»Ich dachte, wir fahren noch ein bisschen auf der Insel spazieren«, erwiderte ich. »Es ist eine *entzückende* Nacht, so entzückend wie Nataschas Nacht in *Krieg und Frieden*, wenn sie ihrer Cousine Sonja zuruft, sie soll ans Fenster kommen und sich die Sterne ansehen.«

»Hier ist es gut, bitte«, sagte Molly und stieg aus. Ich wartete kurz, bis sie die Einfahrt entlanggegangen war und das Verandalicht anging. Molly eilte die Stufen hinauf, ihre zarte kleine Gestalt in weißen Shorts, sie steckte den Schlüssel ins Schloss und betrat das Haus, ohne sich noch einmal umzublicken.

Wir fuhren zu dritt weiter. Die Kinder schwiegen taktvoll. Kindern entgeht nichts.

Ein paar Tage später fuhr Molly nach Toronto zurück. »Familiäre Verpflichtungen«, sagte sie, ohne diese näher zu benennen. Ich blieb. Aber nachts – nachdem ich den ganzen Tag mit meinen Kindern unterwegs gewesen war, Hamburger essen, ein Video ausleihen – überkam mich oft eine unerklärliche Ruhelosigkeit. Ein unfreiwilliger Ausflug in eine Welt voll beängstigend intimer Gedanken. (Sie sind beängstigend, weil sie so intim sind, dass man sie nicht vermitteln, nicht mitteilen kann.) Die Welt, in der sich die russischen Schriftsteller des neunzehnten Jahrhunderts so unvergleichlich gut auskennen.

Jede Nacht wachte ich um vier Uhr auf. Die Klimaanlage flüsterte gespenstisch. Es war, wie wenn man im Flugzeug sitzt und durch die Nacht fliegt, und alle anderen Passagiere schlafen. Ich hatte das Gefühl, dass ich etwas ganz Furchtbares getan hatte, wofür ich demnächst bestraft wurde. Aber ich bekam es nicht zu fassen, ich wusste nicht, was ich verbrochen haben könnte. Alles schwankte, ich hatte keinen Boden unter den Füßen, mir fehlte jedes Zeitgefühl. So ähnlich wie in den ersten Sekunden nach dem Aufwachen, wenn man von einer Geliebten verlassen wurde: Man spürt, dass etwas nicht stimmt, es braucht aber noch ein bisschen, bis man wieder weiß, was es ist.

Aber was hatte ich getan? Meine Kinder schliefen nebenan, wohlbehalten in ihren Betten. Ich hatte einen Job, ein paar gute Freunde, meine Exfrauen liebten mich, ich litt nicht an Leukämie. Ich hatte weder ungedeckte Schecks ausgestellt noch wie der junge Rostow in *Krieg und Frieden* beim Glücksspiel eine astronomische Geldsumme verloren.

Aber was war denn dann so schlimm? Was ließ mich nicht los?

War es der Tod? War es Molly?

Ich wanderte nackt durchs dunkle Haus und schaute nach meinen Kindern. Maggie hatte ihren dünnen Arm übers Gesicht gelegt, als wollte sie protestieren. Ihr Bruder reckte das Kinn leicht nach oben, hatte die Decke weggekickt und lag ausgestreckt da, in seinen blauen Boxershorts. Ich deckte ihn wieder zu. Küsste beide Kinder auf die Stirn. Und weil ich spürte, dass ich auf sie aufpassen musste, während sie so sorglos und ungeschützt schliefen, weil sie sich hier geborgen fühlten, wich das Grauen ein Stück zurück.

Ich öffnete die hintere Glastür. Von hier konnte man das Meer hören. *Wuschsch.* Pause. Dann wieder *wuschsch.* Ich wollte über den kalten Sand laufen, aber schon beim Jakarandabusch überfiel mich wieder diese maßlose Unruhe.

Was ist das nur, dieses Grauen?

Habe ich Angst davor, das Leben, das ich so liebe, zu verlieren? Habe ich Angst, dass jemand es mir wegnimmt? Dass die Umstände es mir rauben? Dass ich etwas tun könnte, was es zerstört? (Man braucht Jahre, um ein gutes Leben aufzubauen. Um es zu vernichten, genügt ein langes Wochenende.) Oder ist es ein urmenschliches Grauen? Die elementare Angst vor der Dunkelheit? Seit einer Million Jahre sind irgendwelche Lebewesen hinter uns her und wollen uns auffressen, und dieses Gefühl kann man nicht einfach dadurch abschütteln, dass man das Licht anmacht.

Die Russen (natürlich die Russen!) haben ein Wort für dieses Grauen, das einen mitten in der Nacht überfällt. Sie reden von den »Sperlingsnächten«.

Aber was steckt dahinter? In den Jahren seither habe ich mich immer und immer wieder gefragt, wenn diese »Sperlingsnächte« kommen, ob ich vielleicht (und wenn das jetzt zu kalifornisch klingt, möge man mir verzeihen) eine kodierte Warnung aus der Zukunft empfange? Vielleicht kommt ein schwarzer Zug hinter mir angefahren, der mich erwischen wird, während ich in die *andere* Richtung die Gleise hinunterblicke und mich frage: Hmmm, was ist das nur für ein Krawall?

Oder gibt es eine weniger dramatische, weniger russische Erklärung? Könnte es einfach daran liegen, dass sich der Körper so anfühlt, wenn man keine dreißig ist und nicht mehr schlafen kann wie das Kind im Nebenzimmer? Wenn einem Dinge schwerfallen, die früher ganz leicht waren? Oder, wie Leonard Cohen es ausdrückt: »*I ache in the places where I used to play.*«

Ich weiß nicht, wie lange ich in der offenen Tür unseres gemieteten Hauses stand. Über dem Meer wurde es hell, das grelle Orangerot des Himmels ging in ein leuchtendes Rosa über, das in Blau überging. Wie wortlos schön die Welt doch sein kann, dachte ich. Fast möchte man an einen Gott glauben.

Niemand war überrascht, als Molly mich ein paar Monate später verließ. Niemand außer mir.

Es war an einem Sonntag. Die allerschlimmsten Dinge

passieren immer sonntags. Molly und ich waren im Wohnzimmer meiner kleinen Wohnung, ich redete, und plötzlich füllten sich ihre schönen Augen mit Tränen. »Ich kann hier nicht bleiben«, sagte sie. Tröstend legte ich den Arm um sie. »Dann musst du auch nicht bleiben.« Ich bluffte natürlich. Ich hatte das alles schon geübt, es gehörte zu meiner Ansprache mit dem Motto: »Stell dich nicht so an, das wird schon.« Älterer Mann ermahnt jüngere Frau ganz nüchtern: »Komm, nimm dich zusammen.« Idiotisch. Und die nächste Idiotie folgte auf dem Fuß. Konkret bedeutete das: Ich ging ins Kino und ließ Molly allein in der Wohnung zurück.

Eine beklemmende Winterdunkelheit senkte sich über die Stadt, als ich ein paar Stunden später quer durch den Park nach Hause ging. In unserem Fenster sah ich bunte Weihnachtslichter blinken. Sie hat es sich anders überlegt, dachte ich. Sie hat es sich anders überlegt, sie hat sich beruhigt und wird nicht mehr herumjammern, sondern sich zusammenreißen. Erleichtert rannte ich die Stufen hinauf, steckte den Schlüssel ins Loch, riss die Tür auf. Leise Musik drang aus dem Radio, die Küche war makellos, die Teller steckten in den Haltern, die Arbeitsflächen waren geschrubbt. Ich ging ins Schlafzimmer. Mollys Schrank war leer, die Kleiderbügel klimperten noch. Offenbar hatte sie die Weihnachtsbeleuchtung aufgehängt, um den Schock ihres Weggehens abzumildern.

Am nächsten Morgen stand ich um vier Uhr auf, wie ein Irrer, glotzte mich im Badezimmerspiegel an, schaute wieder in ihren leeren Schrank (nein, ich hatte es nicht geträumt) und legte mich mit Fieber wieder ins Bett. Ein grimmiger grauer Morgen brach an. Alles schien verändert. Der Postbote hatte ein gröberes Gesicht. Unverschämte Kinder lärmten auf dem Weg zur Schule. Zwei schwarze Hunde kopulierten auf dem Rasen vor dem Haus.

Gegen Mittag rief ich Mollys Vater in seiner Zahnarztpraxis an. Er ist ein gutmütiger kleiner Hobbit. Ja, er wusste, wo sie war, und gab mir den Namen. Eine Freundin. Also wählte ich die Nummer. Ja, Molly war da (alle Leute waren so nett heute Morgen! Wollten sie mir etwas Gutes tun, oder hatten sie Mitleid mit mir und versuchten, den Schicksalsschlag etwas abzupuffern?). Molly kam an den Apparat. Ich bemühte mich, einigermaßen munter zu klingen, als ich sagte: »Mann, ich wette, *du* hast heute Nacht ziemlich komisch geschlafen.«

Aber sie hatte keine Ahnung, was ich meinte. Noch am Abend kam sie vorbei. Sie sah super toll aus, wie neugeboren. Ich war richtig eingeschüchtert, mein Selbstbewusstsein schrumpfte. Ich sagte, es wäre »okay«, wenn sie zurückkommen wollte. Nein? Ich machte ihr einen Heiratsantrag. Ich bot an, nie wieder Alkohol zu trinken. Ich ließ nichts unversucht. Zur Not hätte ich mich auch mit dem Kopf nach unten an die Duschstange gehängt. Aber Molly sagte zu allem sehr freundlich: Nein, danke.

Im Verlauf der nächsten Tage begriff ich, dass dies ein Albtraum war, aus dem ich nicht so schnell aufwachen würde. Ich spürte es in der Magengegend. Molly brauchte es gar nicht auszusprechen: Ich hatte sie verloren. (War das der schwarze Zug in der Sperlingsnacht?)

Ich konnte weder schlafen noch essen und war kurz davor durchzudrehen. Also ging ich zu einem Psychiater, den Anne mir empfohlen hatte. (Klasse – deine Exfrau kümmert sich um dich, wenn die Geliebte abhaut!) Der Psychiater war ein leicht asiatisch aussehender Mann mit sanften Umgangsformen und einem praktischen Rezeptblock. »Was sagt Ihnen Ihr Gefühl?«

»Dass sie nicht zurückkommt.«

»Dann haben Sie wahrscheinlich recht«, sagte er und stellte mir ein Rezept für kleine grüne Pillen aus.

Es dauerte nicht lange (jedenfalls nach meinen Maßstäben), bis Molly sich mit einem anderen Mann zusammentat, mit einem baumlangen, erfolglosen Musiker (sage ich großzügig), der beim selben Fernsehsender arbeitete wie ich. Sein Schreibtisch stand nur gut fünf Meter von meinem entfernt. Was bedeutete, dass wir uns jeden Tag über den Weg liefen. Jedes Mal, wenn ich durch die Nachrichtenredaktion zum Fahrstuhl ging, kam ich an seinem Schreibtisch vorbei. Er hatte eine viel niedrigere Position als ich, aber als ich erfuhr, dass er mit meiner süßen Molly ins Bett ging, schien selbst der schlechtere Job für ihn zu sprechen: Hier war ein Rebell, ein Mann, der keine Angst davor hatte, nichts zu erreichen. Wohingegen mein Job nur ein Beweis für mein konformes Verhalten war. Ich war in ein Team aufgestiegen, bei dem eigentlich kein Mensch mitarbeiten wollte, ich war sozusagen Mitglied eines Golfclubs geworden, der nach außen renommiert wirkte, aber wenn man erst mal drin war, merkte man schnell, dass er total mittelmäßig war.

Wenn ich den Musiker morgens sah, sprang in meiner Brust ein Motor an – ich konnte nicht anders, ich musste sofort denken: Er ist gerade aus ihrem Bett aufgestanden. Und vor meinem inneren Auge spulte sich eine endlose Serie nicht besonders origineller, aber extrem quälender Bilder ab. Ich sah Molly vor mir, wie sie dieses machte, wie sie jenes machte … Manchmal, wenn ich in der Cafeteria oder in der Schlange vor dem Fahrstuhl dicht an ihm vorbeikam, glaubte ich, ihren Geruch auf seiner Haut zu riechen,

Es kann keinen Gott geben, beschloss ich. Niemand konnte so grausam sein und zulassen, dass Molly mich ausgerechnet wegen eines Mannes verließ, der ein paar Schreibtische von mir entfernt saß. Hatte sie es vielleicht genau darauf abgesehen?, mag man sich fragen. Aber das glaube ich nicht. Ich bin überzeugt, dass Molly ihn ausgesucht hat, weil sie ihn mochte. Bestimmt hat sie am Anfang ihrer Beziehung überhaupt nicht daran gedacht, wo er sitzt oder auch nur wo er arbeitet. Und als sie es dann erfuhr, wäre es ihr vermutlich anders lieber gewesen. Klar, Molly war froh, mich los zu sein, weil ich für sie eine erdrückende Finsternis verbreitete, aber sie hatte es garantiert nicht darauf angelegt, mich zu quälen. Sie wollte einfach nur weg.

Aber der Zufall kann so gnadenlos sein. Eines Tages – es war ein Spätnachmittag im November, als es in der Stadt schon dunkel wurde und die Schneeflocken lautlos an die Fensterscheiben schwebten – trieb ich mich im siebten Stockwerk des TV-Gebäudes herum. Dort wähnte ich mich in Sicherheit. *Er* hielt sich nie dort auf. Ich ging an der Schreibtischreihe vorbei, alle Leute waren furchbar beschäftigt, weil sie die Abendnachrichten vorbereiteten und das Aufnahmematerial in den Schnitträumen sichteten und auf Computerbildschirme starrten. Da kam ich am Schreibtisch einer jungen Frau vorbei. Evelyn Dunne. Ich hatte völlig vergessen, dass sie hier oben arbeitete. Evelyn hatte alabasterweiße Haut und außerdem einen wunderbar üppigen Busen, auf den man immer starren musste, auch wenn man gerade von einem Erdbeben in Mexico City hörte, bei dem 25 000 Menschen ums Leben gekommen waren. (Sollen wir warten, bis die Zahl der Opfer bei 50 000 ist, und die Meldung erst dann als Aufmacher nehmen?) Sie war temperamentvoll und freundlich und trug immer Schwarz.

Weil ich sie einmal frühmorgens gemeinsam auf einem Flohmarkt getroffen hatte, wusste ich, dass Evelyn und der Musiker früher ein Paar gewesen waren. Wir, also Molly und ich, waren ihnen später zufällig auf der Straße begegnet, und weil Molly den Musiker schon als Kind gekannt hatte, stellte sie uns einander vor, zwei Paare im Sommer auf dem Gehweg, und keiner ahnte, welche Überraschungen das Schicksal für uns alle bereithielt.

Mit gesenktem Kopf ging ich an Evelyns Schreibtisch vorbei. Ich wollte auf keinen Fall mit ihr reden. Bloß nicht diese unvermeidlichen, adrenalinpumpenden Fragen. »Nein, ich habe keine Ahnung, was sie so macht.« Oder: »Ja, ich habe ein paar Pfund abgenommen.« Ich hätte mir gar keine Gedanken zu machen brauchen. Evelyn redete nämlich gerade am Telefon und hatte andere Sorgen. Mit einer Stimme, die vor Empörung vibrierte, aber gutgelaunt klingen sollte, sagte sie: »Aber du rufst mich nie an!«

Da wusste ich sofort Bescheid. Sie redete mit dem Musiker. Sie war verlassen worden, er kam nicht mehr vorbei, meldete sich nicht mehr, weil er eine neue Freundin hatte. Und diese neue Freundin war Molly. Meine Molly.

Es war völlig egal, wo ich hinging. Ich konnte der Verzweiflung nicht entkommen. (Wie ich ihren Körper vermisste! Die Berührung ihrer Haut!) Dass sie mit einem anderen Mann schlief, so wie sie mit mir geschlafen hatte. Konnte dieser Schmerz meinem Gehirn womöglich realen physischen Schaden zufügen?

An manchen Tagen schaute ich zum Musiker hinüber: Er hatte dann zum Beispiel seine großen Füße auf den Schreibtisch gelegt und plauderte munter am Telefon (während ich zuschaute, bleich wie Graf Dracula). Bestimmt redete er mit ihr, und sie tauschten, wie Paare das so tun, die Höhepunkte ihres Tages aus. Vielleicht machten sie auch ein paar kleine Scherze über die Eskapaden der vergangenen Nacht. Und ich hatte immer Angst, sie könnten über mich reden, und er würde dann leise flüstern:

»Ach, ja, er sitzt da drüben. Sieht ziemlich fertig aus, wenn du mich fragst.«

Ich glaube, die Tatsache, dass ich litt, bereitete Molly keine Freude. Und dass ich litt, wusste sie, denn sie kannte mich gut. Bei ihm war es bestimmt anders. Dass ich vor Eifersucht und Schlaflosigkeit immer mehr abnahm, bereitete ihm Freude. Das dachte ich jedenfalls. So hatte ich nämlich jedes Mal über die anderen Männer gedacht, wenn ich ihnen die Freundin »ausgespannt« hatte. (Als könnte man irgendjemandem eine glückliche Frau ausspannen!) Wie wenig großzügig war ich gewesen, wie selbstgerecht, denn insgeheim war ich davon überzeugt gewesen, dass der Bessere (ich) gewonnen hatte. Und nun musste ich dafür bezahlen und war die Zielscheibe öffentlichen Spotts (alle wissen Bescheid!).

Ich dachte an den Tod. Ich wünschte ihm den Tod. Nein – ehrlich gesagt, ich wünschte *ihr* den Tod. Keinen Tod à la O. J. Simpson, sondern einen Autounfall, einen Gehirntumor, etwas, was mir gestattete, mit Trauermiene beim Begräbnis zu erscheinen und den Eltern laut und aufrichtig mein Beileid auszusprechen. Mit einer Stimme, die meine Erleichterung – er schläft nicht mehr mit ihr – als ehrliche Anteilnahme verkleidete.

Wenn ich nachts aufwachte, um das dritte Mal mein nassgeschwitztes Hemd zu wechseln, dachte ich oft: Ich wäre lieber tot, als mich so zu fühlen. Ich betrachtete mein verhärmtes Gesicht im Badezimmer. Das Licht war viel zu grell! Ich malte mir aus, ich würde eine tödliche Krankheit bekommen. Nicht, um Molly zu bestrafen, sondern um dem ganzen Elend zu entkommen. In Ehren entlassen. Einen Mann, der Selbstmord begeht, kann man verachten, aber wenn er an einer Krankheit stirbt, zollt man ihm Respekt, oder?

Im Februar wachte ich jeden Morgen viel zu früh auf. Lange bevor es hell wurde. Wie sollte ich den Tag überstehen? Diesen endlosen Tag, der nichts als eine Kette mühseliger, bedeutungsloser, unnötiger Quälereien war. Wie so oft wanderte ich nackt durch die Wohnung. Ich stellte mir Molly vor, im Bett mit dem Musiker, während es hinter den Vorhängen hell wurde. Jetzt wachten die beiden langsam auf und ... warum weitermachen? Manchmal rannte ich morgens zu Margaret Huculak (seit sechs Jahren jetzt meine zweite Exfrau) und klopfte um halb sieben schon bei ihr an die Tür, stand in ihrem dunklen Schlafzimmer und sagte immer wieder: »Ich halte das keinen Tag länger aus.«

»Geh wieder ins Bett«, sagte sie dann. »Geh ins Bett und schlaf.«

»Ich kann nicht schlafen. Ich kann nicht schlafen, weil ich so schreckliche Sachen vor mir sehe, sobald ich die Augen zumache.«

»Dann lass mich wenigstens schlafen«, sagte sie leise. »Ich brauche meinen Schlaf.«

Wie kann eine Exfrau so lieb, so tolerant sein? Was habe ich doch für ein Glück!

Drei Monate lang hoffte ich, dass Molly zurückkommen würde. Ich saß auf dem Bettrand und schaute hinunter auf den Park direkt vor meinem Fenster. Jeden Morgen kamen Kinder hierher, um Schlittschuh zu laufen, nachmittags spielten die Jugendlichen Eishockey, und abends, wenn die Lichter angingen und die Eisfläche in unnatürliche Helligkeit tauchten, kamen die Paare mit ihren Schlittschuhen, manche zogen ein kleines Kind im Schneeanzug zwischen sich her, und sie liefen alle immer im Kreis, immer im Kreis. Um Mitternacht gingen die Lichter aus, puff, das Eis verschwand in der Dunkelheit, aber nach und nach erschien ein verträumt schimmerndes Oval im Mondlicht.

Ich nahm acht Kilo ab. Ich erwog, zum Christentum überzutreten – nur um Molly zurückzubekommen. Ich brach in Restaurants in Tränen aus, ich ging aus Versehen mit einem Transvestiten nach Hause. Warum habe ich sie kein einziges Mal angerufen und gesagt: Bitte, komm zu mir zurück? Es hätte nichts gebracht, davon bin ich überzeugt, aber mir hätte es geholfen, es einfach nur auszusprechen. Ich hätte den Mut haben sollen, die Hand nach ihr auszustrecken, auch wenn ich einen Schlag bekommen hätte. Aber ich hatte Angst davor, die endgültigen Worte zu hören.

Als aus dem Winter Frühling wurde, erschienen in der Eisfläche unter meinem Fenster hier und dort dunkle Flecken, und es kam niemand mehr, um Schlittschuh zu laufen.

Eines Abends suchte ich in meinem Wäscheschrank einen frischen Kissenbezug und fand zufällig – fast hätte ich mir die Finger verbrannt – eine alte Geburtstagskarte von Molly, mit einem großen Smiley. Es ist eine ganz spezielle Form der Folter, einen Liebesbrief von einer Frau zu lesen, die einen nicht mehr liebt. Ich klappte die Karte auf. »Wie sehr ich dich liebe!«, schrieb sie. »Etwas Besseres als du hätte mir nicht passieren können …« Es war unerträglich, diese Sätze zu lesen. Das warme Leuchten, das von ihnen ausging. Und zu wissen, dass diese Gefühle für immer verschwunden waren. Ich hatte Molly seit Monaten nicht mehr gesehen, sie lag jetzt, jetzt gerade, mit einem anderen Mann im Bett, und morgen früh würde sie mit ihm frühstücken, oder sie hörte Radio, während sie und er sich für die Arbeit fertigmachten. Diese Frau, die dich so geliebt hat, ist fort, für immer fort.

Wieder ein Sonntag. Ich hatte alle meine Schlaftabletten aufgebraucht, alle meine Tranquilizer und auch die Schmerztabletten, die ich für angebliche Zahnschmerzen brauchte. Ich wachte wieder einmal zu einer gnadenlosen Uhrzeit auf, das helle Sonnenlicht belästigte mich durch die Vorhänge. Ich schlug die Decke zurück, wühlte in meiner Kleiderschublade, fand eine Jogginghose (eine kurze Verbeugung vor Mollys Fitnessprogramm), zog sie an, und ohne mir auch nur die Zähne zu putzen, floh ich aus meiner Wohnung, als hätten wir ein Erdbeben. Ich ging ausgerechnet im Queen's Park joggen, nicht weit von den Parlamentsgebäuden. Ich rannte und rannte, die Sonne wurde immer wärmer, der Park war leer, bis auf die Verrückten, die Obdachlosen und die Menschen mit gebrochenem

Herzen. Da hörte ich schwere Schritte hinter mir – ich schwör's bei Gott –, große Füße, die immer näherkamen. Ich blickte über die Schulter. Das war *er*! Der Musiker. Frühmorgens unterwegs, und er rannte, das muss ich zugeben, jugendlicher, dynamischer und glücklicher als ich. Er überholte mich links, ohne mich eines Blickes zu würdigen, und preschte weiter. Vielleicht hatte er sogar Mitleid mit mir? Aber egal, er war ein blöder Angeber, so oder so. Beschwingt, nachdem er wieder eine Nacht mit meiner Molly verbracht und sich sexuell ausgetobt hatte. Wer weiß? Ich schaute ihm nach, wie er da loslegte. Meine Güte, was für eine Metapher für die gesamte Situation, als würde Gott einem in die Eier treten, gerade wenn man versucht, sich wieder zu berappeln.

Es gab kein Entrinnen. Ich sah ihn den ganzen Tag, seine knochigen Ellbogen, die Ärmel hochgekrempelt, lässig, raffiniert. Seine langen Musikerfinger. Iiih. Als ich das Fernsehstudio verließ, eilte ich durch die Frühlingsdämmerung, die Luft frisch, überall Paare. Ich ging in eine Bar in der Queen Street. Ich hatte eine Stunde oder so, eine Atempause. Sie essen jetzt wahrscheinlich zu Abend, dachte ich. Mit Freunden: vieldeutiges Gelächter, *ha-ha-ha, ha-ha-ha*. Alberne Witze. Witze, die Molly in meiner Gegenwart nie gemacht und über die sie auch nicht gelacht hätte. (Teil des Problems, vielleicht.) *Ha-ha-ha, ha-ha-ha.*

Lauter Vollidioten.

Aber als Mitternacht näherkam, gong, gong, gong, hatte

ich das Gefühl, als hätte ich einen alten Ledergürtel um die Brust, der immer enger zugezogen wurde, bis ich kaum noch Luft bekam. Jetzt gehen sie nach Hause, die Stufen zu seiner Wohnung hinauf, sie gehen zur Tür hinein, er verschwindet im Bad, klick, sie geht ins Schlafzimmer, eine Sekunde lang steht sie da und denkt nach (was denkt sie? Denkt sie an mich?), knöpft dann ihre Bluse auf, ganz versunken (sie denkt an die Arbeit morgen, nicht an mich), legt die Bluse auf den Stuhl, geistesabwesend macht sie ihren BH auf, ihre Jeans fallen auf den Boden, sie hebt sie auf, faltet sie zusammen, sie krabbelt ins Bett, die Badtür öffnet sich, er kommt ins Zimmer …

Stand dieses Bild hinter den Sperlingsnächten auf Sanibel Island? Die Vorahnung, dass mich ein unbekannter Schmerz umwerfen würde? Der Alligator unter der Brücke, der mich ausdruckslos beäugte, wenn ich morgens vorbeikam, um schwimmen zu gehen?

Irgendwann gegen zwei Uhr morgens hockte ich auf der Bettkante und starrte hinaus in den Park unter mir. Da fiel mein Blick auf die Leuchtziffern meines Weckers. »Sie schlafen«, dachte ich. Und ein paar Sekunden war ich froh. Als hätte ich sie überwunden.

Aber es ging weiter.

Und dann wachte ich eines Morgens auf und dachte an etwas anderes als an Molly. Das ist, wie wir alle wissen, der Anfang vom Ende. Man erwacht und denkt an einen Brief, der unbedingt abgeschickt werden muss, an eine Rechnung, die noch nicht bezahlt ist, und dass man sich die Zehennägel schneiden sollte. Die Zeit vergeht wieder schneller für dich, und nach einer Weile sind andere Menschen in deinem Bett, andere Stimmen am Telefon. Und wenn du die Leute im Park unter deinem Fenster siehst, sind sie kein stummer Vorwurf mehr, sondern wieder einfach nur Menschen im Park. Das Leben geht tatsächlich weiter.

Elf oder zwölf Jahre vergingen. Es war ein warmer Sommerabend. Meine Frau Tina und ich fuhren mit unserer kleinen Tochter von irgendwo nach Hause. Da kamen wir an dem Park vorbei, dem Park unter dem Fenster meiner damaligen Wohnung. Weil *Victoria Day* gefeiert wurde, tummelten sich auf dem Rasen viele Familien mit Kindern, Hunde jagten einander durch die Dunkelheit, ein buntes Treiben. Wir stiegen kurz aus. Das Feuerwerk ging los, die Leute jubelten und klatschten, und unsere Tochter, den Babyfinger nachdenklich im Mund, verfolgte das Spektakel mit großen blauen Augen. Ein römisches Licht stieg rauschend und knisternd hinauf in den Himmel und schoss eine Kaskade aus blauen, grünen und orangeroten Kugeln in die Luft, und während sie langsam zur Erde herunterschwebten, sah ich in ihrem Widerschein – Molly. Sie befand sich am anderen Ende des Parks, direkt unter meinem alten Fenster, flankiert von zwei Jungen, die ihr etwa bis zur Schulter reichten – ihre Zwillinge. Einer von ihnen hob den Kopf und flüsterte ihr etwas ins Ohr, sie lächelte, legte den Arm um ihn und drückte ihn. Und ich versuchte, mich an jenen Winter und an den furchtbaren Frühling zu erinnern, als ich auf meinem Bett saß und genau auf die Stelle hinunterschaute, an der sie jetzt mit ihren Kindern stand. Und statt gar nichts zu empfinden, wie ich es eigentlich erwartet hatte, überkam mich eine große Traurigkeit, ein abgrundtiefer Schmerz – nicht, weil ich sie zurückhaben wollte, sondern weil ich sie so sehr geliebt hatte und weil ich damals so verzweifelt war und weil wir, obwohl wir sechs Jahre lang das Bett geteilt hatten, nie wieder miteinander geredet hatten.

Und dann explodierte über unseren Köpfen wieder ein feuerroter Regen, und Molly überquerte mit ihren Söhnen den Rasen. Sie gingen vorbei, keine zehn Meter von uns entfernt. Meine Frau und meine Tochter schauten zum Himmel und klatschten Beifall, und Molly strebte zum Ausgang. Da fasste sie sich an den Rücken, einen kurzen Moment lang blieb ihre Hand dort liegen, und ich schwör's, sie bewegte die Finger. Sie winkte nicht richtig – falls es überhaupt ein Winken war, vielleicht kratzte sie sich auch nur am Rücken. Aber das glaube ich nicht. Ich glaube, sie winkte mir, und dieses Winken sagte … ach, ich weiß nicht, was es sagte, hallo vielleicht, vielleicht auch tschüs – oder einfach nur ja, ja.

Dann war sie verschwunden, und in dieser Nacht träumte ich das erste Mal einen heiteren Traum von Molly. Ich weiß nicht mehr, was es war, aber beim Aufwachen kam es mir so vor, als hätten wir uns gerade unterhalten – und es war gut.

Kapitel 10

DER KREIS SCHLIESST SICH

Hollywood, 2008. Wir gehen den Sunset Boulevard entlang, mein einundzwanzigjähriger Sohn Jesse und ich. Es ist noch früh am Abend, der Himmel strahlend blau, der Verkehr nimmt zu, es ist Freitag.

Wir sind auf Lesereise, wir zwei. Das Buch, um das es geht, ist ein Bericht darüber, wie Jesse – mit meinem Einverständnis – als Sechzehnjähriger die Schule geschmissen und dann die nächsten drei Jahre damit verbracht hat, gemeinsam mit mir in unserem Wohnzimmer Filme anzusehen. *Unser allerbestes Jahr* ist ein verblüffend beliebtes Buch, beliebter als alles, was ich in fünfundzwanzig Jahren veröffentlicht habe. Wahrscheinlich, weil es in diesem Buch nicht um mich geht, sondern um meinen Sohn und darum, wie sehr ich meinen Sohn liebe. Einer großen Liebesgeschichte kann sich niemand entziehen.

Wir sind seit drei Wochen unterwegs, zweimal New York und Umgebung, außerdem Chicago, Miami, Houston, Santa Monica, San José. Und jetzt Hollywood. Unsere letzte Station. Danach fahren wir wieder nach Hause und kehren in unsere separaten Leben zurück. Ich meinerseits werde es bedauern, wenn die Lesereise zu Ende ist. Nicht, weil ich noch öfter interviewt werden möchte, sondern weil ich Jesses Gegenwart vermissen werde. Wir können gut miteinander reisen. Es dauert bestimmt eine ganze Weile, bis ich wieder durch eine Flughafenkontrolle gehen kann, ohne an ihn zu denken – wie er da steht, in Strümpfen, während der Beamte mit dem Metalldetektor vor seinem hochgewachsenen Körper herumfuchtelt. Schon komisch, welche Dinge das Gedächtnis festhält.

Ich erzähle Jesse von jenem grauenvollen Sommer, auf den Monat genau vor neununddreißig Jahren, als ich hier in Hollywood gelandet bin, nachdem Raissa Shestatsky mit mir Schluss gemacht hatte. Damals habe ich geglaubt, man könne über eine Frau wegkommen, indem man die Stadt verlässt. Ich trampte dreitausend Meilen, um herauszufinden, dass genau das Gegenteil der Fall ist. Was soll ich sagen – ich war jung.

Jesse liebt solche Geschichten, nicht, weil er ein Sadist ist, sondern weil er sich weniger allein fühlt, wenn ihm bewusst wird, dass auch andere an der Liebe gelitten und den Schmerz überlebt haben. Er ist ein Frauentyp, und wie alle Frauentypen hat er schon böse und unerwartete Schläge einstecken müssen. »Man kriegt nichts umsonst, alles hat seinen Preis«, sage ich ihm. »Vor allem Sex.«

Als er jünger war, hat er immer die Augen verdreht, wenn ich so etwas sagte. Ich habe erklärt: »Ich erzähle dir das, Jesse, weil ich dir die Horrorerfahrungen, die ich selbst gemacht habe, möglichst ersparen möchte.« Er setzte dann brav seine Zuhörermiene auf – Jesse war schon immer ein umgänglicher Junge –, glaubte mir aber nicht. Inzwischen hört er genauer zu, weniger hochmütig. Was in diesem Fall von Vorteil ist.

»Jedes Mal, wenn du mit einer Frau schläfst«, sage ich, »fliegt ein unsichtbares Seil zwischen deinem Schiff und ihrem hin und her. Und du merkst es gar nicht – bis du versuchst, dich loszumachen.«

Ich zeige auf den kleinen Park rechts von uns. Im Sommer 1969, auf der Flucht vor Raissas Geist, schlief ich fast drei Monate lang Nacht für Nacht in diesem Park. Nur ein einziges Mal von der Polizei aufgescheucht. Das war, nachdem Charles Mansons satanische Gespielinnen ihre Ranch in der Wüste verließen, um Sharon Tate, ihr ungeborenes Kind und drei Freunde abzuschlachten. Die schreckliche Tat geschah nicht weit von hier, erzähle ich Jesse, gleich da oben, in den sanften Hügeln. Er findet es faszinierend, dass sein Vater ein so historisches Ereignis miterlebt hat. »Ich war so alt wie du«, sagte ich, und man sieht ihm an, dass er darüber nachdenkt. Wie ist es möglich, fragt er sich, dass mein Vater mal so alt war wie ich?

Er will mehr über Raissa erfahren: War sie hübsch – ja – ist sie zu mir zurückgekommen – nein – ist sie glücklich geworden? Sie wurde Grundschullehrerin, sage ich. Ich spüre, wie Jesse mit seinen dunklen Augen mein Gesicht absucht, ob ich das geringschätzig meine.

»Man kann glücklich sein *und* Grundschullehrerin«, sagt er dann. In dem Moment ist Jesse nicht der Sohn seines Vaters. Er hat ein freundlicheres Naturell als ich, er möchte, dass es den Leuten gutgeht und sich alle ihre Wünsche erfüllen, damit die Geschichten ein Happy End haben. Das muss er von seiner Mutter geerbt haben, diese Freundlichkeit. Von seinem Vater hat er andere Dinge.

Wir setzen uns auf die einzige Bank in dem kleinen Park. Auf dem Sunset Strip stauen sich die Autos. Ein warmer, leuchtender Abend. Der Himmel ist jetzt pink.

Jesse schaut sich um und sagt: »Ich wette, das hast du nicht gedacht, als du damals hier geschlafen hast – dass du mal mit deinem Sohn eine Lesereise machst.«

Worauf ich erwidere: »Ich habe geglaubt, dass das Schicksal mir alles geben wird, nur das eine nicht, was ich unbedingt wollte. Dass ich Schriftsteller werde.«

»Das Gefühl kenne ich«, sagt er. »Nur bei mir bezieht es sich nicht aufs Schreiben.« Ein hübsches Mädchen geht am Park entlang. Jesse schaut ihr nach, bis sie über die Straße geht und in die Elmira Avenue einbiegt.

»Hast du erwartet, dass du über Raissa wegkommst?«, fragt er.

»Ich habe jeden Morgen an sie gedacht. Zwei Jahre lang.«

»Jeden Morgen?«

»Daran merkst du am besten, dass du über jemanden weg bist: Wenn du morgens als Erstes an etwas anderes denkst.«

Er überlegt. »Zwei Jahre sind lang«, sagt er dann in einem Tonfall, der ausdrückt: Das passiert mir garantiert nie.

»Nicht, wenn man ans ganze Leben denkt«, sagte ich. »Wenn man ans ganze Leben denkt, ist es nur knapp ein Kapitel. Na ja – vielleicht ein bisschen mehr. Aber man hat eine Frau erst wirklich überwunden, wenn man eine andere findet, die man genauso begehrt wie sie. Und dann spielt es keine Rolle mehr, wie lange es gebraucht hat.«

»Weil man so erleichtert ist?«

»Weil es einfach nicht mehr wichtig ist. Und weil man sich gar nicht mehr genau erinnern kann, *warum* es so wichtig war.«

Ich spüre, dass sich seine Stimmung verdüstert. Er denkt wieder an dieses Mädchen …

Ich versuche ihn abzulenken, zeige auf die Hügel von Hollywood, die sich hinter uns erheben: ein Wall aus Lichtern und Dunkelheit. »Siehst du die Hügel?«, sage ich. »Eines Abends ist ein Junge ohne Hemd und mit kleinen abstehenden Ohren in den Park gekommen. Ich saß da drüben auf dem Rasen. Ich glaube, der Junge stammte aus Oklahoma. Er hatte ein kleines Fläschchen LSD dabei, und mit einer Pipette, so wie sie die Augenärzte verwenden, gab er allen Leuten im Park einen Tropfen mitten ins Auge. Er hat behauptet, auf diese Weise wirke es schneller. Alle machten mit. Ich auch, aber ich habe mich nicht vorgedrängt. Ich wollte erst mal sehen, was passiert.

Es war reines LSD, sehr stark dosiert. Ich bin schließlich ohne Schuhe den Sunset Boulevard entlangspaziert, mutterseelenallein – dabei soll man auf keinen Fall allein sein, wenn man LSD nimmt. Und da hatte ich eine ›Vision‹. Es klingt kitschig – aber ich habe Raissas Gesicht da oben in den Hügeln gesehen, eine riesige, weinende Raissa, die aussah wie eine Madonna. Ich dachte, ich falle um, ich stürze auf den Gehweg und sterbe. Einfach, weil es so furchtbar war.«

»Weil du so *einsam* warst.« Er sieht sich selbst in der Geschichte. »Du und sie und dann *das*.«

»Genau.«

Er nimmt den Blick nicht von meinem Gesicht, während der Rest des Films vor seinem inneren Auge abläuft. »Aber du bist schließlich doch darüber weggekommen?«

»Ja.«

»Und du hattest ein gutes Leben?«

»Wir sind hier, stimmt's?«

Eine Weile schwiegen wir beide. Der Verkehr summt vorbei, wie im Traum. Meine Gedanken wandern – zu einem Internatsgebäude aus Backsteinen, einem Apartment mit hohen Fenstern, einem Tanz in einem winterlichen Hotel, zu einem Park in Los Angeles. Lauter Orte, an denen ich entsetzlich gelitten habe. Und wenn ich an all diesen Orten die Möglichkeit gehabt hätte, ein Stück weiter zu blicken, um die übernächste Biegung – zu diesem Abend, dieser Bank, diesem Park in Hollywood –, dann … ja, was dann? Eine müßige Überlegung, würde ich sagen.

Aber was ist das für ein Gefühl, das mich jetzt überkommt? Ein anderer Gedanke drängt sich in den Vordergrund. Es kommt mir vor, als wären diese Ausflüge in meine Vergangenheit so etwas Ähnliches, wie wenn ein

Lachs flussaufwärts schwimmt. Die ganze Zeit denke ich, dass ich ein Buch schreibe über einen Mann, der zu den Orten zurückgeht, an denen er gelitten hat, zurück zu den Menschen, zu der Musik – und er sieht alles mit anderen Augen, aus einer neuen Perspektive. Doch plötzlich, während ich da am Sunset Boulevard sitze, mit meinem erwachsenen Sohn, wird mir etwas klar: Das ist es ja gar nicht, was ich mache. Ich bereite mich darauf vor zu sterben. Ich strukturiere meine psychischen und emotionalen Erfahrungen, ich schaffe Ordnung. Das ist das Ziel aller Philosophie, sagt Montaigne: zu lernen, wie man richtig stirbt. Und genau das mache ich. Es ist kein morbider Gedanke. Ich rede nicht von nächster Woche oder nächstem Jahr. Ich sage nur: Ich spüre, dass der Wind gedreht hat und dass mein Boot sich dem Hafen nähert.

Ich glaube nicht an ein Leben nach dem Tod. Das heißt – ich glaube daran, und ich glaube nicht daran. Es gibt ein Leben nach dem Tod, aber nicht im religiösen Sinn. Es ist nur so, dass man nicht *auf einmal* stirbt, nicht ganz plötzlich. Es ist eher wie bei einer Glühbirne, die langsam abkühlt, wenn man den Strom ausknipst: Die Gegenstände verblassen nach und nach, bis sie mit ihrer Umgebung verschmelzen. Kein Gott, keine andere Stufe der Existenz, nur eine kleine Verzögerung, bis man im Vergessen versinkt. Und wir sitzen jetzt hier auf dieser Bank.

Jesse hat sich eine Zigarette angezündet, und weil er weiß, dass ich es nicht ausstehen kann, wenn er raucht, hält er sie diskret zur Seite, damit ich sie nicht sehe. Er hängt ebenfalls seinen Gedanken nach. Was denkt er? Wir glauben immer, wir kennen unsere Kinder, aber auch sie sind ein riesiger, dunkler Kontinent, in dem hier und da eine Stadt mit ihren Lichtern uns wissen lässt, dass wir über Festland fliegen, mehr nicht. Denkt er an ein blondes Mädchen mit einem silbernen Piercing in der Nase (angeblich studiert sie jetzt Jura)? Oder an die vietnamesische Schönheit, die ihn morgens immer aufweckte? An warmen Sommerabenden wie heute denkt man an solche Mädchen. Er nimmt einen tiefen Zug aus seiner Zigarette, als würde er meine Gedanken ahnen.

»Wie hast du überlebt?«, fragt er. »Als du hier im Park warst, meine ich.« Die Frage ist ein geschicktes Ablenkungsmanöver. Jesse hat sich in seine eigene Welt begeben und möchte nicht, dass ich ihn dort störe.

»So wie der da«, sage ich und deute auf einen mageren Jungen, der sich zwischen den Autos durchschlängelt, mitten auf dem Sunset Strip, einen Packen Zeitungen im Arm. Die *L.A. Free Press.* »Damals hat man pro Zeitung zehn Cent verdient. Plus Trinkgeld.«

»Ich wette, du konntest das gut.«

»Ich war jedenfalls nicht schlecht. Gar nicht schlecht.«

Und wieder ziehen wir uns ins Land des Schweigens zurück. Ich denke an Clarissa Bentley, das Mädchen im Riesenrad. Schon beim Gedanken an sie muss ich grinsen. Ein mieses Biest war sie, meine Clarissa. Ich weiß nicht, ob sie wegen der Sache mit der Oper verurteilt wurde. Die Angelegenheit hat mich nicht genug interessiert, um sie zu verfolgen. Aber verlogene Manager sind zur Zeit außer Mode. Wer weiß, vielleicht hat sie ihr Fett abbekommen. Jeder bekommt irgendwann sein Fett ab, früher oder später.

Und Bill Cardelle, der hübsche Junge, für den sie mich verlassen hat? Es ist noch gar nicht lange her, da war ich zu einer Weihnachtsparty eingeladen, im Haus einer Frau, mit der ich beim Fernsehen zusammengearbeitet hatte, und raten Sie mal, wer dort mit einer molligen Ehefrau aufgekreuzt ist. Ja, genau – Bill Cardelle. Die Butler servierten Martini, Sekt und Horsd'œuvres, und eins der halbwüchsigen Kinder der Gastgeberin legte irgendwann im Lauf des Abends Musik auf – viel zu laut, versteht sich. Aber bevor jemand eingriff, beobachtete ich, wie Bill anfing, sich zu bewegen, erst nur das Kinn, dann die Schultern, und schließlich verfiel er in einen kleinen Twostepp, nur ein paar Sekunden – seine Hand lag auf der Schulter seiner Frau, sein Bauch wölbte sich über den Gürtel, er trug ein Paar Krokodillederschuhe – aber seine Füße bewegten sich schwerelos. Nicht zu fassen. Er konnte es immer noch. Er hatte es einfach drauf.

Ich denke an Dean, meinen älteren Bruder. Keine besonders glückliche Geschichte. Er hat sich einer religiösen Kultgemeinde angeschlossen und lebt in einer Unterkunft irgendwo auf deren Gelände. Ich rede schon seit vielen Jahren nicht mehr mit ihm, aber manchmal sehe ich ihn auf der Straße, weißhaarig und lässig, aber gleichzeitig auch irgendwie aggressiv. Und immer allein, keine Frau, kein Freund, mit dem er sich zum Abendessen verabredet hat. Ich bin sein einziger noch lebender Verwandter, und manchmal, wenn ich ihn sehe, zieht sich mein Herz so zusammen, dass es richtig weh tut, und ich möchte zu ihm laufen und ihn in die Arme schließen. Ich möchte ihn an die Jahre erinnern, die wir gemeinsam im ersten Stock des weißen Hauses auf dem Land verbracht haben, ich am Ende des Ganges in dem Zimmer mit der Cowboy-Tapete, er im mittleren Zimmer, mit seinem braunen Radio, aus dem das Echo eines gespenstischen Baseballspiels hallte. Aber ich habe das schon oft versucht, und es ist immer schiefgegangen. Also versuche ich es nicht mehr.

Meine Gedanken wandern weiter. Zu Anne, meiner ersten Exfrau. Und gleich will ich den Kopf schütteln. Teils bewundernd, teils genervt. Sobald sie mehr als zwei Gläser Chardonnay trinkt, wird sie auch heute noch unerträglich, und es gibt immer mehr Dinge, die sie in Rage bringen: die Republikaner, die Polizei, die Rauchgegner, die Katholiken, unser gegenwärtiger Premierminister, geschwätzige Taxifahrer, Firmenanwälte, jeder, der irgendwie an unserer Tochter herummeckert. Wenn man sich nach dem berüchtigten dritten Glas mit ihr unterhält, kommt es einem vor, als wollte ein hochgerüsteter Kampfjet auf dem Deck eines Flugzeugträgers landen. Aber trotz ihrer stacheligen, exzentrischen Launen ist sie wahnsinnig beliebt. Reiche Frauen überlassen ihr die Designerklamotten, die sie nur ein einziges Mal getragen haben, Anwälte schicken ihr keine Rechnung (oder erwarten zumindest keine Bezahlung). Sie wird überall eingeladen. Beim Filmfestival sieht man sie jeden Abend auf der Galaparty (wo ihr gegen Ende der Veranstaltung jeder auf die Nerven geht). Ich weiß nicht, wie sie es macht, aber sie hat anscheinend die Begabung, dass alle ihr immer alles verzeihen. Im Gegensatz zu ihrem Exmann.

Und da – da ist Margaret, die geliebte Mutter des jungen Mannes neben mir. Zur Zeit spielt sie Theater, so viel weiß ich, aber den Titel des Stücks habe ich vergessen. Vermutlich irgendwas von Ibsen, den ich sowieso nicht leiden kann. Ich finde, Margaret wird irgendwie immer schöner, je älter sie wird. Neulich saß ich im Restaurant, und ich habe beobachtet, wie am anderen Ende des Raums eine Frau von ihrem Tisch aufsteht, majestätisch, elegant. Und ich dachte: Mein Gott, wer ist diese wunderschöne Frau? Sie sieht aus wie die Königin eines europäischen Kleinstaats. Und es war Margaret. Sie war die ganze Zeit da gewesen.

Justin Strawbridge, der Seelenfreund meiner Kindheit und Jugend, tritt aus dem kalifornischen Nebel und steht direkt vor mir. Ich habe ihn viele Jahre nicht gesehen, nachdem er aus dem Gefängnis kam. Aber neulich ist er mir über den Weg gelaufen. Er kam aus einem Copyshop in Toronto, einen Stapel Papier unterm Arm. Gedichte, nehme ich an, seitenweise Gedichte. Justin hat graue Haare, die er zu einem langen Pferdeschwanz frisiert. Er hält sich selbst für einen *Outlaw*, glaube ich, für einen Ausgestoßenen, Geächteten, und wenn man bedenkt, dass er jemanden getötet hat, dann ist er auch einer.

Komischerweise habe ich vor nicht mal zehn Monaten auf meiner Website eine E-Mail von ihm vorgefunden. Die erste richtige Kontaktaufnahme nach zwanzig Jahren. Es war eine triste, unstrukturierte Nachricht, voller Nostalgie, und er schilderte sein Leben, wie es nur jemand tut, der wenig erreicht hat – und es selbst weiß. Er schlug vor, wir könnten uns doch mal treffen, gemeinsam Musik machen, so wie früher, vielleicht sogar zur Isla Lamar fahren, »auf den Putz hauen«. Justin schrieb noch ein paarmal, aber ich habe nie geantwortet. Die große Liebe war an dem Tag auf der Löwenzahnwiese gestorben.

Und nach ihm erscheint, Gott weiß, warum, Pete Best, der Mann, den die Beatles rausgeworfen haben. Pete geht es gut. (Als Abonnent seines Newsletters bin ich bestens informiert.) Vor einer Weile habe ich gelesen, dass seine Band auf Tour in Brasilien war, und erst kürzlich habe ich sein schönes, gesundes Gesicht in einer CNN-Quizsendung gesehen. Seit vierzig Jahren mit derselben Frau verheiratet. Ein zäher Menschenschlag, diese Jungs aus Liverpool.

Und damit schließt sich der Kreis, wir sind wieder am Anfang angekommen, bei Raissa Shestatsky. Die Erinnerung an sie hat, so scheint es mir, dieses langsame Zurückschwimmen ausgelöst. Ich habe sie noch einmal gesehen. Das heißt, nicht *sie selbst.* Ich ging in die Bibliothek der Victoria University in Toronto, wo ich jetzt unterrichte (ein Glückstreffer). Da sah ich ein wunderschönes junges Mädchen mit einer Freundin auf einer Bank sitzen. Dunkler Mantel, dunkle Haare, dunkle Augen. Es war ein Herbsttag, Blätter auf dem Boden, die Eichhörnchen flitzten hierhin und dahin, und als ich näherkam, brachte mich die außergewöhnliche Schönheit dieses Mädchens ganz aus dem Konzept. Ich ging die Stufen hinauf und wollte gerade durch die Glastür in die Bibliothek, da kam mir ein Schwarm Studenten entgegen und drängte sich an mir vorbei. Deshalb schaute ich mich noch einmal nach dem Mädchen um. Es war kein Blick der Sehnsucht oder des Verlangens, auch keine Neugier, nein, es war etwas anderes. Irgendwie fühlte es sich an, als wäre ich kurz davor, mich an etwas zu erinnern. Aber woran? Ja – an Raissa! Dieses Mädchen hatte frappierende Ähnlichkeit mir ihr. Mit Raissa, meiner wunderbaren Raissa, die ich nie vergessen werde. Raissa, meine Liebste.

»Was für ein Privileg es doch ist, lebendig zu sein«, sage ich unvermittelt zu Jesse. Wir sind immer noch im Park.

»Weshalb sagst du das jetzt?«, will er wissen.

»Es gibt immer mehr Gründe.«

Es wird Zeit, dass wir ins Hotel zurückgehen. Morgen haben wir einen langen Tag vor uns. Ein Liveauftritt im Frühstücksfernsehen, dann eine Verabredung zum Mittagessen, anschließend ein Termin bei irgendwelchen Printmedien. Ich bin k.o. Außerdem ist morgen auch noch mein Geburtstag! Jesse möchte noch eine Weile unten in der Lobby bleiben, vielleicht an der Bar etwas trinken. Herausfinden, wann das Mädchen an der Anmeldung frei hat, wer weiß? Ich will nur noch mein Bett. In meinem Alter ist das Bett hauptsächlich zum Schlafen da. Aber vorher sage ich Gute Nacht: zu Jesse, dem Sunset Strip, dem kleinen Park, in dem ich damals so verzweifelt war und zu dem ich heute als glücklicher Mensch zurückgekehrt bin. Daran muss ich denken, als ich ins Bad gehe, und ich denke auch daran, wie lang das Leben doch ist, wie viel man erlebt. Aber dann lege ich schnell den Kopf aufs Kissen – in der Ferne eine Autohupe, eine Stimme im Flur –, und schon bin ich eingeschlafen.

David Gilmour

Unser allerbestes Jahr

Aus dem Englischen von Adelheid Zöfel

256 Seiten. Gebunden

Eltern sind auch nur Menschen. Und was macht man mit einem Sohn, der nicht mehr in die Schule gehen möchte? David, der Vater, schlägt Jesse einen ungewöhnlichen Handel vor: freie Kost und Logis, aber drei Filme pro Woche. Von Truffaut über Hitchcock bis hin zu »Basic Instinct«. Nachmittage und Abende gemeinsam auf dem Sofa. Kein Kurs in Filmgeschichte, sondern viel Zeit zum Reden über falsche Freundinnen, die richtigen Fehler, verlorene und gefundene Liebe. Und darüber, wie lebenswichtig Leidenschaft ist.

Ein wahres und weises, zärtliches und urkomisches Buch über gebrochene Herzen im Film und im wirklichen Leben und darüber, dass Erwachsenwerden nichts mit dem Alter zu tun hat.

»Ein zu Herzen gehendes Buch darüber,
was es heißt, seinen Platz im Leben zu finden und
für jemanden da zu sein. Ganz selten hat mich ein
Buch wirklich glücklich gemacht. So ein Buch ist
›Unser allerbestes Jahr‹.«
New York Times

S. Fischer

fi 1-027819 / 1